애완동물 공동묘지

(하)

애완동물 공동묘지

Pet Sematary

(하)

스티븐 킹 장편소설

황유선 옮김

황금가지

차례

이 책에 쓰인 본문 종이 **E-light**는 국내 기술로 개발된 최신 종이로, 기존에 쓰이던 모조지나 서적지보다 더욱 가볍고 안전하며 눈의 피로를 덜게끔 한 단계 품질을 높인 고급지입니다.

예수께서 베다니에 당도했을 때 나사로가 무덤에 있은 지 이미 나흘이라.
마르다는 예수가 오신다는 말을 듣고 곧 나가 맞았더라.
마르다가 예수께 여짜오되 "주께서 여기 계셨더라면 내 오라비가 죽지 아니하였겠나이다.
그러나 나는 이제라도 주께서 무엇이든지 하느님께 구하시는 것을 하느님이 주실 줄을 아나이다."
예수께서 가라사대 "네 오라비가 다시 살리라."

—「요한복음」

"헤이호, 가자." Hey-ho, let' s go, 레이먼스의 데뷔 앨범 수록 곡

—레이먼스

2부

미크맥 매장지

인간의 마음이 겪을 수 있는 공포에 어떤 한계가 있다고 믿는 것은 아마 틀린 생각일 것이다. 반대로 암흑이 깊어질수록 엄청나게 증가하는 효과가 발생하기 시작한다. 인정하고 싶지 않겠지만 상당히 많은 측면에서 인간의 경험은 악몽이 충분히 무서워지면 공포가 또 다른 공포를 낳고, 한 우연한 사악함은 또 다른 사악함을 낳고 종종 의도적인 사악함을 낳아 결국 암흑이 모든 것을 뒤덮는다는 견해를 지지하는 경향이 있다. 이중 가장 무서운 질문은 인간의 마음이 얼마만큼의 공포를 견딜 수 있고 깨어 있고 현실을 직시하며 굽힐 줄 모르는 온전한 정신을 유지할 수 있는가 하는 것일 터이다. 이런 사건들이 루비 골드버그(만화가의 이름을 딴 연쇄 장치로 여러 영화나 소설에서 사용됨—옮긴이) 식 부조리를 가져온다는 것은 말할 필요도 없다. 어떤 시점에 이르면 이 모든 것이 다소 우스꽝스러워지기 시작한다. 그때가 온전한 정신이 스스로를 방어하거나 아니면 굴복해서 무너지기 시작하는 순간일 것이다. 바로 사람들의 유머 감각이 다시 발휘되기 시작하는 순간이기도 하다.

루이스 크리드는 5월 17일, 자신의 아들인 게이지 윌리엄 크리드의 장례식 후에 이성적으로 생각했더라면 그런 생각을 할 수도 있었겠지만 장례식장에서 여타의 이성적인 생각, 또는 이성적으로 생각하려는 시도조차 사라져 버렸다. 그곳에서 그는 장인과 주먹다짐을 벌였고 (이걸로도 모자라) 그로 인해 심지어 더 끔찍한 사건이 일어나 간신히 지탱하고 있던 레이첼의 연약한 자제력을 산산이 부숴 버리는 터무니없이 괴기스러운 멜로드라마를 연출하게 되었다. 그날의 보잘것없고 저속한 사건들은 게이지가 관 속에 누워 있었던 브루킹스—스미스 영안실의 이스트 룸에서 레이첼이 비명을 지르며 끌려 나가 휴게실에서 서렌드라 하르두가 놔주는 진정제를 맞는 것으로 마무리되었다.

그날의 아이러니는 레이첼이 마지막으로 일어난 사건, 즉 그 엉뚱한 소동을 겪지 않았을 수도 있었다는 것이다. 만일 루이스 크리드와 디어본의 어윈 골드만의 주먹다짐이 오후 방문 시간(오후 두시에서 세시 반)이 아닌 오전 방문 시간(오전 열시에서 열한시 반)에 일어났다면 말이다. 레이첼은 오전 방문 시간에는 참석하지 않았다. 그녀는 올 수 있는 상황이 아니었다. 그녀는 저드 크랜덜과 스티브 매스터튼과 함께 집에 있었다. 루이스는 저드와 스티브가 없었다면 지난 48시간가량을 어떻게 견뎌 냈을지 상상도 할 수 없었다.

스티브가 그렇게 빨리 나타나 준 것은 루이스에게 다행이었는데(남아 있는 세 식구 모두에게 다행이었다) 루이스는 어쨌든 일시적으로 어떤 결정도 내릴 수 없는 상태였고 심지어 아내의 깊은 비탄을 잠재우기 위해 주사를 놔주는 것 같은 사소한 결정도 못하는 지경이었다. 루이스는 레이첼이 오전 방문 시간에 실내복을 입고 영안실에 가려 한다는 것조차 알아차리지 못했는데 그 실내복마저 단추가 잘못 채워져 있었다. 레이첼은 머리를 빗지도 감지도 않았으며 엉망으로 헝클어져 있었다. 그녀의 눈은, 무표정한 갈색 눈동자가 푹 꺼져 있어서 마치 살아 있는 해골의 눈동자 같았다. 그녀의 피부는 창백한 채 축 늘어져 있었다. 레이첼은 그날 아침 식탁에 앉아서 버터를 바르지 않은 토스트를 우적우적 씹어 먹으며 전혀 의미가 닿지 않는 단절된 단어만 말했다. 어떤 때는 불쑥 "당신이 사고 싶어하는 위니베이고(여행이나 캠프 등 주거 기능을 가진 자동차—옮긴이)에 관한 건데, 루……."라고 말하기도 했다. 루이스가 위니베이고를 사는 것에 대해 마지막으로 얘기한 것은 1981년이었다.

루이스는 단지 고개만 끄덕이고 계속해서 아침을 먹었다. 그는 코코아 베어스 한 사발을 먹고 있었다. 코코아 베어스는 게이지가 좋아하는 아침 식사 중 하나였고 오늘 아침 루이스는 그것을 원했다. 맛은 끔찍했지만 그래도 그는 그것이 먹고 싶었다. 그는 가진 것 중 제일 괜찮은 정장을 말쑥하게 차려 입고 있었다. 검은색이 아닌 짙은 회색 정장이었다. 그는 검은색 정장이 없었다. 그는 면도를 하고 샤워한 후 머리를 빗었다. 그는 비록 충격에 넋을 잃고 있었지만 말쑥해 보였다.

엘리는 청바지와 노란색 블라우스를 입고 있었다. 그 애는 아침 식탁에 사진 하나를 가지고 왔다. 이 사진은 레이첼이 그녀의 마지막 생일에 루이스와 아이들이 선물로 사 준 SX-70으로 찍은 폴라로이드 즉석 사진으로 시어즈 스키 파카를 입은 게이지가 활짝 웃으며 엘리가 끌어 주는 그녀의 스피드어웨이 썰매에 앉아 있는 사진이었다. 레이첼은 엘리가 어깨 너머로 돌아다보면서 게이지에게 미소 짓고 있는 모습을 찍었다. 게이지도 엘리에게 미소 짓고 있었다.

엘리는 그 사진을 가져왔지만 별로 말은 하지 않았다.

루이스는 아내나 딸이 어떤 상태에 있는지 알 수 없었다. 그는 아침 식사를 하면서 마음속으로 거듭 그 사건을 재생하고 있었다. 실제 사건과 다른 점이 있다면 그의 마음속 영화에서는 결론이 달랐다. 그의 마음속 영화에서 그는 재빨리 움직였고 게이지가 가족들이 소리 지를 때 그만두지 않았기 때문에 벌로 엉덩이를 얻어맞는 것으로 사건은 끝났다.

레이첼과 마찬가지로 엘리에게 무슨 일이 일어나고 있는지 눈치 챈 사람은 스티브였다. 그는 레이첼에게 오전 대면 시간에 가는 것을 말렸고(대면이라는 말은 사실 관이 닫혀 있기 때문에 잘못된 말이었다. 루이스는 만일 관이 열려 있었다면 그를 포함해 모두가 비명을 지르며 그 방에서 뛰쳐나갔을 것이라고 생각했다) 엘리에게는 아예 거기에 가는 것을 금했다. 레이첼은 저항했고 엘리는 가만히 앉아서 한 손에 자기와 게이지의 사진을 쥐고 침울한 채 말없이 있었다.

레이첼에게 필요한 주사를 놔 주고 엘리가 마시도록 무색 물약 한 스푼을 준 사람도 스티브였다. 엘리는 약을 먹는 것에 대해 보통 불평하고 투덜거렸지만, 그것이 어떤 약이든, 이번에는 아무 말 없이 얼굴을 찡그리지도 않은 채 마셨다. 그날 아침 열시경 엘리는 그 애의 침대에서 잠들었고(여전히 자신과 게이지의 사진을 손에 쥔 채) 레이첼은 텔레비전 수상기 앞에 앉아서 「휠 오브 포춘」(텔레비전 퀴즈 프로—옮긴이)을 보고 있었다. 스티브가 질문하면 그녀는 천천히 대답했다. 그녀는 약에 취해 있었지만 그날 아침 여덟시 십오분경에 왕진 온 주치의를 걱정하게 만들고 겁먹게 한 생각에 잠긴 듯한 실성한 표정은 없어졌다.

물론 저드가 모든 일을 처리했다. 그는 석 달 전 아내를 위해 했던 것과 마찬가지로 차분하고 효율적으로 그 일들을 처리해 갔다. 하지만 루이스가 장례식장으로 출발하기 직전 그를 한 편으로 불러낸 사람은 스티브였다.

"오늘 오후에 레이첼을 그곳에 보내도록 해 보겠어요. 만일 레이첼이 괜찮으면 말입니다."

"좋소."

"그때쯤이면 약 기운이 다 떨어질 거예요. 당신 친구 저드 크랜덜 씨가 오후 대면 시간에 엘리랑 같이 있어 주겠다고 말했어요."

"알았어요."

"그리고 엘리랑 모노폴리 놀인지 뭔지 하겠죠."

"으음."

"하지만……."

"알았어요."

스티브는 말을 중단했다. 그들은 처치가 죽은 새와 쥐들을 가져오는 처치의 놀이터인 차고에 서 있었다. 루이스가 소유했던 그것들. 밖에는 오월의 햇살이 내리쬐고 있었고 집 앞 도로 끝 건너편에서 울새 한 마리가 마치 다른 곳에 중요한 볼일이 있는 것처럼 종종거리며 걷고 있었다. 정말 중요한 일일지도 모르지.

"루이스, 당신이 정신을 차려야 해요."

스티브가 말했다.

루이스는 예의 바르게 묻는 표정으로 스티브를 쳐다보았다. 스티브가 했던 말들 대부분이 루이스에게 전달되지 못했다. 루이스는 자신이 조금만 더 빨랐더라면 아들의 목숨을 구할 수 있었을 것이라고 생각하고 있었기 때문에 스티브가 한 말은 거의 이해하지 못했지만 이 마지막 말은 어느 정도 전달되었다.

스티브가 말했다.

"당신은 눈치 채지 못했겠지만 엘리가 말을 한마디도 안 하고 있어요. 그리고 레이첼은 너무 심한 충격을 받아서 시간 개념이 뒤틀려 버린 것 같고요."

"알았소!"

루이스가 말했다. 이 상황에서는 더 강하게 대답해야 할 것 같아 보였다. 그 이유는 짐작할 수 없었다.

스티브가 루이스의 어깨에 한 손을 올려놓았다.

"루이스, 그들은 인생에서 그 어느 때보다도 당신을 필요로 하고 있어요. 아마 앞으로 이보다 더 많이 당신을 필요로 하는 일은 없을 겁니다. 제발, 당신…… 내가 당신 부인에게 주사를 놔 줄 수 있지만, 하지만…… 당신도…… 알겠지만, 루이스, 당신이 정신을…… 오, 제기랄, 이런 빌어먹을 일이 또 있을까!"

루이스는 스티브가 울기 시작하자 깜짝 놀라 쳐다보았다.

"물론이오."

그가 말했다. 그리고 마음속에서 그는 게이지가 잔디밭을 가로질러 도로 쪽으로 달려가는 것을 보았다. 그들은 게이지에게 돌아오라고 소리 질렀지만 게이지는 말을 듣지 않았다. 최근 게이지가 시작한 놀이는 그가 엄마와 아빠에게서 도망가면 엄마와 아빠가 그를 쫓아가는 것이었는데, 루이스는 빠르게 레이첼을 앞질렀지만 게이지는 너무 앞서 있었다. 게이지는 웃고 있었고 아빠에게서 도망가고 있었다. 바로 그런 게임이었다. 루이스는 거리를 좁혀가고 있었지만 너무 느렸고, 게이지는 잔디밭의 야트막한 비탈을 넘어서 이제 15번 도로 가장자리로 뛰어가고 있었고, 루이스는 게이지가 넘어지기를 신께 빌었다. 조그만 아이들이 빨리 달릴 때는 대부분 넘어지고 마는데 그 이유는 아이들이 일곱여덟 살이 되기 전까지는 다리를 제대로 통제할 수 없기 때문일 것이다. 루이스는 게이지가 넘어지도록 빌었다. 그래, 넘어져. 넘어져서 코가 깨지고 피를 흘리고 몇 바늘 꿰매기만 하면 되는 거야. 그가 넘어지라고 빈 이유는 이제 그들을 향해 다가오는 트럭의 기계음을 들었기 때문이다. 뱅거와 벅스포트의 오링코 공장을 끊임없이 왕복하는 큰 바퀴가 열 개나 달린 트럭 소리를 들었기 때문이다. 그때 그는 게이지의 이름을 소리쳐 불렀는데, 그가 생각하기에 게이지는 그 소리를 들었고 멈추려 했던 것 같았다. 게이지는 게임이 끝났다는 것을, 그리고 그것이 단지 게임이었을 때는 부모들이 그에게 비명을 지르지 않는다는 것을 알아차린 듯했고, 그래서 그는 멈추려 했지만, 그때쯤 트럭 소리는 너무나 컸고 그 소리가 세상을 가득 메웠다. 루이스는 길게 날아가는 태클로 몸을 앞으로 던졌고 그의 그림자는 마치 삼월의 그날 빈턴 부인의 들판에서 독수리 연의 그림자가 하얀 늦겨울 풀을 쓸고 간 것처럼 그의 발밑의 땅을 따라 갔으며, 그는 그의 손가락 끝이 실제로 게이지가 입고 있던 얇은 점퍼의 뒤를 스쳤다고 믿었고, 그러고 나서 게이지의 앞을 향하던 동작이 아이의 몸을 도로까지 실어 갔다. 그 트럭은 천둥이었고 그 트럭은 높은 크롬 도금에 부서지는 햇살이었으며 그 트럭은 깊은 곳에서 울리는 날카로운 경적이었다. 그날은 토요일이었고 바로 사흘 전이었다.

"난 괜찮소." 그가 스티브에게 말했다. "이제 가야겠어."

"만약 당신이 정신을 차리고 그들을 도울 수 있다면……."

스티브가 말하면서 점퍼를 입은 한쪽 팔로 눈을 닦았다.

"당신 자신을 돕는 거예요. 당신 가족 셋 모두 이 일을 함께 이겨 내야 해요, 루이스. 그게 유일한 길이에요. 그 방법밖에 없다고요."

"맞는 말이오." 루이스가 동의했다. 그리고 그의 마음속에는 다시 그 모든 일들이 벌어지기 시작했다. 이번에는 그 길 끝까지 그가 두 발짝 더 빨리 가서, 게이지의 점퍼 뒷부분을 재빨리 잡아챘고 아무 일도 일어나지 않았다.

이스트 룸에서 그 소동이 일어났을 때, 엘리는 저드 크랜덜과 함께 보드 앞에서 초점 없이 한마디 말도 하지 않고 모노폴리 마커(채점기—옮긴이)를 밀고 있었다. 그 애는 한 손으로 주사위를 흔들고 다른 한 손으로는 게이지가 탄 스피드어웨이 썰매를 끌고 있는 그 애의 즉석 사진을 끌어안고 있었다.

스티브 매스터튼은 그날 오후의 대면 시간에 레이첼이 참석해도 괜찮을 것 같다는 결정을 내렸는데 나중에 일어난 소동 때문에 깊이 후회할 결정이 되고 말았다.

골드만 부부는 그날 아침 비행기 편으로 뱅거에 도착해서 홀리데이 인에 묵고 있었다. 레이첼의 아버지는 그날 정오까지 네 번이나 전화를 걸었고 스티브는 점점 더 강경한 태도를 취해야 했으며 네 번째 통화에서는 그 노인에게 거의 협박을 해야 했다. 어윈 골드만은 집에 오고 싶어했으며 지옥에 있는 모든 개를 동원할지라도 딸이 자신을 필요로 하는 때에 딸을 보지 못하도록 막을 수는 없을 거라고 말했다. 스티브는 레이첼이 처음에 받은 충격을 최대한 이겨 내기 위해 장례식장에 가기 전에 혼자만의 시간을 가져야 한다고 대답했다. 그는 지옥에 있는 모든 개들에 관해서는 아는 바 없지만, 레이첼이 자신의 의지로 남들 앞에 나서기 전에는 크리드 가에 누구도 한 발짝도 들이지 못하게 할 작정인 어느 스웨덴계 미국인 의료 보조원은 잘 알고 있다고 말했다. 그리고 그는 오후 대면 시간 후에는 기꺼이 친지들이 크리드 가족을 돌볼 수 있도록 물러나겠다고 말했다. 그는 그때까지는 레이첼을 홀로 놔두고 싶어했다.

노인은 이디시 어(유럽과 미국의 유대인 사이에서 주로 쓰이는 말로 독일어에 슬라브 어, 히브리 어를 섞어 히브리 문자로 씀—옮긴이)로 스티브에게 욕설을 퍼부은 후 수화기를 쾅 하고 내려놓았다. 스티브는 골드만이 정말 집에 찾아오는지 보려고 기다렸지만 골드만은 기다리기로 결정한 듯했다. 정오가 되자 레이첼은 좀 나아진 것 같았다. 최소한 어느 시대에 살고 있는지에 대한 개념은 있었고 나중을 위해 샌드위치 재료가 될 만한 게 있는지 보려고 부엌에 나갔다.

"사람들이 끝난 후에 집으로 오겠죠, 그렇지 않나요?"

그녀는 스티브에게 물었다.

스티브는 고개를 끄덕였다.

볼로냐소시지나 구운 소고기 냉육은 없었지만 냉동실에 버터볼(상표명—옮긴이) 칠면조가 한 마리 있어서, 그녀는 해동을 시키려고 그것을 식기 건조대에 올려놨다. 몇 분 후에 스티브는 부엌을 들여다보았고, 그녀가 개수대 옆에 서서 식기 건조대 위에 있는 칠면조를 뚫어지게 바라보며 울고 있는 것을 보았다.

"레이첼?"

그녀는 스티브를 바라보았다.

"게이지는 이걸 정말 좋아했어요. 특히 그 하얀 살코기를 좋아했죠. 게이지가 다시는 버터볼 칠면조 고기를 먹을 수 없다는 생각이 막 들었어요."

스티브는 옷을 갈아입으라고 그녀를 이층으로 보냈는데 사실은 그녀가 현실에 대처할 수 있는지 보기 위한 마지막 시험인 셈이었다. 그녀가 허리에 벨트를 맨 단순한 검정 드레스에 조그만 검정 핸드백(실은 야회용 핸드백이었다)을 들고 내려왔을 때 스티브는 레이첼이 괜찮다는 결론을 내렸고 저드도 동의했다.

스티브가 그녀를 시내까지 데려다 주었다. 그는 이스트 룸의 로비에서 서렌드라 하르두와 함께 서서 레이첼이 유령처럼 복도를 떠돌듯이 내려가 꽃에 파묻힌 관으로 향하는 것을 바라보았다.

"좀 어때요, 스티브?"

서렌드라가 조용히 물었다.

"엉망진창이지."

스티브가 낮고 불쾌한 목소리로 대답했다.

"어떨 거라고 생각한 거요?"

"엉망진창일 거라고 생각했어요."

서렌드라가 말하면서 한숨을 쉬었다.

그 소란은 어윈 골드만이 사위와 악수하기를 거부한 오전 대면 시간에 시작되었다.

많은 친구와 친지 들을 보자 루이스는 충격에서 조금이나마 헤어났고 주위 상황에 좀 더 신경 써야겠다는 생각을 하게 되었다. 그는 장의사들이 유족들을 자신들에게 유리한 쪽으로 능숙하게 다루어 이용하기 좋은, 슬픔이 누그러진 단계에 도달해 있었다. 루이스는 인도 주사위 놀이의 진행자처럼 주위를 돌아다녔다.

푹신하고 편한 의자에 앉아 사람들이 담배를 피울 수 있는 작은 휴게실이 이스트 룸 바깥쪽에 있었다. 그 의자들은 마치 파산한 오래된 영국인 클럽의 헐값 판매에서 막 가져온 것처럼 보였다. 장례식장으로 향하는 문 옆에는, 금으로 돋을새김한 검은 금속의 받침틀이 하나 있었으며 이 틀 위에는 간단하게 게이지 윌리엄 크리드라고 씌어진 작은 표지가 있었다. 오래되고 살기 편한 집으로 오해하기 쉽게 생긴 이 널찍하고 하얀 건물의 맞은편으로 가면, 똑같이 생긴 휴게실이 서쪽 방 밖에 있고 그 받침틀 위의 표지에는 알베르타 번햄 네디유라고 씌어 있었다. 건물 뒤편에는 리버프런트 룸이 있었다. 이 방과 휴게실 사이에 있는 문 왼쪽에 있는 받침틀 위에는 아무런 팻말도 없었다. 그 방은 화요일인 오늘 아침에는 사용하지 않았다. 아래층에는 관 진열실이 있었는데, 각각의 모델은 천장에 설치된 소형 스포트라이트 조명을 받고 있었다. 천장을 올려다보면(루이스가 올려다보자 장의사는 얼굴을 크게 찡그렸다) 마치 수많은 기괴한 동물들이 천장의 횃대에 앉아 있는 것처럼 보였다.

게이지가 죽은 그 다음 날인 일요일에 루이스는 저드와 함께 관을 고르기 위해 여기에 왔다. 그들은 아래층으로 내려갔는데 망연자실한 루이스는 곧장 오른쪽으로 돌아서 관 진열실로 가지 않고 복도를 죽 따라 내려가서 레스토랑에서 식당과 부엌을 연결하는 종류의 흔히 볼 수 있는 단순한 하얀색 회전문을 향해 걸어갔다. 저드와 장의사 둘 다 동시에 "그쪽이 아니오."라고 말하자 루이스는 순순히 그들을 따라갔다. 루이스는 사실 그 문 뒤에 뭐가 있는지 알고 있었다. 그의 삼촌은 장의사였다.

이스트 룸에는 플러시 천으로 된 등받이가 달린 값비싼 접는 의자들이 단정하게 줄 맞춰 정리되어 있었다. 교회의 회중석과 내실을 섞어 놓은 것처럼 보이는 앞쪽에 게이지의 관이 있었다. 루이스는 아메리칸 캐스캣 회사에서 자단으로 제조한 모델인 '영원한 안식'이라는 이름의 관을 구입했다. 관은 화려한 분홍색 실크로 안감을 댔다. 장의사는 그것이 정말 아름다운 관이라는 점에 동의하면서 파란색 관이 없는 것을 미안해 했다. 그와 레이첼은 그런 건 생각지도 못했다고 루이스가 대답했다. 장의사는 고개를 끄덕였다. 장의사는 루이스에게 게이지의 장례식 비용을 어떻게 지불할지 생각해 봤느냐고 물었다. 아직 생각하지 않았다면 루이스와 사무실로 가서 더 저렴한 세 가지 장례 방식에 대해 신속하게 검토할 수 있을 것이라고 그는 말했다.

루이스의 마음속에 갑자기 한 아나운서가 나타나 유쾌하게 소리쳤다.

'나는 쿠폰으로 내 아이의 관을 공짜로 받았다!'

루이스는 마치 꿈속을 헤매는 것처럼 "전액 마스터 카드로 지불하겠습니다."라고 말했다.

"알겠습니다."

장의사가 말했다.

관은 채 1.5미터가 되지 않는 작은 관이었다. 그런데도 가격은 육백 달러가 조금 넘었다. 루이스는 그 관이 발판 위에 얹혀 있을 것이라고 생각했지만 꽃들 때문에 제대로 보기가 힘들었고 관에 너무 가까이 가고 싶지도 않았다. 꽃향기 때문에 그는 속이 메스꺼워졌다.

복도 끝, 휴게실로 통하는 문 바로 안쪽에 있는 스탠드 위에 책 한 권이 있었다. 스탠드에는 볼펜이 줄에 매달려 있었다. 여기가 바로 장의사가 루이스에게 "그의 친구들과 친지들을 맞이하도록" 지정한 자리였다. 친구들과 친지들은 그 책에 주소를 적고 서명하도록 되어 있었다. 루이스는 이 정신 나간 관습을 왜 행하는지 짐작조차 할 수 없었고 물어보지도 않았다. 장례식이 끝나면 레이첼과 그가 이 책을 보관하게 될 것이라 추측했다. 그것은 그중에서 가장 미친 짓 같았다. 그는 집 어딘가에 고등학교 졸업 앨범과 대학교 졸업 앨범 그리고 의과대학 졸업 앨범을 보관하고 있었다. 거기에는 또한 인조 가죽과 인조 금박 위에 '나의 결혼식 날' 이라고 날인이 된 결혼 앨범도 있었는데 엄마의 도움을 받아 그 날 아침 거울 앞에서 면사포를 써 보는 레이첼의 사진으로 시작해서 닫혀진 호텔 방 문 앞에 있는 두 켤레의 신발 사진으로 끝나는 앨범이다. 엘리의 아기 앨범도 있었는데 부부가 새로운 사진을 계속 덧붙이는 것에 빨리 싫증을 느끼기는 했다. 그 앨범에는 아이 머리카락 한 줌을 끼워 넣은 '나의 첫 번째 이발' 사진도 있었고 엉덩방아를 찧는 아이의 '어이쿠!' 사진도 있었는데 모두 아주 귀여웠다.

이제 이 모든 앨범들에 이 앨범이 추가되었다. 이것을 우리는 뭐라고 부르나? 루이스는 스탠드 옆에 멍하니 서서 문상객들이 오기를 기다리며 궁금해 했다. 내 죽음의 책? 장례식 서명? 우리가 게이지를 묻은 날? 아니면 좀더 그럴듯하게 가족의 죽음?

그는 책을 앞으로 돌려서 표지를 보았는데 결혼식 앨범 표지처럼 인조 가죽이었다.

표지에는 아무것도 없었다.

예상했던 대로 미시 댄드리지가 맨 먼저 도착했다. 일이 있을 때마다 엘리와 게이지를 봐 줬던 선량한 부인이었다. 루이스는 빅터 파스코가 죽던 날 아이들을 봐 준 사람이 미시였다는 것을 기억해 냈다. 그녀가 아이들을 봐 주는 동안 레이첼은 처음에는 욕조에서, 두 번째는 침대에서 그와 사랑을 나누었다.

미시는 울고 있었고 루이스의 침착하고 고요한 얼굴을 보자 다시 새롭게 울음을 터트리며 그를 향해 손을 내밀었는데 마치 그를 손으로 더듬으려고 하는 것처럼 보였다. 루이스는 그녀를 안으면서 원래 이렇게 해야 하는가 보다고 생각했다. 즉 일종의 인간적인 자극이 교환되면서 상실감이라고 하는 단단한 대지를 느슨하게 하고, 그 상실감을 발산하면서, 슬픔의 열기로 충격이라고 하는 바위투성이의 길을 깨뜨리는 것이다.

"정말 너무 안됐어요."

미시가 말하면서 창백한 얼굴 위로 늘어진 짙은 금발 머리를 뒤로 쓸어 넘겼다.

"너무나 사랑스러운 아이였는데. 난 그 애를 정말 사랑했어요. 루이스, 정말 안됐어요, 거긴 정말 끔찍한 도로예요, 사람들이 그 트럭 운전사를 감옥에 평생 동안 처박아 둬야 하는데. 그 운전사는 너무 빨리 달렸어요, 게이지는 너무 예뻤는데, 귀엽고, 똑똑했는데, 왜 하느님은 게이지를 데려가셔야만 했는지, 나도 모르겠어요, 도무지 이해할 수 없어요, 안 그래요? 정말 너무 안됐어요, 불쌍해서 미치겠어요."

루이스는 그녀를 위로했고 안아 주었고 또 위로했다. 그는 자신의 옷깃에 그녀의 눈물이 스며들고, 그녀의 가슴이 몸에 닿는 것을 느꼈다. 미시는 레이첼이 어디에 있는지 물었고 루이스는 레이첼이 쉬고 있다고 말했다. 미시는 레이첼을 보러 갈 것이고 필요할 때는 언제든지 엘리를 봐 주겠다고 약속했다. 루이스는 그녀에게 고마움을 표시했다.

그녀는 여전히 코를 훌쩍이며 멀어져 갔고 까만 손수건을 대고 있는 그녀의 눈이 그렇게 붉은 것은 처음이었다. 루이스가 그녀를 다시 불렀을 때 그녀는 게이지의 관을 향해 가고 있었다. 루이스가 이름조차 기억할 수 없는 장의사는 손님들이 모두 그 책에 서명하도록 하라고 말했고 그렇게 하지 않으면 낭패를 볼 거라고 했다.

정체불명의 손님, 서명을 해 주시죠. 그는 이런 생각을 했고 터무니없이 밝고 우스꽝스러운 웃음을 터트릴 뻔했다.

그 웃음을 몰아낸 것은 미시의 슬픔에 잠겨 상심한 눈이었다.

"미시, 서명을 해 주시겠어요?"

그는 그녀에게 요구하면서 뭔가 말이 더 필요한 것 같아 덧붙였다.

"레이첼을 위해."

"물론이에요. 불쌍한 루이스와 레이첼을 위해."

갑자기 루이스는 그녀가 다음에 뭐라고 할지 알아차렸고 웬일인지 그것이 두려웠다. 하지만 이미 피할 수 없는, 마치 살인자의 총에서 발사된 검은색 총알 같은 말이 나오고 있었다. 그는 이 총알을 오전의 기나긴 90분 동안 계속해서 맞을 것이고 오후에 다시 맞을 것인데, 그때는 오전에 생긴 상처에서 아직도 피가 뚝뚝 떨어지고 있을 것이다.

"루이스, 게이지가 고통 없이 간 것을 하느님께 감사드려요. 적어도 순식간에 끝났잖아요."

네, 순식간이었죠, 맞아요. 그는 그녀에게 그렇게 말할까 생각했다. 그 말을 들으면 그녀의 표정이 엉망이 되겠지. 그는 그냥 그녀의 얼굴에 대고 그 말들을 퍼붓고 싶은 심술궂은 충동을 느꼈다. 그건 순식간이었어요, 의심의 여지가 없었죠, 바로 그 때문에 관을 닫아 놓은 거예요, 게이지의 시신을 어떻게 해 볼 수가 없었다고요. 마치 죽은 친지들을 백화점에 있는 마네킹처럼 최고로 근사하게 옷을 입히고 연지를 바르고 파우더를 뿌리고 화장을 하는 것을 나와 레이첼이 승낙한다고 해도 말이죠. 그건 순식간이었어요, 친애하는 미시, 한순간 아이는 도로 위에 서 있다가 다음 순간 도로에 누워 있었지만, 그건 한참 내려간 린저 씨네 집 쪽 도로였어요. 그것이 게이지를 쳐서 죽인 후에 끌고 갔으니 게이지가 빨리 죽었다고 믿는 게 나아요. 축구장 길이만 한 100미터 정도 되는 거리를 끌고 간 거요. 난 게이지를 쫓아 뛰어갔죠, 미시, 난 계속해서 게이지의 이름을 부르고 있었는데, 난 그때까지도 그 애가 살아 있을 거라고 기대하고 있었던 겁니다, 의사인 내가 말이오. 10미터쯤 뛰어가자 거기에 아이의 야구 모자가 있었고 20미터쯤 뛰어가자 아이의 스타워스 운동화 한 짝이 있었고 40미터쯤 뛰어가자 그때는 트럭이 이미 도로를 벗어나 링거스 씨네 헛간 너머 들판에 트럭 운전석이 푹 꺾인 채 서 있었어요. 사람들이 집에서 나오고 있었고, 나는 아이의 이름을 소리 질러 부르고 있었고, 미시, 50미터 선에서 게이지의 안팎이 뒤집힌 점퍼가 있었고, 70미터 선에서 게이지의 또 다른 신발 한 짝이 있었고, 그리고 거기에 게이지가 있었어요.

갑자기 세상이 회색으로 변했다. 그의 시야에서 모든 것이 사라졌다. 희미하게 그는 방명록을 매달고 있는 스탠드의 한쪽 귀퉁이가 그의 손바닥을 파고드는 것을 느꼈지만 그게 전부였다.

"루이스?"

미시의 목소리였다. 멀리서 들리는 소리. 그의 귓가에 신비로운 비둘기 소리가 들렸다.

"루이스?"

이제 좀더 가까운 곳에서. 깜짝 놀랐다.

세상이 다시 뚜렷하게 보이기 시작했다.

"괜찮아요?"

그는 미소를 지었다.

"괜찮아요. 괜찮아요, 미시."

그녀는 자신과 남편 이름(미스터, 미시스 데이비드 댄드리지)을 둥근 파머 메서드체(1900년대 초 미국에서 생겨난 글씨체—옮긴이)로 적고 나서 여기에다 '루럴 박스 67, 올드 벅스포트 로드'라고 주소를 적은 후 루이스와 눈이 마주치자 게이지가 죽은 도로변에 자신이 살고 있다는 것이 범죄라도 되는 양 재빨리 시선을 떨어뜨렸다.

"루이스, 이만 갈게요."

그녀가 속삭였다.

데이비드 댄드리지는 루이스와 악수했고 뭔가 불분명한 말을 웅얼거리니 그의 튀어나온 화살 모양의 울대뼈가 위아래로 움직였다. 그리고 그는 서둘러 아내를 따라 통로를 걸어가 관을 보는 의례적인 일을 치렀다. 그 관은 오하이오의 스토리빌에서 제작된 것으로, 게이지는 그곳에 가 본 일도 없고, 거기에서도 게이지를 몰랐다.

댄드리지 부부의 뒤를 이어 사람들이 한꺼번에 몰려와 천천히 줄을 서서 움직였고 루이스는 그들의 악수와 포옹과 눈물을 받았다. 그의 옷깃과 짙은 회색 정장 외투의 소매 윗부분은 금세 많이 축축해졌다. 꽃향기가 방 뒤쪽까지 미치기 시작하면서 그곳을 장례식 냄새로 채웠다. 꽃들에서 나는 달콤하고 진한 영안실 냄새,

그것은 그가 유년 시절부터 기억하던 냄새였다. 게이지가 고통 받지 않고 떠난 것이 얼마나 자비로운 일이냐는 말을 들은 것이 그가 마음속으로 센 것만 해도 스물두 번이었다. 신은 불가사의한 방식으로 기적을 행하신다는 말도 스물다섯 번이나 들었다. 그 뒤를 이어 게이지가 천사들과 함께 있을 것이란 말도 모두 해서 열두 번이었다.

그것이 루이스에게 영향을 미치기 시작했다. 이 짧은 경구들이 주는 사소한 느낌이 점점 무뎌지는 것이 아니라(만약 당신이 계속해서 자신의 이름을 거듭 부른다면, 그 이름이 가진 최소한의 의미와 정체성을 잃게 될 것처럼) 점점 더 깊은 타격을 가하면서 급소를 겨냥하는 듯했다. 그의 장인과 장모가 불가피하게 모습을 드러냈을 때 그는 이미 흠씬 두들겨 맞은 권투 선수 같은 기분이었다.

처음 떠오른 생각은 레이첼이 옳았다는 것이다. 어윈 골드만은 정말로 늙었다. 몇 살인가? 쉰여덟? 쉰아홉? 오늘 그는 심각하고 평정을 유지하고 있는 칠십 대로 보였다. 그는 대머리와 우스꽝스럽게 생긴 안경 때문에 어이없게도 이스라엘 수상 매나헴 베긴과 비슷해 보였다. 레이첼은 추수감사절 여행에서 돌아왔을 때 어윈이 늙었다고 말했지만 이런 모습을 예상하지는 않았다. 물론, 추수감사절에는 이렇게 형편없지 않았을 것이다. 추수감사절에는 두 손자 중 하나를 잃지 않았으니까.

도리가 그의 옆에서 걸어오고 있었는데 그녀의 얼굴은 두 겹이나 세 겹의 두꺼운 검은 그물 무늬 베일에 가려 거의 보이지 않았다. 그녀의 머리는 미국 상류층 노부인들이 좋아하는 색깔인 세련된 파란색이었다. 그녀는 남편의 팔을 잡고 있었다. 베일 뒤로 루이스가 볼 수 있었던 것은 그녀의 반짝거리는 눈물뿐이었다.

갑자기 그는 이제 지난 일은 덮어 둘 때라고 결심했다. 그는 더 이상 해묵은 원한을 품고 있을 수 없었다. 갑자기 그 원한이 너무 무겁게 느껴졌다. 아마도 그 모든 상투적인 말들로 인해 누적된 압박감 때문에 그랬을 것이다.

"어윈, 도리." 그가 중얼거렸다. "와 주셔서 고맙습니다."

그는 장인과 악수하고 동시에 장모를 포옹하려는 것처럼, 아니면 그 둘 다 껴안으려고 하는 것처럼 팔을 내밀었다. 어쨌든 그는 처음으로 자신의 눈에서 눈물이 솟아나는 것을 느꼈으며, 한순간 그들이 모두 화해할 수 있을 것이고 게이지가 죽어 가면서 이 정도는 해 줄 거라는 미친 생각이 떠올랐다. 마치 자신이 여성 취향의 로맨스 소설에 등장한 것같이 느껴졌고 이 소설 속에서는 죽음의 대가로 화해를 하게 되며 그것으로 정말 끊임없이 지속되는 이 무한하고 어리석고 지독한 고통보다는 훨씬 건설적인 무엇인가가 생겨날 것 같았다.

도리는 그를 향해 걸어가면서 몸을 움직이기 시작했는데, 아마 그녀도 팔을 내밀려고 하는 것 같았다. 그녀가 "오, 루이스……." 같은 말을 하고 뭔가 알아들을 수 없는 한마디를 더하자 골드만이 그녀를 잡았다. 잠시 동안 세 사람은 본인들 외에는 아무도 눈치채지 못한 그림 속에 서 있었다. 아마 이스트 룸의 외딴 구석에 조용히 서 있는 장의사는 봤을 것이라고 루이스는 짐작했다. 칼 삼촌이 그랬던 것처럼 말이다. 그림 속에서 루이스는 팔을 반쯤 뻗고 있었고 어윈과 도리 골드만은 웨딩 케이크에 꽂힌 커플처럼 뻣뻣하게 서 있었다. 루이스는 장인의 눈에 물기가 없는 것을 봤다.

그 눈엔 선명하고 뚜렷한 증오가 드러나 있었다. 그는 내가 그를 괴롭히기 위해 게이지를 죽였다고 생각하는 건가? 루이스는 궁금해졌다. 그 눈은 루이스를 찬찬히 바라보면서 자신의 딸을 납치해서 이런 슬픔을 불러오고…… 그런 다음 자신을 무시하게 만든 장본인인 그 조그맣고 보잘것없는 남자를 찾고 있는 것처럼 보였다. 그의 눈이 흔들리면서 루이스의 눈과 마주쳤다가 게이지의 관을 보고 나서야 부드러워졌다.

그런데도 루이스는 최후의 노력을 했다.

"어윈. 도리. 부탁이에요. 우리는 한마음으로 이 일을 이겨 내야 합니다."

"루이스."

도리가 친절하게 말했다고 루이스는 생각했지만 그러고 나서 그들은 루이스를 지나쳐 갔다. 어윈 골드만이 부인을 끌고 지나간 것 같았는데 양 옆도 보지 않고 분명히 루이스 쪽은 보지 않은 채 지나갔다. 이들은 관으로 갔고, 골드만은 그의 양복 외투 주머니를 뒤적여 조그맣고 검은 스컬캡(성직자들이 쓰는 테두리 없는 베레모—옮긴이)을 꺼냈다.

당신은 방명록에 서명도 안 했잖아. 루이스는 생각했다. 그러고 나서 그의 내장에서 너무나 역한 트림이 올라와 그는 고통으로 얼굴을 찡그렸다.

오전 대면 시간이 결국 끝났다. 루이스는 집에 전화를 했다. 저드가 받아서 어떻게 돼 가고 있는지 물었다.

"좋아요."

루이스는 말했다. 그는 저드에게 스티브와 통화할 수 있는지 물었다.

"레이첼이 혼자서 옷을 입을 수 있으면 오후에 보낼 참이에요." 스티브가 말했다. "당신은 괜찮아요?"

"그래요."

루이스가 말했다.

"당신 어때요, 루? 둘러대지 말고 똑바로 말해요. 어떻습니까?"

"괜찮소. 그럭저럭."

루이스가 짧게 말했다.

사람들의 서명을 모두 받았어. 도리와 어윈의 서명만 제외하곤. 그들은 서명하려고 하질 않더군.

"알았어요." 스티브가 말했다. "이봐요, 점심 함께할래요?"

점심. 점심 모임. 이건 너무나 이질적인 생각이어서 루이스는 십 대 때 읽었던 공상 과학 소설이 떠올랐다. 로버트 A. 하인라인, 머레이 레인스터, 고든 R. 딕슨 같은 작가들이 쓴 소설 말이다. 쿼크 행성에 사는 원주민들은 그들의 자녀들 중 하나가 죽었을 때 하는 이상한 관습이 있다. 에이벨슨 중위가 말한다. '그들은 '만나서 함께 점심을 먹는다.' 이 말이 얼마나 기괴하고 야만적으로 들리는지 알지만 이 행성은 아직 지구인의 문명이 전파되지 않았다는 점을 기억하기 바란다.'

"그러죠." 루이스가 말했다. "장례식 대면 사이에 중간 휴식 시간으로 적당한 레스토랑이 어딜까, 스티브?"

"진정해요, 루."

스티브가 말했지만 아주 기분 나빠하지는 않는 것 같았다. 이 미치광이같이 평온한 상태에서 루이스는 자신의 생애에 있어 그 어느 때보다도 더 사람들을 잘 꿰뚫어 볼 수 있다고 느꼈다. 아마도 그건 착각이겠지만 지금으로선 스티브가 갑자기 화를 터트리며 빈정거리더라도 루이스가 이전에 보여 줬던 멍한 상태보다는 낫다고 생각할 것이라고 루이스는 추측했다.

그가 스티브에게 말했다.

"걱정하지 마요. 벤저민은 어떻소?"

"그래요. 벤저민이 좋겠군요."

스티브가 말했다.

그는 장의사 사무실에서 전화를 했다. 나가는 길에 사람들이 거의 빠져나간 이스트 룸을 지나오면서 어윈과 도리 골드만이 첫째 줄에 앉아 고개를 숙이고 있는 것을 보았다. 그들은 마치 평생 동안 거기 앉아 있을 것처럼 보였다.

벤저민을 선택한 것은 잘한 일이었다. 뱅거는 점심을 일찍 먹는 도시였고 한시경이 되자 벤저민엔 사람이 별로 없었다. 저드가 스티브와 레이첼과 함께 왔고 네 명은 튀긴 닭을 먹었다. 중간에 레이첼이 화장실에 가서 너무 오랫동안 돌아오지 않아 스티브는 불안해졌다. 그가 식당 여종업원에게 레이첼을 찾아봐 달라고 부탁하려는 찰나 레이첼이 눈이 빨개진 채 탁자로 돌아왔다.

루이스는 음식을 먹는 둥 마는 둥 하면서 슐리츠 맥주만 많이 마셨다. 저드도 그와 비슷한 양의 맥주를 마셨지만 말은 많이하지 않았다.

그들의 음식은 거의 손도 대지 않은 채 치워졌고, 루이스는 자신의 초자연적인 통찰력으로 뚱뚱하고 예쁜 얼굴의 그 여종업원이 음식이 마음에 들지 않는지 그들에게 물어볼까 말까 마음속으로 고민하다가 결국 레이첼의 붉어진 눈가를 또 한번 보고서 지금은 그런 질문을 할 때가 아니라고 결정해 버린 것을 알아차렸다. 커피를 마시면서 레이첼은 너무 갑작스럽고 서투르게 어떤 이야기를 꺼내서 거기에 있는 모두를 깜짝 놀라게 했다. 그중에서도 마침내 맥주 때문에 졸음이 쏟아진 루이스가 특히 놀랐다.

"아이의 옷을 구세군에 줄 거예요."

"정말 그럴 생각이야?"

루이스는 잠시 후 말했다.

"그래." 레이첼이 말했다. "입을 만한 옷이 아주 많아. 아이 점퍼…… 코르덴 바지랑…… 셔츠. 누군가가 그 옷을 받으면 기뻐할 거야. 모두 아주 쓸 만해. 물론, 아이가 입고 있던 것만 빼고. 그 옷은…… 엉망이 됐어."

마지막 말은 처량하게도 목멘 소리였다. 그녀는 커피를 마시려고 했지만 아무 소용 없었다. 잠시 후 그녀는 손으로 얼굴을 감싸고 흐느꼈다.

그런 다음 어색한 순간이 찾아왔다. 사람들 모두 루이스를 주목하고 있는 듯했다. 그는 오늘 하루 종일 보여 주었던 불가사의한 통찰력으로 그것을 느꼈고 그중에서도 이것이 가장 분명하고 확실했다. 심지어 그 여종업원조차도 하나로 수렴되는 의식의 흐름에 동조했다. 그는 그녀가 식탁 깔개와 접시를 놓고 있던 뒤의 한 탁자에서 멈칫하는 것을 알아차렸다. 한동안 루이스는 당혹스러웠고 그런 다음 이해할 수 있었다. 사람들은 모두 그가 아내를 위로하기를 기다리고 있었던 것이다.

그는 그럴 수 없었다. 위로하고 싶긴 했다. 그것이 자신의 책임이라는 것도 깨달았다. 그런데도 그는 할 수 없었다. 그를 못하게 방해하는 것은 그 고양이였다. 갑작스러웠고 아무런 이유나 까닭도 없었다. 그 고양이. 그 망할 놈의 고양이. 처치가 발기발기 찢어 놓은 쥐와 새들. 루이스는 그것들을 발견하면 아무 불평도 늘어놓지 않고 저항하지도 않고 즉시 그 난장판을 치웠다. 결국 자신이 자초한 일이기 때문이었다. 하지만 이 일도 그가 자초한 것인가?

그는 자신의 손가락을 봤다. 루이스는 그의 손가락을 봤다. 그는 그의 손가락들이 게이지의 점퍼 뒤쪽을 가볍게 미끄러지는 것을 보았다. 그러고 나서 게이지의 점퍼가 사라졌다. 그러고 나서 게이지도 사라졌다.

그는 그의 커피 잔을 들여다보았고 그 옆에서 아내가 위로도 받지 못한 채 울도록 내버려 두었다.

스티브가 그녀에게 팔을 두르고 부드럽게 그녀를 안은 것은 한참 후였다. 시간상으로는 매우 짧았을지 모르지만 그 당시에는 그리고 나중에 회상해 볼 때도 긴 시간이 흐른 것 같았다. 루이스의 눈과 마주친 스티브의 눈은 그를 비난하는 화난 눈빛이었다. 루이스는 고개를 돌려 저드를 보았지만 저드는 면목이 없는 것처럼 고개를 숙이고 있었다. 루이스를 도와주는 사람은 아무도 없었다.

"난 이런 일이 생길 줄 알고 있었어."

어윈 골드만이 말했다. 그렇게 그 소동은 시작되었다.

"난 그 애가 네 녀석과 결혼할 때부터 알고 있었어. 내가 그랬잖아. '넌 앞으로 눈물 마를 날이 없을 거다.' 라고. 그리고 이 꼴을 봐. 이 꼴 좀 보라고…… 이 난장판을."

루이스는 천천히 장인을 돌아보았는데 그는 스컬캡을 쓴 짓궂은 도깨비 상자 속의 인형처럼 불쑥 루이스 앞에 나타났다. 그러고 나서 그는 본능적으로 레이첼이 서 있던 방명록이 있는 스탠드 주변을 둘러봤다. 그날 오후엔 레이첼이 방문객들을 맞기로 되어 있었지만 레이첼은 보이지 않았다.

오후 대면 시간에는 방문객이 오전보다 적었고, 삼십 분 정도 지난 후, 루이스는 첫 번째 줄 의자에 가서 통로 쪽에 있는 의자에 앉았는데, 매우 피곤하고 졸린 것만 제외하고는 별로 생각나는 게 없었다. 꽃에서 풍기는 넌더리나는 냄새만 주변에 느껴질 뿐이었다. 피곤한 건 맥주 때문만이 아니야. 그는 생각했다. 그의 마음이 결국 닫히기 시작한 것이다. 아마 좋은 현상일 것이다. 아마 열두 시간이나 열여섯 시간쯤 자고 일어나면 레이첼을 조금은 위로해 줄 수 있을 것이다.

잠시 후 그는 무릎 사이에서 느슨하게 잡고 있던 그의 두 손이 보일 정도로 고개를 숙였다. 뒤에서 들리는 웅얼거리는 목소리들이 위안이 되었다. 그는 넷이서 점심을 먹고 돌아왔을 때 어윈과 도리가 이곳에 없는 것을 보고 마음이 놓였지만 장인 장모가 끝까지 나타나지 않으리라는 기대는 처음부터 하지 않은 것이 좋았다는 것을 깨달았어야 했다.

"레이첼은 어디에 있습니까?"

루이스가 물었다.

"안사람과 함께 있네. 당연히 그래야지."

골드만은 큰 거래를 성사시킨 사람처럼 고의적으로 의기양양하게 말했다. 그의 입김에서 스카치 냄새가 풍겼다. 냄새가 많이 났다. 그는 루이스 앞에 마치 법정에 선 유죄가 확실한 남자 앞에서 있는 왜소한 지방 검사처럼 서 있었다. 그는 똑바로 서 있지 못했다.

"레이첼에게 뭐라고 하셨어요?"

루이스는 경고 신호가 작동하는 것을 느끼며 말했다. 그는 골드만이 뭔가를 말했다는 것을 알았다. 그의 얼굴에 나타나 있었다.

"진실만을 말했지. 난 그 애한테 이것이 부모의 뜻을 거스르고 결혼한 대가라고 말했어. 난 그 애한테……."

"그런 말을 하셨어요?"

루이스는 믿을 수 없다는 듯이 물었다.

"정말 그렇게 말씀하신 건 아니겠죠, 그렇죠?"

"그 말도 하고 더한 말도 했어." 어윈 골드만이 말했다. "난 항상 이런 일이나 이 비슷한 일이 생길 줄 알고 있었어. 난 너를 처음 본 순간부터 네가 어떤 놈인지 알고 있었어."

그는 몸을 앞으로 기울이며 스카치 냄새를 뿜어 댔다.

"난 너의 정체를 알고 있었어, 이 촐랑대는 의사 사기꾼. 넌 내 딸을 꼬드겨서 어리석고 무모한 결혼을 하게 해 놓고 그 아이를 식모로 만들더니 내 손자를 고속도로에서 차에 치이게 놔뒀어…… 마치 다람쥐처럼."

대부분의 말들은 루이스의 머릿속을 그냥 지나쳤다. 그는 아직도 이 어리석고 작은 남자가 그 말을 할 수 있었다는 것을 받아들이려고 애쓰는 중이었다.

"정말 레이첼에게 그런 말을 했단 말이에요?"

그는 반복했다.

"당신이 그런 말을?"

"난 네가 지옥에서 썩어 버렸으면 해!"

골드만이 말했고 그 소리에 사람들이 갑자기 고개를 돌렸다. 눈물이 어윈 골드만의 충혈된 갈색 눈에서 쥐어짜는 것처럼 흘러내리기 시작했다. 그의 대머리가 침침한 형광등 아래에서 빛났다.

"넌 내 예쁜 딸을 식모로 만들었어…… 그 애의 장래를 망치고 그 애를 빼앗아 갔어…… 그리고 내 손자를 시골 도로에서 더럽게 죽게 했어."

그의 목소리가 높아지면서 고함소리가 되었다.

"넌 어디에 있었어? 아이가 도로에서 놀고 있는 동안 뭉개고 앉아 구경만 했냐? 그 돼먹지 않은 의학 기사 따위를 생각하고 있었어? 넌 도대체 뭘 하고 있었던 거야? 이 아무짝에도 쓸모없는 놈! 아이들의 살인자! 살……."

그들이 거기에 있었다. 이스트 룸 앞쪽에 바로 그들이 있었다. 그들이 있었고, 루이스는 그의 팔이 앞으로 뻗어 가는 것을 보았다. 그는 그의 정장 외투의 소매가 그의 하얀 셔츠 소매의 끝동에서 뒤로 당겨지는 것을 보았다. 그는 커프스단추 한 개가 매끄럽게 반짝이는 것을 보았다. 레이첼은 자신의 남편이 당시 아직 태어나지도 않은 아들 게이지의 장례식에서 이 커프스를 하게 될 줄은 상상도 못한 채 그들의 3주년 결혼 기념 선물로 그 커프스 세트를 주었다. 그의 주먹은 그의 팔 끝에 달린 뭔가에 지나지 않았다. 그것은 골드만의 입술과 닿아 있었다. 그는 노인의 입술이 뭉개지면서 검은색으로 변하는 것을 보았다. 그것은 정말 역겨운 느낌이었다. 민달팽이를 주먹으로 치면 그런 기분이 들 것이다. 거기엔 어떤 만족감도 없었다. 장인의 입술 아래서 그는 단단하고 균형 잡힌 틀니가 느껴졌다.

골드만은 뒤로 비틀거리며 물러섰다. 그의 팔이 게이지의 관을 스치면서, 비스듬하게 돌아가도록 쳤다. 불안하게 꽃을 많이 꽂아 놓은 꽃병 중 하나가 쿵 소리를 내며 떨어졌다. 누군가 비명을 질렀다.

레이첼이 그녀를 말리려는 장모를 뿌리치려고 몸부림치면서 비명을 질렀다. 열 명에서 열다섯 명 정도 되는 사람들이 거기에 있었는데 모두 두려움과 당혹감으로 얼어붙은 것처럼 보였다. 스티브는 저드를 러들로로 데려갔고 루이스는 그것에 대해 희미하게나마 고마움을 느꼈다. 이것은 저드에게 보여 주고 싶은 광경이 아니었다. 꼴사나운 광경이었다.

"아빨 다치게 하지 마!"

레이첼이 소리 질렀다.

"루이스, 아빠를 다치게 하지 마."

"늙은이를 쳐, 너 그런 놈이야?"

잘난 수표책을 가진 어윈 골드만이 날카로운 소리를 질렀다. 그는 입속에 흐르는 피 사이로 이를 드러내고 웃고 있었다.

"늙은이를 쳐? 놀랄 것도 없지, 이 썩을 놈. 하나도 놀랄 것 없고말고."

루이스가 그를 향해 돌아서자 골드만은 그의 목을 쳤다. 그것은 서툴고 빗나간 타격이었지만 루이스는 준비가 되어 있지 않았다. 다음 두 시간 동안 침 삼키는 것도 힘들게 만들 마비시키는 고통이 그의 목구멍에서 폭발했다. 그의 머리가 뒤쪽으로 흔들리면서 그는 복도에 한쪽 무릎을 꿇고 주저앉았다.

처음엔 꽃이고 이젠 나로군. 그는 생각했다. 레이먼스가 뭐라고 노래했더라? 헤이호, 가자! 그는 웃고 싶었지만 웃어지지가 않았다. 그의 다친 목구멍에서 나온 것은 작은 신음소리였다.

레이첼은 다시 비명을 질렀다.

어윈 골드만은 입에서 피를 흘리며 사위가 무릎을 꿇고 앉아 있는 곳으로 성큼성큼 다가가 루이스의 배를 호되게 걷어찼다. 고통이 번쩍하고 타올랐다. 그는 앞으로 털썩 쓰러지지 않기 위해 바닥 깔개 밑에 손을 집어넣었다.

"넌 늙은이하고 싸우는데도 형편없구나, 야!"

골드만은 정신 나간 사람처럼 흥분해서 소리를 질렀다. 그는 루이스를 다시 걷어찼지만 이번에는 옆구리를 비껴가서, 노인용 검은 구두 한 짝으로 루이스의 왼쪽 엉덩이 위쪽을 걷어찼다. 루이스는 고통으로 신음했고 이번에는 정말 카펫 위에 쓰러졌다. 그의 턱이 철썩 소리를 내며 바닥을 쳤다. 그는 혀를 깨물었다.

"이놈!"

골드만이 소리 질렀다.

"네가 처음 기웃대며 나타났을 때 이렇게 엉덩이를 차 주었어야 했는데, 이 빌어먹을 놈, 에잇!"

그는 루이스를 다시 걷어찼고 이번에는 다른 쪽 엉덩이와 연결된 부분을 찼다. 그는 눈물을 흘리면서 웃고 있었다. 장의사가 그들을 향해 달려왔다. 레이첼 역시 골드만 부인에게서 벗어나 비명을 지르며 그들 쪽으로 달려오고 있었다.

루이스는 꼴사납게 옆으로 굴러서 일어나 앉았다. 그의 장인은 그를 다시 걷어찼고 루이스는 양손으로 그의 신발을 잡았다. 그 신발은 마치 잘 잡은 축구공처럼 그의 손바닥 안으로 들어왔고 그는 할 수 있는 한 최대로 뒤쪽으로 몸을 당겼다.

고함을 지르며 골드만은 뒤로 넘어지면서 균형을 잡기 위해 양팔을 버둥거렸다. 그는 게이지의 '영원한 안식'의 관 위로 넘어졌는데 그 관은 오하이오 주의 스토리빌 시에서 제조된 것으로 결코 싼 물건도 아니었다.

위디한 오즈의 마벗사가 내 아들의 관 위로 막 넘어졌구나. 루이스는 멍하게 생각했다. 관은 무시무시하게 큰 쿵 소리를 내며 받침대에서 떨어졌다. 왼쪽 끝 부분이 먼저 떨어지고 그 다음 오른쪽 끝 부분이 떨어졌다. 자물쇠에서 딸각거리는 소리가 났다. 비명소리와 울음소리 와중에도 그리고 결국은 아이들처럼 남 탓이나 하고 있는 골드만의 고함소리 속에서도 루이스는 자물쇠가 딸각거리는 소리를 들었다.

관이 열려서 게이지의 비참하게 망가진 유해가 떨어져 사람들이 멍하니 입을 벌리고 쳐다보는 일은 일어나지 않았지만 루이스는 관이 옆으로 떨어진 것이 아니라 바닥부터 떨어졌기 때문에 사람들이 당혹스러운 순간을 간신히 모면할 수 있었다는 것도 불쾌할 정도로 잘 알고 있었다. 분명 옆으로 굴러 떨어질 수도 있었다.

그런데도 그 부서진 빗장 위로 뚜껑이 탁 닫히기 전 아주 짧은 순간에 루이스에게 회색이 잠깐 보였는데, 그것은 게이지의 몸을 지하에서 감싸주라고 그들이 산 정장이었다. 그리고 분홍색도 잠깐 보였다. 아마도 게이지의 손이었으리라.

거기 바닥에 앉아 루이스는 얼굴을 손으로 가리고 울기 시작했다. 그는 그의 장인, MX 미사일, 영구히 남아 있는 봉합선 대 녹아 없어지는 봉합선, 우주의 열평형 상태 같은 것들 모두에 흥미를 잃었다. 바로 그 순간 루이스 크리드는 자신이 죽었으면 하고 바랐다. 그리고 갑자기 기괴하게도 한 영상이 그의 마음속에 떠올랐다. 미키 마우스 귀를 한 게이지, 디즈니월드의 번화가에서 게이지가 거대한 구피와 웃으며 악수하고 있는 영상이었다. 그는 이 영상을 너무나 뚜렷하게 보았다.

받침대 지지대 중 한쪽이 떨어졌다. 다른 한쪽은 목사가 서서 송덕문을 읊을 만한 낮은 연단에 기대어 술 취한 것처럼 무심하게 걸려 있었다. 꽃 속에 골드만도 널브러져서 울고 있었다. 뒤집어진 꽃병에서 물이 흘러나왔다. 일부 짓이겨지고 뭉개진 꽃들은 더 강한 냄새를 뿜어냈다.

레이첼은 계속 비명을 질렀다.

루이스는 그녀의 비명소리에 반응할 수 없었다. 미키 마우스 귀를 단 게이지의 영상이 희미해져 가고 있었지만 영상이 완전히 사라지기 전에 오늘 밤 불꽃놀이가 시작될 것이라는 방송을 들었다. 그는 손에 얼굴을 묻은 채 앉아서, 사람들이 그를 보지 않기를, 그의 눈물에 얼룩진 얼굴, 그의 상실감, 그의 죄책감, 그의 고통, 그의 창피함, 무엇보다도 지금 죽어서 이 암흑에서 벗어나고 싶다는 비겁한 소망을 보지 않기를 바랐다.

장의사와 도리 골드만이 레이첼을 밖으로 데려갔다. 그녀는 여전히 비명을 지르고 있었다. 조금 지나자 다른 방에서 그녀는 아주 잠잠해졌다. 그 방은 슬픔을 견디기 힘든 유족들을 위해 특별히 만든 방인 히스테리 환자들의 휴게실일 것이라고 루이스는 추측했다. 멍해 있었지만 마침내 정신을 차린 루이스가 단둘만 남겨 달라고 요구한 후에 이번엔 그녀에게 직접 진정제를 놓아 주었다.

집에 돌아온 그는 그녀를 침대로 데려가 다시 진정제를 놔 주었다. 그런 다음 그는 이불을 턱까지 당겨 주고 그녀의 밀랍같이 창백한 얼굴을 응시했다.

"레이첼, 미안해. 되돌릴 수만 있다면 무슨 짓이라도 하겠어."

"괜찮아."

그녀는 낯설고 침울한 목소리로 말하면서 옆으로 돌아누워 그를 외면해 버렸다.

그는 상투적이고 구식 질문인 '당신 괜찮아?' 가 입가로 올라오는 것을 눌러 참았다. 그건 진심으로 하는 질문이 아니었다. 그가 묻고 싶었던 것은 따로 있었다.

"당신, 얼마나 안 좋은 거지?"

그가 끝내 물었다.

"꽤 나빠, 루이스."

그녀는 말하고 나서 웃음소리 같은 소리를 내었다.

"사실, 끔찍해."

뭔가가 더 필요한 것처럼 보였지만 루이스는 그것을 충족시켜 줄 수 없었다. 그는 갑자기 그녀와 스티븐 매스터튼과 미시 댄드리지와 그녀의 화살 모양의 울대뼈를 가진 남편과, 그 모든 망할 놈의 패거리 모두에게 화가 났다. 왜 그가 항상 달래 주는 사람이 되어야 하는가? 무슨 이런 경우가 있단 말인가?

그는 불을 끄고 나왔다. 그는 딸에게도 별로 해 줄 것이 없다는 것을 깨달았다.

정신이 팔린 한순간 어둑한 방에 있는 그 애를 보자 그는 아이를 게이지로 착각했다. 이 모든 일이 마치 파스코가 그를 숲으로 인도했던 것처럼 끔찍한 악몽이라는 생각이 들면서 한순간 지친 그의 마음이 그 생각을 덥석 받아들였다. 그림자도 한몫했다. 거기에는 엘리가 힘든 시간을 보낼 수 있도록 저드가 가져다 놓은 휴대용 텔레비전에서 나오는 움직이는 빛밖에 없었다. 아주아주 긴 시간이었다.

하지만 그건 물론 게이지가 아니었다. 그것은 썰매에 탄 게이지를 끌어 주는 자신의 사진을 들고 게이지의 의자에 앉아 있는 엘리였다. 엘리는 게이지의 방에 있던 의자를 자기 방으로 가져왔던 것이다. 그것은 캔버스로 된 접는 의자로 뒤쪽에 캔버스 천 조각이 가로질러 쳐져 있었다. 그 천 조각에 찍힌 것은 게이지였다. 레이첼은 이런 의자 네 개를 통신 판매로 주문했다. 식구들 각자가 의자 뒤편에 자신의 이름이 찍힌 의자 하나씩을 가지고 있었다.

엘리는 게이지의 의자에 앉기에 너무 컸다. 그 애는 그 의자에 꽉 찼고 캔버스 바닥은 아래쪽으로 위험할 정도로 불거져 있었다. 그 애는 그 즉석 사진을 가슴에 안고서 텔레비전을 응시하고 있었는데 거기에선 어떤 영화가 나오고 있었다.

그가 탁 소리를 내며 텔레비전을 껐다.

"엘리. 잘 시간이다."

엘리는 의자에서 간신히 일어나 의자를 접었다. 그 애는 의자를 접어서 침대로 가져가려는 것 같았다.

루이스는 망설이면서 그 의자에 대해 뭔가 말하고 싶었지만 결국 그러지 않기로 마음을 굳혔다.

"내가 이불 덮어 줄까?"

"네, 덮어 주세요."

그 애가 말했다.

"너…… 오늘 밤 엄마랑 자고 싶니?"

"아니요, 괜찮아요."

"확실해?"

엘리는 희미하게 미소 지었다.

"엄마는 이불을 뺏어 가요."

루이스도 같이 미소 지었다.

"그럼 이리 와."

엘리는 의자를 침대에 가져가는 대신 침대 머리맡에 다시 펼쳐 놓았고 루이스에게 모순된 영상이 떠올랐다. 여기가 세상에서 가장 작은 정신과 의사의 상담실이라는 영상이었다. 아이는 옷을 벗으면서 그 애와 게이지의 사진을 베개에 올려놨다. 그 애는 인형 옷 파자마를 입고 사진을 집은 후, 욕실로 가서 그것을 내려놓고, 세수하고, 칫솔질하고, 치실로 깨끗이한 후 영양제를 먹었다. 그런 다음 다시 사진을 집어 들고 침대로 왔다.

루이스는 아이 옆에 앉아서 말했다.

"엘리야, 난 네가 우리가 계속 서로를 사랑하면 이 일을 극복할 수 있다는 것을 알았으면 한다."

말 한마디 한마디가 젖은 가마니가 들어 있는 수레를 미는 것 같았고, 말을 끝내자 루이스는 힘이 쑥 빠졌다.

"전 정말 간절히 바랄 거예요."

엘리가 침착하게 말했다.

"그리고 하느님에게 게이지를 다시 돌려달라고 기도할 거예요."

"엘리……."

"하느님은 원하면 무를 수 있어요. 하느님은 원하는 것은 뭐든 할 수 있어요."

"엘리, 하느님은 그런 일을 하지 않아."

루이스가 말했다. 그는 마음속으로 처치가 닫힌 변기 뚜껑 위에 웅크리고 앉아 욕조 속에 누워 있는 그를 탁한 눈으로 보고 있는 것이 보였다.

"하느님은 그렇게 해요." 엘리가 말했다. "주일 학교에서 선생님이 나사로란 사람에 대해 말해 줬어요. 그 사람은 죽었는데 예수님이 살려 냈어요. 그분이 말하길, '나사로야, 앞으로 나오너라.' 그랬어요. 선생님이 그러시는데 만약 예수님이 그냥 '앞으로 나오너라.'라고 말한다면 아마도 그 무덤에 있는 모든 사람들이 걸어 나왔을 테지만, 예수님은 나사로만 원했다고 했어요."

모순된 말이 그의 입에서 튀어나왔다. 하긴 그날은 하루 종일 불합리한 소리만 하는 횡설수설한 날이었다.

"그건 아주 오래전 일이다, 엘리."

"난 게이지의 물건들을 준비해 놓을 거예요. 사진도 가지고 있을 거고 이렇게 게이지의 의자에 앉아서……"

"엘리, 넌 게이지 의자에 앉긴 너무 커."

루이스가 말하면서 그 애의 뜨겁고 열에 들뜬 손을 잡았다.

"의자가 부러질 거야."

"부러지지 않도록 하느님이 도와주실 거예요."

엘리의 목소리는 평온했지만 루이스는 그 애의 눈 밑에 갈색 반달이 뜬 것을 보았다. 그 애를 보고 있노라니 마음이 너무 아파서 그는 고개를 돌려 버렸다. 아마도 게이지의 의자가 부러질 때쯤이면 그 애는 무슨 일이 일어났는지 조금 더 이해하게 되리라.

"난 사진을 가지고 다닐 거고 게이지 의자에 앉을 거예요. 게이지가 먹던 아침도 먹을 거예요."

게이지와 엘리는 각자 먹는 시리얼이 따로 있었다. 한때 엘리는 게이지의 시리얼은 마른 코딱지 같은 맛이 난다고 주장했다. 만약 집에 시리얼이 코코아 베어스밖에 없다면 엘리는 가끔 삶은 달걀을 먹거나…… 아무것도 먹지 않았다.

"난 아욱 콩이 싫지만 그것도 먹을 거고, 게이지의 그림책은 모두 읽을 거고 그리고 나는…… 나는…… 있죠…… 준비를 해 둘 거예요…… 만약……."

아이는 이제 울고 있었다. 루이스는 그 애를 달래려고 하지 않았고 다만 이마에 흘러 내려온 아이의 머리카락을 뒤로 쓸어넘겨 주었다. 아이가 말했던 내용은 확실히 정신 나간 소리 같았지만 일리 있는 말이기도 했다. 그대로 이어 가는 것이다. 상황을 현 상태로 유지하는 것이다. 게이지를 현재에 머무르게 하고, 직통 전화를 열어 두면서 그가 사라지는 것을 거부하는 것이다. 게이지가 이랬을 때…… 또 저랬을 때 기억하니…… 그럼, 정말 대단했지…… 예쁜 게이지, 대견한 녀석. 더 이상 마음이 아프지 않게 되면 더 이상 중요하지 않게 될 것이다. 그 애는 아마도 게이지를 죽은 상태로 버려두는 게 얼마나 쉬운 일인지 이해한 것 같다고 루이스는 생각했다.

"엘리, 이제 그만 그쳐. 영원히 이렇지는 않아."

엘리는 영원히 울었다…… 약 십오 분 동안. 엘리는 눈물이 그치기 전에 잠들었다. 하지만 마침내 그 애가 잠들었을 때 아래층에 있는 시계가 고요한 집 안에서 열시를 쳤다.

엘리, 게이지를 계속 살려 두렴. 그렇게 하고 싶으면. 루이스는 이런 생각을 하며 엘리에게 입 맞췄다. 정신과 의사들은 정신 건강에 너무 해롭다고 하겠지만 나는 찬성한다. 왜냐하면 나는 그날이 올 줄 알고 있기 때문에. 빠르면 이번 주 금요일쯤 네가 사진을 들고 다니는 것을 잊어 먹고 진입로 주변을 자전거를 타고 다니거나 집 뒤편에 있는 들판을 산책하거나 캐시 맥거윈네 집에 가서 그 아이의 재봉 도구를 가지고 함께 옷을 만들러 간 동안 이 사진이 이 빈집 네 침대에 있는 것을 보게 될 거야. 게이지는 너와 함께 있지 않을 것이고 그때가 바로 어린 소녀들의 마음속에 존재하는 직통 전화에서 게이지가 사라지면서 게이지의 존재를 1984년에 일어났던 어떤 일로 인식하게 되는 때겠지. 과거로부터 불어오는 한바탕 돌풍이랄까.

루이스는 방을 나와 한동안 층계 꼭대기에서 잠을 잘 것인가를 별로 진지하지 않게 생각했다.

그는 자신이 무엇을 원하는지 알았고 아래층으로 그것을 가지러 갔다.

루이스 앨버트 크리드는 계획적으로 술에 취하기 시작했다. 아래층 지하실에는 다섯 상자의 슐리츠 라이트 맥주가 있었다. 루이스가 맥주를 마셨고, 저드가 마셨고, 스티브 매스터튼이 마셨고, 미시 댄드리지가 아이들을 봐 줄 때 가끔 한두 병 마셨다. (아이들이 아니라 아이라고 루이스는 아래층에 있는 지하실 계단을 내려가면서 자신에게 상기시켰다.) 심지어 찰턴까지도 몇 번 루이스의 집을 방문했을 때 낮은 도수의 맥주가 있다면 포도주보다 그것을 택했다. 그래서 작년 겨울 어느 날 레이첼이 주류 도매점 A&P에서 슐리츠 맥주를 할인 판매할 때 나가서 무려 열 상자나 사 왔다.

"손님이 올 때마다 오링턴에 있는 가게로 달려가는 것 좀 그만둬."라고 그녀는 말했다. "당신은 항상 로버트 파커가 했던 말을 나에게 써먹었잖아, 여보. 가게 문이 닫힌 후에는 집 냉장고에 있는 어떤 맥주라도 좋은 법이라고, 그렇지? 그러니 이걸 마시게 되면 얼마나 돈이 절약될지 생각해 봐."

지난겨울이었다. 만사가 좋았던 때였다. 만사가 좋았던 때라. 사람의 마음이 얼마나 빠르고 쉽게 그런 구분을 짓는지 우스웠다.

루이스는 맥주 한 상자를 가져와 맥주 깡통들을 냉장고에 쑤셔 넣었다. 그러고 나서 깡통 한 개를 집어 들고 냉장고 문을 닫고 맥주 깡통을 땄다. 처치가 냉장고 문소리를 듣고 역겨울 정도로 천천히 그리고 둔한 몸짓으로 식기실에서 나와 루이스를 호기심 어린 눈빛으로 바라보았다. 고양이는 너무 가까이까지 다가오지는 않았다. 아마 루이스가 고양이를 너무 많이 걷어찼기 때문인 듯했다.

"네 건 없어." 그가 고양이에게 말했다. "넌 오늘 밥 먹었잖아. 다른 게 먹고 싶으면, 가서 새나 죽여."

처치는 그 자리에 서서 그를 올려다보았다. 루이스는 맥주 캔의 절반을 단숨에 마시고 대번에 취기가 머리로 올라오는 것을 느꼈다.

"넌 그것들을 먹지도 않잖아, 그렇지? 그냥 죽이는 걸로 충분한 거지."

처치는 먹을 게 없을 거라는 결론을 내린 듯 한가롭게 거실로 걸어 들어갔고 잠시 후에 루이스가 따라 들어왔다.

그는 다시 막연하게 '헤이호, 가자.'라고 생각했다.

루이스는 의자에 앉아서 처치를 바라보았다. 고양이는 텔레비전 스탠드 옆에 있는 깔개에 기대고 누워서 루이스를 조심스럽게 바라보고 있었는데, 루이스가 갑자기 공격적으로 변해서 발길질을 시작하거나 하면 도망치려고 하는 것 같았다.

루이스는 발길질 대신 맥주를 들었다.

"게이지를 위해."

"올림픽 수영 선수가 될지도 모르고 빌어먹을 미국 대통령이 됐을지도 모르는 내 아들을 위해. 어때, 이 멍청아."

처치는 그를 우둔하고 야릇한 눈으로 바라보았다.

루이스는 남아 있던 맥주를 한꺼번에 너무 많이 들이켜서 목이 따끔거렸지만 일어나 냉장고로 가서 맥주 한 캔을 또 가져왔다.

맥주 깡통 세 개를 비웠을 때 그는 그날 처음으로 나름대로 편안한 기분이 들었다. 여섯 개들이 맥주 한 상자를 다 마셨을 무렵에야 그는 한두 시간 정도 지나면 잘 수도 있겠다는 생각이 들었다. 그는 여덟 번째인지 아홉 번째인지의 맥주를 냉장고에서 꺼내오다가 처치를 보았다. 그때쯤 그는 몇 병을 마셨는지 셀 수도 없었고 비틀거리면서 걷고 있었다. 고양이는 깔개 위에서 졸고 있었는데 어쩌면 조는 척하는 것인지도 몰랐다. 그 생각은 너무나 자연스럽게 떠올랐는데 실은 원래부터 있었으면서 그의 마음 깊은 곳에서 나올 때만 기다리고 있었음에 틀림없었다.

언제 할 거냐? 언제 너는 게이지를 애완동물 공동묘지 옆 그곳에 묻을 거냐?

그리고 뒤이어

나사로야, 앞으로 나오너라.

엘리의 졸리고 멍한 목소리.

선생님이 그러셨는데 만약 예수님이 '앞으로 나오너라.' 하면 아마도 그 무덤에 있는 모든 사람들이 앞으로 나왔을 거라고 했어요.

너무나 원시적인 힘을 지닌 공포가 그를 엄습해서 루이스는 전신에 몸서리가 쳐지는 것을 느끼며 움츠러들었다. 그는 갑자기 엘리가 처음 유치원에 다녀와서 「올드 맥도널드」와 베리맨 부인에 대해 수다 떠는 것을 그와 레이첼이 들어 주는 동안 그의 무릎에서 게이지가 잠들었던 것을 기억해 냈다. 그는 내가 아이를 침대에 눕혀 놓겠노라 말했고 그가 게이지를 위층으로 데려갈 때 무시무시한 예감에 사로잡혔던 것을 기억해 냈는데 이제야 그것을 이해했다. 지난 9월 이미 자신의 한 부분은 게이지가 곧 죽을 것임을 알고 있었던 것이다. 그 자신의 일부는 위디한 오즈의 마법사가 가까이 있었음을 감지하고 있었다. 이건 말도 안 되는 헛소리였고 전적으로 미신에서 비롯된 어리석은 생각이었지만…… 사실이었다. 그는 알고 있었다. 루이스는 셔츠에 맥주를 조금 흘렸고, 처치는 이것이 오늘 저녁 발길질 광란이 시작될 조짐인지 보기 위해 짜증 나는 눈빛으로 그를 올려다보고 있었다.

루이스는 갑자기 저드에게 그가 했던 질문이 떠올랐다.

그는 저드가 팔을 홱 쳐서 탁자 위에 있던 두 개의 빈 맥주병을 바닥으로 떨어뜨리던 것을 기억했다. 그중 한 병은 산산조각이 났다. '그런 말은 입 밖에 내선 안 돼, 루이스!'

하지만 그는 그 얘기를 하고 싶었고 최소한 생각은 해 보고 싶었다. 애완동물 공동묘지. 애완동물 공동묘지 저편에 있는 것. 그 생각은 치명적인 유혹이었다. 거기에는 부인할 수 없는 논리성이 있었다. 처치가 도로에서 목숨을 잃었다…… 게이지가 도로에서 목숨을 잃었다. 여기 처치가 살아 있다. 물론 어떤 면에서는 불쾌하게 변하기도 했지만, 여기에 살아 있다. 엘리와 게이지 그리고 레이첼 모두 처치와 그럭저럭 좋은 관계를 유지했다. 처치는 새들을 잡아 죽이고 생쥐 몇 마리를 헤집어 놨지만 작은 동물을 죽이는 것은 고양이의 습성이다. 처치는 결코 프랑켄슈타인 같은 괴물로 변한 게 아니다. 그는 많은 면에서 예전과 같았다.

너는 합리화하고 있는 거야, 어떤 목소리가 속삭였다. 그는 예전과 같지 않아. 그는 섬뜩해. 그 까마귀, 루이스…… 그 까마귀를 기억해?

"오 하느님!"

루이스는 자신의 목소리인 줄 알아차리기 어려운 떨리고 혼란스러운 목소리로 내뱉었다.

하느님, 그렇지, 좋아, 그렇지. 만약 유령이나 흡혈귀에 관한 소설 외에 신의 이름을 불러야 할 경우가 있다면 바로 이런 경우겠지. 도대체 그는 무슨 생각을 하고 있는가? 그는 자신조차도 완전히 믿을 수 없는 사악한 신성 모독에 대해 생각하고 있었다. 더 나쁜 것은, 자기 자신에게 거짓말을 하고 있다는 것이다. 그냥 합리화만 하는 것이 아니라 노골적인 거짓말을 하고 있는 것이다.

그래서 진실은 뭐지? 네가 그렇게 빌어먹을 진실을 원한다면, 진실은 도대체 뭐야?

진실은 처치가 더 이상 고양이가 아니라는 점에서 시작한다. 그는 고양이처럼 생기고, 고양이처럼 행동하지만, 사실은 조잡한 모조품에 지나지 않는다. 사람들은 처치가 진짜가 아니라는 사실을 정확하게 간파해 내지 못하지만 느낄 수는 있었다. 그는 찰턴이 집에 왔던 날 밤을 떠올렸다. 크리스마스 전에 가진 조그만 만찬회였다. 사람들은 모두 거실에 앉아서 식사를 마친 후 이야기를 하고 있었는데 처치가 그녀의 무릎에 뛰어 올라왔다. 찰턴은 즉시 그 고양이를 밀어내 버렸고 즉각적이고 본능적인 혐오감에 입술을 오므렸다.

그건 별일 아니었다. 아무도 그것을 입에 올리지조차 않았다. 하지만…… 명백한 사실이었다. 찰턴은 예전의 그 고양이가 아니라는 것을 느끼고 있었다. 루이스는 맥주를 다 마시고 또 하나를 가지러 갔다. 만약 게이지가 그런 식으로 변해서 돌아온다면 그것이야말로 외설일 것이다.

그는 깡통을 거칠게 따고 한꺼번에 많은 양을 들이켰다. 이제 그는 취했고 그것도 완전히 취해 있었다. 내일 아침에는 심한 두통과 싸워야 할 것이다. 어떻게 숙취를 견디며 내 아들 장례식에 갔는가, 저자 루이스 크리드. 결정적인 순간에 내가 어떻게 아들을 놓쳤는가 및 기타 다수의 작품들을 집필한 저자.

취했어. 확실히. 그리고 그는 이제 이렇게 취한 이유가 이 정신나간 생각을 제정신으로 고려해 보기 위해서였다고 생각했다.

모든 점에도 불구하고 그 생각은 너무나 치명적인 매력, 구역질 나는 열망, 매혹을 지녔다. 그렇다, 무엇보다 그것은 매혹적이었다.

저드가 돌아와서 그의 마음속에 말하고 있었다.

'그것이 사람의 마음을 사로잡아 버리기 때문에 그것을 하는 거야. 그 매장지는 비밀스러운 장소이고 그 비밀을 공유하고 싶어서 그것을 하는 거야…… 이유를 꾸며 대지…… 그 이유는 완벽해 보이지만…… 하지만 그것을 하는 진짜 이유는 그것을 원하기 때문이야. 아니면 그것을 해야 하기 때문이지.'

저드의 목소리는, 낮고 느릿느릿한 양키 억양으로, 그의 살갗을 차갑게 식히면서 소름 돋게 했고 목 뒤에 난 털들을 곤두서게 만들었다.

'이것들은 비밀스러운 일들이야, 루이스…… 남자의 마음의 토양은 돌보다 단단하지…… 오래된 미크맥 매장지에 있는 토양처럼. 남자는 자신이 키울 수 있는 것을 키우고…… 돌보지.'

루이스는 미크맥 매장지에 대해 저드가 그에게 했던 말을 하나하나 되짚어 생각하기 시작했다. 그는 모든 정보를 대조하고 정리하고 요약하기 시작했다. 그는 큰 시험을 준비할 때 그가 했던 것과 똑같은 방식으로 생각을 정리하기 시작했다.

그 개. 스폿.

'나는 철조망이 스폿의 몸을 옭아맸던 자리를 모두 볼 수 있었지. 그 자리에는 털이 난 곳이 하나도 없었고, 살이 보조개처럼 움푹 패어 있었어.'

그 황소. 또 다른 파일이 루이스의 마음속에서 넘어갔다.

'레스터 모건이 상품으로 받은 황소를 그곳에 묻은 적이 있었거든. 핸래티라는 이름의 블랙앵거스 종이었지…… 레스터는 기를 쓰고 썰매에 그 황소를 싣고 가 거기에다 묻었지…… 이 주 후에 그는 황소를 쏴 죽였어. 그 황소는 정말 끔찍하게 변했어, 정말 끔찍하게. 하지만 그 황소가 내가 들어 본 중 나쁘게 변한 유일한 동물이었어.'

그것은 끔찍하게 변했다.

남자의 마음의 토양은 돌보다 강하다.

그것은 정말로 끔찍하게 변했다.

그것은 내가 들어 본 중 그렇게 된 유일한 동물이다.

보통은 네가 그것을 하는 이유는 일단 네가 그곳에 가 보면, 그곳이 너의 자리가 되기 때문이다.

살이 움푹 팬 것처럼 보였다.

핸래티, 황소 이름치고는 웃긴 이름 아냐?

남자는 할 수 있는 것과…… 그가 돌보는 것으로 성장한다.

그것들은 나의 쥐야. 그리고 나의 새들이지. 내가 그것들을 불러들였어.

그것은 너의 자리야, 비밀스러운 장소, 그리고 그것은 너에게 속해 있고, 너는 그것에 속해 있지.

그것은 끔찍하게 변했지만, 내가 들어 본 중 그렇게 된 유일한 동물이야.

그 다음에 뭘 자초하고 싶은 거냐, 루이스, 밤에 바람이 세차게 몰아치고, 달이 숲 속을 통해 그곳까지 하얀 길을 내는 그때? 그 계단들을 다시 오르고 싶은가? 사람들이 공포 영화를 볼 때는 관객 모두가 남자 주인공이나 여자 주인공이 그 계단을 올라갈 만큼 멍청하다는 것을 알고 있지만, 현실에서는 본인들이 항상 그렇게 어리석은 짓을 한다. 담배를 피우고, 좌석 벨트를 채우지 않고, 가족을 데리고 하루 종일 대형 트럭들이 윙윙거리면서 지나다니는 복잡한 고속도로 옆으로 이사하는 것이다. 그래서 루이스, 어쩔 거냐? 그 계단을 다시 올라가고 싶나? 아들을 죽은 채로 놔두기를 원하는가, 아니면 1번 문, 2번 문, 3번 문 뒤에 있는 무언가를 노려 보겠는가?

헤이호, 가 보자고.

끔찍하게 변했지…… 유일한 동물…… 살이 보조개처럼. 남자는…… 네 것은…… 그의……

루이스는 남은 맥주를 개수대에 쏟아 버렸는데 갑자기 토할 것 같은 기분이 들었다. 방이 엄청나게 큰 동작으로 빙빙 돌기 시작했다.

문 두드리는 소리가 들렸다.

오랫동안(그것은 오랜 시간 같았다) 그는 그 소리가 머릿속에서만 들리는 환청이라고 믿었다. 하지만 문 두드리는 소리는 계속해서 끈질기게 물러서지 않을 것처럼 들려왔다. 그리고 갑자기 루이스는 원숭이 발(Monkey's paw, W.W. 제이콥스가 쓴 단편소설로 소원을 들어준다는 기이한 원숭이 발 이야기. 작품 속의 노부부는 소원을 빌었다가 대신 아들을 잃는다—옮긴이) 이야기가 생각났고 그러자 오싹 차가운 공포가 밀려왔다. 그는 이 공포를 실제 현실처럼 느끼고 있었는데, 그것은 마치 냉장고에 두었던 시체의 손이, 그 육체로부터 이탈한 손이 스스로 생명을 얻어서 그의 셔츠 속으로 슬며시 들어와 그의 심장 위 살을 움켜쥐는 것 같았다. 그것은 바보 같은 상상이었지만, 정말 바보 같고 말도 안 되는 것이었지만, 오, 그것은 바보같이 느껴지지 않았다. 절대 아니었다.

루이스는 아무것도 느껴지지 않는 발로 문으로 걸어가 무감각한 손가락으로 걸쇠를 벗겼다. 그리고 문을 열어제치며 생각했다. 파스코일 거야. 짐 모리슨에 대해 사람들이 말했던 것처럼 예전보다 더 큰 존재로 살아 돌아온 거야. 파스코가 조깅용 반바지를 입고 그 자리에 서서, 크기는 실물 그대로고 한 달 지난 빵처럼 곰팡이가 피어서 끔찍하게 망가진 머리를 해 가지고 나에게 그 경고를 다시하겠지. '거기 가지 마요.' 하고 읊어 대겠지. 애니멀스가 부른 그 오래된 노래 제목이 뭐였더라. '내 사랑, 제발 가지 마요, 내 사랑, 제발 가지 마요. 내가 당신을 그렇게 사랑하는 걸 알잖아요, 내 사랑, 제발 가지 마요…….'

문이 홱 열리자 그의 아들의 장례식장 방문일과 장례식일 중간인 이 한밤중 바람 부는 어둠 속에 그의 층계 위에 서 있던 사람은 저드 크랜덜이었다. 그의 가느다란 흰머리가 차가운 어둠 속에서 마구 휘날렸다.

루이스는 웃으려고 애썼다. 시간이 영리하게도 스스로 과거로 돌아간 것 같았다. 이제 다시 추수감사절이었다. 곧 이들은 딱딱하고 부자연스럽게 무거워진 엘리의 고양이 윈스턴 처칠의 몸을 쓰레기 비닐 봉투에 넣고 출발할 것이다. 이유는 묻지 말고 일단 가자고.

"들어가도 될까, 루이스?"

저드가 물었다. 그는 셔츠 주머니에서 체스터필드 한 갑을 꺼내 담배 한 개비를 입에 찔러 넣었다.

"그런데 말이죠. 지금은 늦은 시각이고 난 맥주를 많이 마셨어요."

루이스가 말했다.

"아하, 냄새가 나는군."

저드가 말했다. 그는 성냥을 켰다. 바람이 불을 꺼 버렸다. 그는 두 번째 성냥을 꺼내 손을 둥글게 말아 가리고 켜려고 했지만, 손이 떨려 또다시 성냥불은 바람에 꺼지고 말았다. 그는 세 번째 성냥을 꺼내 불을 켜려고 하다가 현관에 서 있는 루이스를 올려다보았다.

"불을 켤 수 없군. 들여보내 줄 건가, 말 건가, 루이스?"

루이스는 안쪽으로 물러서서 저드가 들어오게 했다.

그들은 맥주를 사이에 두고 식탁 앞에 앉아 있었다. 우리 집 식당에서 마시긴 처음이군. 루이스가 약간 놀라워하며 생각했다. 거실을 반쯤 가로지른 곳에서 엘리가 자다가 소리를 질렀고 둘 다 모두 아이들 게임에 나오는 조각상처럼 얼어붙어 있었다. 소리는 다시 들리지 않았다. 루이스가 말했다.

"좋아요. 내 아들의 장례식 날 새벽 12시 25분에 여기서 뭘 하고 있는 거죠? 저드, 당신은 친구지만 이건 심하군요."

저드는 맥주를 마시고서 손바닥으로 입을 닦으며 루이스를 똑바로 바라보았다. 그의 눈 속엔 뭔가 분명하고 긍정적인 것이 있었고 루이스는 결국 그의 눈을 피해 시선을 내리깔았다. 저드가 말했다.

"자네는 내가 왜 여기에 있는지 알고 있잖아. 자네는 생각해서는 안 될 것에 대해 생각하고 있어, 루이스. 더 나쁜 것은 자네가 그걸 고려하고 있지 않은지 두렵다네."

"난 자러 갈 생각밖에 없어요. 난 내일 장례식에 가야 해요."

"난 자네가 오늘 밤 느끼는 고통보다 더 많은 고통에 대한 책임이 있네."

저드가 부드럽게 말했다.

"내가 아는 한 어쩌면 자네 아들의 죽음도 내 책임인지 몰라."

루이스는 저드를 쳐다보며 경악했다.

"뭐라고요……? 저드, 정신 나간 소리 하지 마요!"

"자네는 그 아이를 거기다 묻을까 생각하고 있었지. 그 생각이 자네 마음을 스치고 갔다는 것을 부인하지 말게, 루이스."

루이스는 대답하지 않았다.

"그 영향을 얼마나 받은 건가?" 저드가 말했다. "나에게 말해 줄 수 있나? 아니지. 나 자신조차도 그 질문에 대해 대답할 수 없어. 나는 일생을 이곳에서 살았네. 나는 미크맥 족에 대해서 알고 그 장소가 그들에겐 항상 신성한 장소로 여겨지고 있다는 것도 알지만…… 좋은 의미에서는 아니었어. 스태니 B.가 말해 줬어. 나중에 내 아버지도 말씀해 주셨네. 스폿이 두 번째로 죽은 다음에. 지금 미크맥 족과 메인 주와 미국 정부는 법정에서 그 땅에 대한 소유권 다툼을 벌이고 있어. 누가 그 땅의 주인이냐고? 사실은 아무도 모르네, 루이스. 이제는 아무도 몰라. 다른 사람들이 시간 날 때마다 그 땅에 대한 소유권을 주장했지만 그중 어떤 주장도 인정받지 못했어. 한 예로, 이 마을의 창시자의 증손자인 앤슨 러들로가 있지. 그의 주장이 백인으로선 아마도 가장 설득력이 있었을 거야. 창시자였던 조셉 러들로 앨더가 메인이 매사추세츠 만 식민지의 큰 일개 현에 불과했을 때 선왕이었던 조지 왕에게서 하사품으로 토지 전체를 받았으니까. 하지만 심지어 그 당시에도 그는 엄청난 법정 다툼에 휘말렸던 거야. 왜냐하면 그 땅에 다른 러들로 일가와 피터 드마트라고 하는 친구가 똑같이 소유권을 주장하고 있었거든. 이 피터란 친구는 자신도 러들로 일가의 한 사람임을 확실히 증명할 수 있다고 했거든. 그리고 조셉 러들로 앨더는 현금은 별로 없었지만 말년에 땅 부자가 돼서 술만 마시면 아무에게나 이백에서 사백 에이커 정도 되는 땅을 선물로 줘 버렸지."

"기록된 부동산 양도 증서는 하나도 없었나요?"

루이스가 자신도 모르게 그 이야기에 매료돼서 물었다.

"오, 그 사람들은 뭘 기록하기엔 너무 거친 사람들이었지, 우리 조상들이 그래."

저드가 말하면서 꽁초로 새로운 담배에 불을 붙였다.

"자네 땅에 대한 원래의 양도 증서는 다음과 같지."

저드는 눈을 감고 인용하기 시작했다.

"퀸스베리 산등성이 꼭대기에 서 있는 큰 오래된 단풍나무로부터 오링턴 시내의 가장자리까지. 따라서 그 땅은 북쪽에서 남쪽까지 이어지는 거지."

저드는 별로 우습지도 않은데 웃었다.

"하지만 그 큰 단풍나무는 1882년에 쓰러졌네. 그러니까 1900년쯤에는 썩어서 이끼가 되었고, 오링턴 시내는 침적토가 쌓여서 세계 일차 대전 말 무렵과 주식시장이 붕괴된 사이에 늪으로 변해 버렸어. 아주 엉망이 돼 버린 거지! 어쨌든 늙은 앤더슨에겐 문제가 되지 않았어. 그는 1921년 번개를 맞고 매장지가 있는 바로 그 근처에서 죽었으니까."

루이스가 저드를 쳐다보았다. 저드는 맥주를 찔끔찔끔 마셨다.

"그건 중요하지 않아. 소유권 내력이 너무 얽혀 있어서 도저히 해결할 수 없는 곳이 한두 군데가 아니다 보니 변호사들만 돈 벌다 끝나지. 빌어먹을, 디킨스도 그것을 알고 있었어. 내 추측엔 결국 인디언들이 그곳을 돌려받을 것이고 또 마땅히 그래야 한다고 봐. 하지만 그건 중요한 게 아니야, 루이스. 나는 오늘 밤 자네에게 티미 배터만과 그의 아버지에 대해 말해 주려고 여기 왔어."

"티미 배터만이 누구죠?"

"티미 배터만은 히틀러와 싸우기 위해 외국으로 간 러들로의 스무 명쯤 되는 아이들 중 하나였지. 그는 1942년 떠났어. 티미는 1943년 깃발에 덮인 상자에 실려 돌아왔어. 이탈리아에서 죽었지. 그의 아버지 빌 배터만은 평생 이 마을에서 살았네. 그는 그 전보를 받았을 때 거의 정신이 나가 버렸어…… 그러더니 금방 조용해졌어. 알다시피 그는 미크맥 매장지에 대해 알고 있었던 거야. 그리고 자신이 뭘 할지 마음먹었네."

한기가 돌아왔다. 루이스는 저드를 오랫동안 바라보면서 그 노인의 눈에서 거짓을 읽으려고 했다. 그건 찾을 수 없었다. 하지만 이 이야기가 하필 이때 나오다니 어쩌면 이렇게 편리한가.

"왜 이 이야기를 요전에 해 주지 않았나요?"

마침내 그가 말했다.

"우리가 한…… 우리가 고양이를 묻은 후에 말이에요. 내가 누군가가 거기에 사람을 묻으려고 한 적이 있냐고 물었을 때 당신은 절대로 그런 적이 없다고 했잖아요."

"자네가 알 필요가 없었기 때문이야. 이젠 알 필요가 있어."

루이스는 오랫동안 침묵했다.

"그가 유일한 사람이었나요?"

"내가 개인적으로 아는 유일한 사람이었지." 저드가 심각하게 말했다. "그것을 시도해 본 유일한 사람? 그건 아닐 거라고 생각하네, 루이스. 그건 정말 아닐 거야. 나는 「전도서」에 있는 일종의 전도자와 같아. 나는 태양 아래 새로운 것이 있다고 믿지 않지. 오, 가끔씩 사물의 표면에 사람들이 뿌리는 반짝거리는 장식물은 변하지만 그게 다야. 한 번 시도된 것은 그 전에도 해 본 거야…… 그리고 그 전에도…… 그리고 그 전에도……."

그는 갈색 기미가 있는 그의 손을 내려다보았다. 거실에서는 시계가 조용히 열두시 반을 울렸다.

"나는 자네 같은 직업을 가진 사람은 증상을 보고 원인이 되는 병을 판별하는 데 익숙해져 있으리라고 생각했어……. 그리고 나는 장례식장에 있는 모튼슨이 자네가 실링 볼트 대신 그레이브 라이너를 주문했다고 말했을 때 자네에게 사실대로 말해 주었어야 했다고 생각했네."

루이스는 저드를 오랫동안 바라보며 아무 말도 하지 않았다. 저드는 얼굴이 새빨개졌지만 외면하지 않았다.

결국 루이스가 말했다.

"저드, 당신이 좀 몰래 캐묻고 다닌 것처럼 들려요. 그랬다니 유감입니다."

"나는 그에게 자네가 뭘 샀는지 물어보지 않았네."

"아마 직접적으로 물어보진 않았겠죠."

하지만 저드는 대답하지 않았고 얼굴의 홍조가 더 짙어져서 이제는 보라색에 가까웠지만 그의 눈은 여전히 동요하지 않았다.

결국 루이스가 한숨을 쉬었다. 그는 형언할 수 없는 피곤함을 느꼈다.

"이런, 제기랄, 관심 없어요. 어쩌면 당신이 옳을지도 모르겠어요. 아마 그런 생각을 했던 것 같아요. 그랬다고 해도 실행에 옮길 생각은 없었어요. 난 별 생각 없이 주문했어요. 난 게이지를 생각하고 있었다고요."

"난 자네가 게이지를 생각하고 있었던 걸 아네. 하지만 자네는 그 차이점을 알고 있어. 자네 삼촌께서 장의사셨잖아."

그랬다, 그는 차이점을 알고 있었다. 실링 볼트는 하나의 건축 공작물로서 아주 오랜 시간을 견딜 수 있도록 만들어진 것이다. 콘크리트를 강철 막대로 강화시킨 직사각형 거푸집에 부어서 만들며 무덤에 매장하기 전에 예배가 끝나면 크레인이 조금 구부러진 콘크리트 덮개를 그 위에 내려놓는다. 그 뚜껑은 고속도로 공사에서 노면의 구멍을 메우는 데 사용하는 접착제 같은 물질로 밀봉한다. 칼 삼촌은 그 접착제의 상표명이 에버락이며 한동안 그 위에 무게가 가해지면 무시무시한 접착력을 발휘한다고 했다.

칼 삼촌은 누구에게나 허풍을 늘어놓기 좋아했는데(적어도 그가 자신과 같은 부류의 사람들과 있을 때 그랬으며 루이스는 한동안 여름마다 그와 함께 일했기 때문에 일종의 장의사 견습생으로서의 자격을 갖추고 있었다) 자신의 조카에게 그가 예전에 쿡 군 지방 검사 사무실로부터 받은 시체 발굴 주문에 대해 이야기해 준 적이 있었다. 칼 삼촌은 그로블랜드에 가서 그 발굴을 감독했다. 그 일은 상당히 까다로운 작업이었다. 삼촌 얘기에 따르면 사람들이 보리스 카를로프가 프랑켄슈타인 박사의 괴물로 나오고 드와잇 프라이가 이고르로 나오는 공포 영화에서 대충 본 것만 가지고 시체 발굴에 대해 생각하는 것과 실제 시체 발굴은 완전히 다르다는 것이었다. 실링 볼트를 여는 것은 사람들이 그 일에 6주 정도 매달리지 않는 한 두 명이서 곡괭이와 삽을 가지고 달려들어 할 수 있는 일이 아니라는 것이다. 그 발굴 작업은 잘 진행됐다…… 처음에는. 무덤을 열고 크레인이 볼트의 덮개를 갈고리로 걸어 맸다. 그리고 덮개만 딸려 나와야 하는데 그렇지가 않았다. 콘크리트 부분이 이미 약간 습기에 젖고 변색된 볼트 전체가 땅에서 들려 나오기 시작했다. 칼 삼촌은 크레인 기사에게 잠시 중단하라고 소리쳤다. 칼 삼촌은 영안실로 돌아가서 접착제의 접착력을 약하게 만드는 몇 가지 물건을 가져오고 싶었던 것이다.

크레인 기사는 그 말을 듣지 못했거나 아니면 전자 오락장에서 주는 싸구려 선물을 집기 위해 장난감 크레인을 가지고 노는 아이처럼 계속해서 그 일을 진행하고 싶었던 것 같았다. 칼 삼촌은 그 빌어먹을 멍청이가 관을 거의 다 들어냈다고 말했다. 그 볼트는 거의 4분의 3만큼 나와 있었고 칼 삼촌과 그의 조수는 관의 밑 부분에서 무덤 바닥으로 물이 후두두 떨어지는 소리를 들을 수 있었다. 그 주에 시카고랜드에서는 계속 비가 내렸던 것이다. 그때 크레인이 뒤집히면서 무덤으로 쿵 떨어졌다. 크레인 기사는 자동차 앞 유리에 코를 부딪혀서 코가 깨졌다. 그날의 야단법석으로 쿡 군은 그 소행에 대한 대가로 보통 이천백 달러 정도 드는 일에 삼천 달러를 지불해야 했다. 칼 삼촌 얘기의 핵심은 그 크레인 기사가 6년 뒤 트럭 운전사 조합원의 시카고 지부 지부장으로 선출되었다는 것이었다.

그레이브 라이너는 훨씬 간단했다. 그레이브 라이너는 조악한 콘크리트 박스에 지나지 않으며 뚜껑을 열 수 있다. 그것은 장례식 날 아침에 무덤 속에 넣는다. 장례식이 끝나면 관을 그 속으로 내려놓는다. 그런 다음 무덤 파는 일꾼들이 덮개를 가져오는데 보통 그것은 두 부분으로 나눠져 있다. 이 덮개 두 개를 무덤의 양 끝에 수직으로 세우는데 마치 책이 쓰러지지 않게 받치는 책꽂이처럼 세운다. 그리고 철 고리들을 두 부분의 끝에 있는 콘크리트 속에 집어넣는다. 그런 다음 무덤 파는 일꾼들은 긴 체인을 고리 속에 끼워서 그레이브 라이너의 윗부분에 살짝 내려놓는 것이다. 각 부분은 27킬로그램이나 32킬로그램 정도이고 많으면 38킬로그램 정도 나간다. 그리고 접착제는 사용하지 않는다.

그레이브 라이너는 남자 혼자서도 쉽게 충분히 열 수 있는 것이다. 그것이 바로 저드가 암시하는 바였다.

남자 혼자 아들의 시신을 파내 다른 곳에 묻는 것이 쉽다는 것이다.

쉬…… 쉬. 우리는 그런 일을 입 밖에 내면 안 돼. 그건 비밀이니까.

"맞아요, 나는 실링 볼트와 그레이브 라이너의 차이점을 알고 있었어요." 루이스가 말했다. "하지만 그런 생각은 하지 않았어요……. 당신이 생각한 것 같은 그런 생각은 하지 않았다고요."

"루이스……."

"지금은 너무 늦었어요. 너무 늦었고 난 취했고 마음이 아파요. 나에게 이 이야기를 꼭 하고 싶으면 말해 버리고 그만 끝내도록 합시다."

마티니로 시작하는 게 좋았는데. 그는 생각했다. 그러면 저드가 문을 두드렸을 때 이미 곯아 떨어져 있었을 것 아냐.

"알았네, 루이스. 고마워."

"어서 시작하세요."

저드는 잠시 멈추고 생각하다가 이야기를 시작했다.

"그 당시, 그러니까 전쟁 때였지. 그때는 기차가 오링턴에 정차했어. 빌 배터만은 아들 티미의 시체를 싣고 오는 화물 열차를 맞이하기 위해 장례차를 철도역에서 기다리게 했지. 그 관은 네 명의 철도 회사 직원들이 내렸어. 나도 그중 하나였지. 그 기차에는 묘지 등록 부서에서 나온 군인 친구도 하나 타고 있었는데 그 부서명은 전시 육군에서 장의사에 해당하는 부서명이었다네, 루이스. 하지만 그 친구는 기차에서 내리지 않았어. 그는 아직도 열 두 개의 관이 들어 있는 유개 화차 안에 앉아 술에 취해 있었지.

우리는 티미를 장의사의 캐딜락 뒤편에 넣었는데, 그 당시에는 그 장의사 차를 '급행 왜건' 이라고 부르는 게 다반사였다네. 옛날에는 주요 관심사가 시체가 썩기 전에 땅에 매장하는 것이었거든. 빌 배터만이 옆에 서 있었는데 그의 얼굴은 무표정하고 일종의…… 나도 모르겠네…… 일종의 메마른 표정이랄까, 자네라면 그렇게 말했을 거야. 그는 눈물을 흘리지 않았어. 휴이 가버가 그 날 그 기차를 운전하고 있었는데 그 군인 친구가 정말 엄청난 여행을 했다는 거야. 휴이가 말하길, 그들은 이 모든 관들을 프레스크 섬에 있는 라임스톤까지 비행기로 싣고 왔고, 거기에서 관과 그 관리인들이 남쪽으로 가는 기차를 갈아탔다는 거야.

그 군인 친구가 군복 윗도리에서 호밀 위스키 냄새를 마구 풍기며 휴이에게 걸어와서는 부드럽고 느릿느릿한 남부 억양으로 말하더래.

'이런, 기술자 양반, 오늘 미스터리 열차를 운전하는군요, 그거 알고 있었어요?'

휴이는 머리를 흔들었지.

'글쎄, 그렇답니다. 적어도 앨라배마에서는 장례 기차를 그렇게 부르죠.'

휴이는 그 친구가 호주머니에서 명단을 하나 꺼내 눈을 가늘게 뜨고 보더라고 말했지.

'우리는 이 관들 중 두 개를 먼저 휼튼에서 내리고, 그 다음 파사덤케에서 하나 내리고, 뱅거에 둘, 데리에서 하나, 러들로에서 하나, 그렇게 계속 내려야 해요. 내가 빌어먹을 우유 배달부 같은 기분이 든다니까요. 한잔하겠소?'

글쎄, 휴이는 뱅거와 아스투크가 기차 기관사의 음주에 매우 까다롭다는 이유로 거절했고 그 묘지 등록 부서에서 나온 친구는 그것 때문에 휴이에게 크게 반감을 가지거나 하진 않았다는군. 휴이가 그 친구가 술 마시는 것에 대해 반감을 갖지 않았던 것처럼 말이야. 그들은 심지어 악수까지 나누었다고 휴이가 말했어.

그래서 그들은 기차를 타고 가면서 한두 정거장 걸러 한 번씩 깃발로 덮인 관들을 내려놓았다네. 관은 전부 해서 열여덟 개인가 스무 개 정도 되었어. 그렇게 해서 기차는 보스턴까지 갔고 러들로를 제외한 모든 정거장에는 눈물을 흘리며 통곡하는 친지들이 있었다는 거야…… 그리고 휴이가 러들로에서 빌 배터만을 봤을 때 그는 마치 내부가 죽어서 영혼이 썩어 들어가길 기다리는 사람 같이 보였다고 했어. 그는 열차에서 내릴 때 군인 친구를 깨웠고 함께 열다섯 군덴가 스무 군데 정도 되는 곳을 돌아다녔다더군. 휴이는 그 어느 때보다 곤드레만드레 취해 창녀를 찾아갔는데, 전에는 한번도 그런 일이 없었지. 깨어 보니 한 쌍의 무지막지하게 크고 무섭게 생긴 게 옆에 있어서 소름이 오싹 돋았다더군. 그리고 그가 말하길, 만약 미스터리 열차를 모는 것이 이런 거라면 다시는 그 열차를 몰고 싶지 않다고 했어.

티미의 시체는 펀 거리에 있는 그린스펀 장례식장으로 옮겨졌어. 그 장례식장은 지금 뉴프랭클린 세탁소가 서 있는 자리 건너편에 있었지. 그리고 이틀 후 그는 완전한 군대식 예를 갖춰서 플래즌트뷰 묘지에 묻혔지.

그런데 루이스, 지금에 와서야 말이지만, 배터만 부인은 당시 십 년 전에 이미 사망했다네. 둘째 아이를 낳다가 말이지. 그리고 그 일은 당시 일어난 일과 관련이 깊어. 둘째 아이가 있었다면 고통을 많이 덜어 줬을 거야, 그렇게 생각하지 않나? 둘째 아이가 있었다면 그 늙은 빌에게 고통을 느끼는 사람이 또 있고 또 그의 도움을 필요로 한다는 걸 상기시켜 줬을 텐데. 그런 면에서 보면 자네는 운이 좋은 거야. 내 말은 아이도 있고 가족이 있잖아. 또 다른 아이와 아내 모두 건재하잖나.

빌이 아들의 소대를 책임지고 있었던 중위에게서 받은 편지에 의하면, 티미는 1943년 7월 15일에 로마로 진격하는 길에 총을 맞았다는 거야. 그의 시신은 이틀 후 고국으로 실려 왔고 라임스톤에는 19일 날 도착했어. 그 시신은 휴이 가버의 미스터리 열차에 바로 그 다음 날 실렸지. 유럽에서 전사한 대부분의 미군 병사들은 유럽에 묻혔지만 그 열차를 타고 집으로 돌아온 전사들은 모두 특별했어. 티미는 기관총 포상 기지를 공격하다가 전사해서 사후에 은성 훈장을 받았다네.

티미는 묻혔네. 장담할 순 없지만 내 추측에 7월 22일이었어. 그로부터 네댓새 후 마조리 워시번이라는 당시 우편 배달부였던 여자가 티미가 요크의 라이버리 스테이블을 향해 길을 걸어가고 있는 걸 보게 됐지. 글쎄, 마조리의 차는 도로를 벗어날 뻔했는데 왜 그랬는지 자네는 알겠지. 그녀는 우체국으로 돌아가서 아직 배달하지 않은 우편물이 들어 있는 가죽 가방을 존 앤더슨의 책상에 내동댕이치고서 집에 가 곧장 누워야겠다고 말했어.

'마조리, 몸이 안 좋소?' 조지가 물었지. '당신 안색이 갈매기 날개처럼 하얗소.'

'정말 살면서 이렇게 무서워 보긴 처음이에요. 무슨 일인지 말하고 싶지 않아요.' 마조리 워시본이 말했지. '난 브라이언이든 엄마든 그 누구에게도 절대 말하지 않을 거예요. 내가 천국에 가서 하느님이 나에게 그 일에 대해 말해 보라고 하면 그때나 하겠죠. 하지만 난 그걸 믿지 않아요.'

그러고 나서 그녀는 나갔네.

모두가 티미가 죽은 것을 알고 있었어. 그 전 주에 뱅거《데일리 뉴스》와 엘스워스의《아메리칸》에 사진이랑 이런저런 티미의 부고가 실려 마을 사람 절반 정도가 시내에서 열린 그의 장례식에 참석했으니까. 그런데 마조리가 여기서 그를 본 거지. 길을 따라가고 있었다더군. 비틀거리며 길을 걷고 있었대. 그녀는 결국 이십 년이나 지나서야 임종하는 자리에서 늙은 조지 앤더슨에게 그 이야기를 했어. 조지가 나에게 말하길 그녀는 누군가에게 자신이 본 것을 말하고 싶어한 것처럼 보였다더군. 조지가 보기에는 그것이 그녀를 정신적으로 괴롭히고 있는 것 같았다는 거야, 내 말 알겠나?

그녀는 그가 창백했고 그날은 그늘도 32도쯤 되는 날이었는데 낡은 치노 바지와 빛바랜 무명 사냥 셔츠를 입고 있었다고 했어. 머리카락은 모두 뒤통수에서 삐죽삐죽 솟아 있었다더군.

'그의 눈은 밀가루 반죽에 박힌 건포도 같았어요. 나는 그날 유령을 보았어요, 조지. 너무 무서웠어요. 내가 그런 걸 보리라곤 꿈에도 생각한 적이 없었는데, 그런 게 있더라고요.'

그리고 소문이 퍼졌어. 얼마 안 가서 다른 사람들도 티미를 봤지. 스트래튼 부인, 우리는 그녀를 '부인' 이라고 불렀지만 우리가 알기로 그녀는 독신이거나 과부이거나 버림받은 여자이거나 그랬을 거야. 스트래튼 부인은 패더슨 도로와 핸콕 도로가 만나는 지점에 있는 조그만 방 두 개가 있는 집에서 살았고 재즈 레코드를 많이 가지고 있었지. 그녀는 가끔 누군가가 눈먼 돈 10달러를 낼 용의가 있다면 자그마한 파티라도 열어 주었을 걸세. 어쨌든 그녀는 자기 집 현관에서 그를 봤는데 그가 도로 가장자리까지 걸어 올라가서 거기에 멈추어 서더라는 거야.

그는 그냥 거기에 서 있었는데, 두 손은 옆구리에서 덜렁거렸고 머리를 앞으로 숙이고 있었는데 마치 입에 천 조각을 물 준비가 된 권투 선수 같았다는군. 그녀는 현관에 선 채 심장이 시속 100킬로미터로 질주했고 너무 무서워서 움직일 수가 없었대. 다음 순간 티미가 돌아섰는데 그건 마치 술 취한 남자가 뒤로 도는 것을 지켜보는 것 같았다는군. 한쪽 다리가 먼저 밖으로 돌고 다른 쪽 발이 도는데 금방이라도 넘어질 것처럼 보였어. 그가 똑바로 그녀를 쳐다보자 그녀는 손의 힘이 쪽 빠져나가 들고 있던 세탁 바구니를 떨어뜨렸고 바구니에 들어 있던 세탁물이 모두 떨어져서 다시 더러워졌다더군.

그녀는 그의 눈빛이…… 그의 눈빛이 돌멩이처럼 생기가 없고 탁했다고 했어, 루이스. 하지만 그는 그녀를 보더니…… 싱긋 웃고서…… 말을 걸었다고 하더군. 그녀와 춤 한 번 추고 싶다고 하면서 아직도 그녀가 그 레코드들을 가지고 있는지 물어봤다는 거야. 아마 바로 그날 밤에 말이지. 그리고 스트래튼 부인은 집 안으로 들어가서 거의 한 주 내내 밖으로 나오려고 하지 않았지. 그리고 그 주가 끝나 갈 무렵 어쨌든 모든 일이 끝나 버렸어.

많은 사람들이 티미 배터만을 보았지. 그중 상당수는 이미 고인이 됐어. 예를 들면 스트래튼 부인이 죽었고 어떤 사람들은 이사를 갔지만 그중 몇몇 쓸모없는 나 같은 늙은이들이 그대로 남아서 말해 줄 거야…… 만약 대놓고 물어보면 말이지.

우리는 그를 봤네. 자기 아버지 집에서 1.5킬로미터 동쪽으로, 1.5킬로미터 서쪽으로 패더슨 도로를 따라 오락가락하는 것을 봤지. 그는 오락가락했네. 온종일 오락가락했지. 밤중에도 내내 오락가락하는 걸 모르는 사람이 없었어. 셔츠는 쑤셔 넣지도 않고, 창백한 얼굴에, 머리는 못처럼 삐죽삐죽 솟아 가지고, 바지 지퍼는 가끔씩 열려 있었는데, 그의 표정은…… 그 표정은……."

저드는 잠시 중단한 채 담배에 불을 붙이고 성냥을 흔들어서 불을 끈 후 떠다니는 푸른 담배 연기 사이로 루이스를 쳐다보았다. 완전히 미친 소리를 하고 있었지만 저드의 눈에는 어떠한 거짓도 없었다.

"왜, 이런 이야기들, 영화들 많이 있잖나? 사실인지는 모르겠지만 아이티의 좀비 말일세. 영화 속에서 좀비들은 다소 비틀비틀 걸어 다니면서 생명 없는 눈동자로 앞만 똑바로 쳐다보고 느릿느릿 어색하게 행동하잖아? 루이스, 티미 배터만이 그랬네. 마치 영화 속의 좀비처럼. 하지만 그는 좀비가 아니었어. 그보다 더한 뭔가가 있었지. 그의 눈 뒤에서 뭔가가 벌어지고 있었는데 그것이 보이기도 하고 안 보이기도 했지. 루이스, 그의 눈 뒤에 뭔가가 있었다고. 그걸 생각이라고 부르고 싶지는 않네. 나도 도대체 그것을 뭐라고 불러야 할지 모르겠어.

우선 그것은 음험했어. 스트래튼 부인에게 함께 춤추고 싶다고 말했던 것처럼. 거기엔 뭔가가 진행되고 있었지만, 루이스, 나는 그게 생각이라는 느낌도 안 들고, 그것이 토미 배터만과 많은 관계가 있을 거란 생각도 안 들어. 아마 전혀 관계 없을 거야. 그것은 마치…… 다른 곳에서 나오는 라디오 신호 같았어. 그를 보면 자네는 이런 생각을 할 걸세. '만약 저것이 나를 만진다면 비명을 지를 거야.' 그런 것이었어.

그는 앞뒤로 그리고 길 위아래로 걸어 다녔네. 아마 7월 30일경이었을 거야. 그날 나는 퇴근해서 집에 와 우체국장인 조지 앤더슨과 우리 집 뒤 포치에 앉아 아이스티를 마시고 있었다네. 하니발 벤슨도 더불어서 말이야. 당시 그는 시에서 두 번째로 높은 공무원이었지. 그리고 소방 서장인 앨런 퓨리턴이 있었어. 노마도 같이 있었지만 한마디도 하지 않았지.

조지는 계속해서 오른쪽 다리 끝 부분에 있는 의족을 문지르고 있었어. 철도 일을 하면서 오른쪽 다리 대부분을 사고로 잃었는데 그 의족은 그렇게 뜨겁고 무더운 날에는 지독하게 그를 괴롭히곤 했어. 어쨌든 조지가 와 있었네. 불행인지 아닌지 모르겠지만 말이야.

조지가 나에게 말했어.

'이 일은 도가 지나쳤어. 한 여자 우편배달부는 패더슨 도로에서는 배달을 하지 않으려고 해. 이것도 문제지만 이와는 별개로 정부와 문제가 생기기 시작했어.'

'무슨 소리야, 정부와 문제를 일으키다니?'

내가 말했지.

하니발은 전쟁성에서 전화 한 통을 받았다고 했어. 케케묵은 평범한 하소연들과 악의적인 장난을 가려내는 일을 담당하고 있는 킨스맨이라는 중위가 전화를 했다네. 하니발이 하는 말이 네다섯 명의 사람들이 전쟁성에 익명의 편지를 보냈다는 거야. 그래서 이 킨스맨이라는 중위는 조금 걱정되기 시작했다더군. 만일 한 사람이 편지 한 통을 썼더라면 웃어 넘겼겠지. 또 만약 한 사람이 수많은 편지를 썼더라면 킨스맨은 데리 병영에 있는 주 경찰에 전화를 걸어 러들로의 배터만 일가에 악감정을 가진 미치광이가 있을지도 모른다고 알려 주었을 거라는 거야. 하지만 이 편지들은 모두 각기 다른 사람들에게 온 것이었어. 그는 이름이 있건 없건 필적으로 그것을 분간할 수 있었고 모두가 한결같이 똑같은 헛소리를 하고 있더래. 즉 만약 티미 배터만이 죽었다면 그는 맨 얼굴을 내놓고 패더슨 도로를 오락가락하는 정말 끝내 주게 원기 왕성한 시체라는 거지.

'킨스맨 중위는 이 문제가 해결되지 않으면 동료를 보내거나 자신이 직접 여기로 오겠다고 했어.' 하니발은 이렇게 말을 마쳤지. '그들은 티미 배터만이 죽었는지, 탈영병인지, 어떤지를 알고 싶어해. 정부 기록이 엉망진창이라고 생각하고 싶지 않으니까. 마찬가지로 티미 배터만이 관 속에 들어 있지 않다면 도대체 누가 관 속에 있는지도 알고 싶은 거야.'

그러니 자네도 우리가 얼마나 궁지에 몰렸는지 알 수 있겠지, 루이스? 우리는 거의 한 시간 동안 거기 앉아서 아이스티를 마시며 그것에 대해 이야기했어. 노마가 우리에게 샌드위치가 필요한

지 물었지만 아무도 생각이 없었어.

우리는 계속해서 그 문제를 논의했고 결국 우리가 배터만 가에 가야 한다는 결론을 내렸다네. 나는 결코 그날 밤을 잊지 못할 거야, 만일 내가 지금 나이의 두 배 정도까지 산다고 해도 말일세. 그날은 더웠어. 지옥의 돌쩌귀보다 더웠고 태양은 구름 뒤에서 맹렬하게 내리쬐고 있었지. 우리 중 가고 싶은 사람은 아무도 없었지만 우리는 가야 했어. 노마는 우리 중 누구보다도 먼저 그것을 알고 있었지. 그녀는 뭔가 핑계를 대서 나를 안으로 들어오게 하더니 말했어.

'저드, 저 사람들이 망설이며 이 일을 미루게 놔두지 마요. 반드시 이 일을 처리해야 해요. 너무 혐오스러워요.'"

저드는 루이스를 찬찬히 그리고 냉정하게 바라보았다.

"그게 바로 그녀가 한 말이라네, 루이스. 그녀의 말이었지. 혐오. 그리고 그녀는 나에게 속삭였어.

'저드, 만일 무슨 일이 생기면 당신은 그냥 달아나요. 다른 사람들은 신경 쓰지 말고요. 저 이들은 알아서 자신들을 챙길 거예요. 무슨 일이 생기면 나를 생각해요. 그리고 꽁지가 빠져라 달려오는 거예요.'

우리는 하니발 벤슨의 차를 타고 갔네. 그 망할 놈의 자식은 자기가 원하는 건 모두 다 얻었는데 어떻게 그럴 수 있었는지 나도 몰라. 아무도 말을 하지 않았고 모두 굴뚝처럼 담배만 피워 댔지. 우리는 겁이 났다네, 루이스. 무지무지하게 겁났지. 뭐라고 말을 한 유일한 사람은 앨런 퓨리턴이었네. 그는 조지에게 말했어.

'빌 배터만이 그 망할 15번 도로의 숲 속에서 장난을 친 게 틀림

없어, 내가 보증한다니까.'

아무도 대답하지 않았지만 나는 조지가 고개를 끄덕였던 걸 기억해.

어쨌든 우리는 거기에 도착했고, 앨런이 문을 두드렸는데 아무도 나오지 않아서 집 뒤로 돌아갔더니 그 두 명이 거기 있더군. 빌 배터만은 뒤쪽 현관 계단에 맥주 피처를 들고 앉아 있었고 티미는 마당 뒤편에 서서 막 넘어가는 붉은 핏빛 태양을 올려다보고 있었지. 그의 얼굴 전체가 태양빛을 받아 주황색으로 보였는데 마치 산 채로 얼굴 껍질이 벗겨진 것 같았네. 그리고 빌은…… 그는 7년 동안 큰소리치다가 악마에게 된통 당한 것 같은 꼴을 하고 있었지. 입은 옷과 몸이 따로 놀았고 내가 보기에 20킬로그램쯤은 살이 빠진 것 같더라고. 눈은 쑥 들어가서 마치 동굴 속에 틀어박힌 작은 동물들같이 보였어…… 그리고 입 왼쪽에선 계속 틱틱틱 소리가 났지."

저드는 잠깐 말을 멈추고 깊이 생각하는 듯하더니 보일락 말락하게 고개를 끄덕였다.

"루이스, 그는 저주받은 것처럼 보였네.

티미는 우리를 쳐다보고 싱긋 웃었지. 자네는 그가 웃는 것만 보아도 비명을 지르고 싶었을 거야. 그러고 나서 그는 돌아서서 계속 해가 지는 것을 바라보았지. 빌이 말하더군.

'자네들이 문 두드리는 소리를 듣지 못했어.'

물론 그건 새빨간 거짓말이었지. 앨런이 문을 요란하게 두드렸거든…… 귀머거리라도 깨울 수 있을 정도로 말이야.

아무도 말을 꺼내고 싶어하지 않는 것 같아서 내가 말했어.

'빌, 내가 듣기론 자네 아들은 이탈리아에서 죽었다던데.'

'그건 착오였어.'

그가 말하면서 나를 똑바로 쳐다보았어.

'그런가?'

내가 말했지.

'티미는 바로 저기에 서 있잖아, 안 그런가?'

그가 말했어.

'그러면 자네가 플래즌트뷰에 묻은 관 속에는 누가 들어 있다고 생각하는가?'

앨런 퓨리턴이 그에게 물었다네.

'난들 알 수 있나.' 빌이 말했지. '알고 싶지도 않네.'

그는 담배를 꺼내려다가 뒤 현관에 모두 엎어 버리고는 그것들을 줍다가 두세 개비를 부러뜨렸네.

'아마 파냈을 거야.' 하니발이 말했지. '자네는 알겠지, 그렇지 않나? 빌, 나는 빌어먹을 전쟁성에서 전화를 받았네. 그들은 남의 집 귀한 자식을 티미 이름으로 묻은 게 아닌지 알고 싶어해.'

'글쎄, 도대체 무슨 소리야?' 빌은 낮은 목소리로 말했어. '나에게선 알아낼 게 없어, 안 그래? 난 내 아들을 찾았어. 티미는 일전에 돌아왔어. 그는 포탄 충격인가 뭔가에 걸린 거야. 지금은 좀 이상하지만 정신이 돌아올 거야.'

'이제 그만하지, 빌.'

내가 말했네. 갑자기 나는 그에게 막 화가 나기 시작했어.

'만약 정부에서 그 군인의 관을 파내면 관이 비어 있다는 것을 발견할 거야. 만일 자네가 거기서 아들을 꺼낸 후 관 속을 돌로 채

우는 수고를 하지 않았다면 말일세. 그리고 난 자네가 그랬을 거라고 생각하지 않아. 난 무슨 일이 있었는지 알아. 여기 있는 하니발, 조지, 앨런 모두 무슨 일이 있었는지 안다고. 그리고 자네도 무슨 일이 있었는지 알지. 빌, 자네는 그 숲 속에서 엉뚱한 짓을 했어. 그리고 자네는 자신과 이 마을에 수많은 골칫거리를 불러왔어.'

'자네들, 나가는 길은 알고 있을 거라 생각하네.' 그가 말했지. '난 자네들에게 자신에 대해 변명하거나 합리화하거나 할 필요가 없어. 그 전보를 받았을 때 내 몸에서는 생명이 빠져나가 버렸어. 나는 마치 내 다리 안쪽에 오줌이 흘러내리는 것처럼 생명이 사라지는 걸 느꼈다네. 그래, 난 내 아들을 되찾았어. 그들은 내 아들을 빼앗아 갈 권리가 없어. 그 앤 겨우 열일곱 살이었다고. 그 앤 사랑하는 애 어미가 남기고 간 전부였고 그건 빌어먹게도 불법이었어. 그러니 육군도 엿 먹으라고 하고, 전쟁성도 엿 먹으라고 하고, 미 합중국도 엿 먹으라고 하고, 자네들도 모두 엿이나 먹어. 난 아이를 되찾았어. 얘는 정신을 차릴 거야. 그리고 이게 내가 할 말의 전부야. 이제 자네들 모두 왔던 곳으로 돌아가.'

그의 입에선 틱틱틱 소리가 났고 이마에는 큰 땀방울이 여기저기 맺혀 있었는데, 바로 그때 난 그가 미쳤다는 것을 알아차렸어. 나라도 미쳤을 거야. 그……그것과 함께 산다면."

루이스는 속이 메슥거리는 것을 느꼈다. 그는 지나치게 많은 맥주를 너무 급하게 마셨다. 얼마 안 가 모두 올라올 것이다. 뱃속의 무겁고 부담스러운 느낌이 곧 토하리라는 걸 말해 주고 있었다.

"'음, 우리가 할 수 있는 일이 별로 없군, 가 봐야겠어. 빌, 신이 자네를 돕기를.'

하니발이 말했지.

'신은 나를 돕지 않았어, 내가 날 도운 거야.'

빌이 말했지.

바로 그때 티미가 우리에게 걸어왔어. 걷는 것조차 이상하더군, 루이스. 마치 폭삭 늙은 노인같이 걸었어. 그는 한쪽 발을 높이 들었다가 다시 내려놓고 발을 질질 끌다가 다시 다른 쪽 발을 들더군. 그건 마치 게가 걷는 것을 보는 것 같았어. 그의 양손은 다리 옆에서 덜렁거리고 있었지. 그리고 그가 가까이 다가왔을 때 마치 여드름이나 작은 화상 자국처럼 빨간 자국들이 비스듬하게 그의 얼굴에 있는 걸 볼 수 있었네. 난 그 자리가 바로 크라우트 기관총을 맞은 자리일 거라고 생각했어. 머리 바로 옆에 맞은 게 틀림없었어.

그리고 그에게선 무덤 냄새가 나더군. 아주 더러운 냄새였네. 말하자면 그의 내부의 모든 것이 바로 그 안에서 썩어 들어간 것 같더라고. 나는 앨런 퓨리턴이 손을 들어 자신의 코와 입을 가리는 것을 봤어. 그 악취는 이루 말할 수 없이 끔찍했네. 그의 머리카락 속에 무덤 구더기들이 꿈틀거리는 게 아닌가 하는 생각까지 들 지경이었어……."

"그만."

루이스가 거칠게 말했다.

"충분히 들었어요."

"그렇지 않아."

저드가 말했다. 그는 날카롭고 진지하게 말했다.

"바로 그거야, 자네는 충분히 듣지 않았어. 나는 얼마나 나빴는지 그대로 전달하지도 못하겠네. 누구도 그 자리에 있지 않는 한 그게 얼마나 끔찍한지 이해하지 못해. 루이스, 그는 죽었어. 하지만 동시에 그는 살아 있었어. 그리고 그는, 그는…… 세상 돌아가는 걸 알고 있었어."

"세상 돌아가는 걸 알고 있었다고요?"

루이스는 몸을 앞으로 굽혔다.

"응, 그는 웃는 것 같은 표정으로 앨런을 오랫동안 바라보았어. 그의 이가 보였으니까. 그러고 나서 이렇게 낮은 목소리로 말했어. 그 말을 들으려면 몸을 앞으로 숙여야 할 것 같았어. 마치 그의 몸속에 자갈을 깔아 놓은 듯한 목소리였지.

'퓨리턴, 당신 마누라가 약국에서 같이 일하는 남자와 바람 피우고 있어. 어떻게 생각해? 그녀는 절정에 달하면 소리를 지르지. 그건 어떻게 생각하나?'

앨런은 놀라서 숨이 막힌 듯했고 그가 충격 받았다는 걸 알 수 있었지. 앨런은 지금 가드너에 있는 양로원에 있어. 내가 마지막 들은 소식에 따르면 그래. 지금은 아흔 살이 다 됐을 거야. 그 일이 있었던 당시에 그는 마흔 정도였고 마을에선 그의 둘째 부인에 대한 소문이 돌았지. 그녀는 그의 육촌이었는데 앨런과 앨런의 첫 번째 부인이었던 루시와 같이 살려고 전쟁이 터지기 직전에 왔지. 그런데 루시가 죽고 일 년 반쯤 지나서 앨런은 이 여자와 결혼했어. 로린이 그녀의 이름이었지. 그녀는 결혼할 당시 많아야 스물네 살 정도였다네. 그리고 그녀에 대해 몇 가지 소문이 떠돌고 있었지. 남자라면 그녀가 자유분방하고 쉽게 살아간다고 생각하고 말았을 거야. 하지만 여자들은 그녀가 헤픈 편이라고 생각했지. 그리고 앨런도 그런 생각이 좀 있었던 모양이야. 왜냐하면 그가 이렇게 말했거든.

'입 닥쳐! 입 닥치지 않으면 두들겨 패 주겠어, 네가 뭐든 간에!'

'티미, 조용히 해.'

빌이 말했네. 그는 너무 안색이 나빴고 꼭 토하거나 기절해서 쓰러지거나, 아니면 두 가지 다할 것처럼 보이더군.

'입 다물어, 티미.'

하지만 티미는 아랑곳하지 않았어. 그는 조지 앤더슨을 찬찬히 보면서 이렇게 말했네.

'당신이 그렇게 애지중지하는 손자는 당신이 죽기만을 바라고 있어, 늙은이. 그가 바라는 건 돈뿐이야. 그가 당신이 뱅거 이스트 은행 금고에 모아 놓았다고 생각하는 돈 말이야. 그래서 그렇게 당신에게 알랑거리는 거라고. 하지만 당신 등 뒤에서는 당신을 우습게 보지. 손자 놈이랑 여동생 모두. 늙은 나무다리. 걔들은 당신을 그렇게 불러.'

티미가 말했네. 루이스, 그의 말투는 변해 있었어. 비열해졌어. 그 목소리는 티미가 말한 게 사실이라면 조지의 손자나 했을 법한 말투더군.

'늙은 나무다리.' 티미가 말했어. '그런데 당신이 1938년에 그 돈을 모두 날려서 돈 한 푼 없는 가난뱅이라는 것을 알면 걔들이 분통 터지지 않을까? 안 그렇겠어, 조지? 안 그렇겠냐고?'

그때 조지가 뒤로 물러섰는데 의족이 휘어서 빌의 현관 위에 넘어져 맥주 피처를 뒤엎었다네. 안색이 속옷처럼 새하얗게 질렸지, 루이스.

빌은 조지를 일으켜 세우고 아들에게 고함을 지르기 시작했어.

'티미, 그만해! 그만해!'

하지만 티미는 멈추지 않았어. 그는 하니발에게 듣기 싫은 말을 했고 그런 다음 나에게도 듣기 싫은 소리를 했지. 그때쯤 그는…… 미친 사람처럼 날뛰고 있었어. 큰 소리를 지르면서. 그래서 우리는 뒤로 물러서다가 달아나기 시작했네. 있는 힘껏 조지의 팔을 잡고 그를 질질 끌면서 도망쳤지. 조지의 의족에 달린 가죽 끈과 장치가 어쩐 일인지 엉켜서 모두 한쪽으로 치우쳐 있었고 그 신발은 뒤로 반쯤 벗겨져 있었거든.

내가 마지막으로 본 티미 배터맨의 모습은 그가 뒷마당 빨랫줄 있는 데 서서 지는 해를 보며 얼굴을 붉게 물들이고 있는데 얼굴엔 붉은 반점들이 도드라져 보이고 머리카락은 미치광이처럼 산발해서 먼지투성이인 모습이었지…… 그리고 그는 웃으면서 계속해서 '늙은 나무다리! 늙은 나무다리! 오쟁이 진 남편! 호색한! 안녕! 여러분! 안녕! 안녕!' 하고 쉿소리를 지르고 있었지. 그러고 나서 그가 웃었는데 그건 비명소리였다네. 실제로는…… 그의 마음속에 있는 뭔가가…… 비명을, 비명을 지르고 있었어."

저드는 말을 멈췄다. 그의 가슴이 위아래로 급하게 오르락내리락하고 있었다.

"저드. 티미가 당신에게 말했던 것은…… 사실이었나요?"

루이스가 말했다.

"사실이었어." 저드가 웅얼거렸다. "제기랄, 사실이었어. 난 가끔 뱅거에 있는 창녀촌에 가곤 했어. 남자들 그런 데 많이 가잖아. 물론 품행이 단정한 남자들도 많지만 말이야. 난 그냥 가끔씩 낯선 여자를 품어 보고 싶다는 충동, 욕망을 느끼곤 했어. 아니면 차마 자기 부인에게는 해 달라고 할 수 없는 짓을 돈 주고 다른 여자에게 시키고 싶었는지도. 루이스, 남자들도 자신들만의 정원을 가꾸지. 내가 한 짓은 끔찍한 일이 아니었네. 그리고 지난 팔 구 년간은 그 짓을 완전히 그만뒀고. 노마가 알았다 해도 그녀는 날 떠나지 않았을 거야. 하지만 그녀 마음속에 있는 뭔가가 영원히 죽어 버렸겠지. 사랑스럽고 다정한 뭔가가."

저드의 눈은 빨갛게 붓고 흐릿했다. '노인의 눈물이란 기묘하게도 추하구나.' 루이스는 생각했다. 하지만 저드가 탁자를 가로질러 루이스의 손을 더듬어 찾자 그는 그 손을 힘 있게 쥐었다.

잠시 후 저드가 말했다.

"그는 우리에게 나쁜 것만을 말했네. 단지 나쁜 것만. 어떤 사람의 일생에도 그 정도의 나쁜 일은 있으리라는 걸 신도 아시네, 그렇지 않나? 이삼 일 후에 로린 퓨리턴이 러들로를 영원히 떠났는데 그녀가 기차에 타기 전 그녀를 본 마을 사람들이 말하길 얼굴에 멍 자국이 두 개 나 있고 부어오른 눈 주위에 탈지면을 대고 있었다더군. 앨런은 그 일에 대해 절대 이야기하지 않았어. 조지는 1950년에 죽었는데 그가 손자와 손녀에게 뭔가를 남겼는지에 대해선 난 전혀 들은 바가 없네. 하니발은 티미 배터만이 그에게 비난한 것과 같은 이유로 자리에서 쫓겨났어. 그게 정확히 뭐였는지는 말하지 않겠네. 자네가 알 필요도 없고. 내 생각에 사적인 용도로 마을의 공금을 횡령했다고 하면 비슷할 것 같네. 심지어 그를 횡령 혐의로 법정에 세우자는 말도 있었지만 실행되지는 않았어. 어쨌든 직위에서 물러나는 것 자체가 그에겐 충분한 벌이었지. 평생 동안 잘 나가기만 했으니까.

하지만 이 사람들에게도 좋은 면이 있었어. 바로 그게 얘기하고 싶은 부분이야. 그건 바로 사람들 기억 속에서 너무나 잘 잊혀져 버리는 부분이기도 해. 전쟁이 발발하기 직전 동부 종합 병원에 대한 기금 모음을 시작한 사람이 하니발이야. 앨런 퓨리턴은 내가 알던 사람들 중 가장 관대하고 인심 좋은 사람 중 하나였어. 그리고 늙은 조지 앤더슨은 계속해서 우체국을 운영할 수 있기만을 바랐지.

그런데도 그것이 말하고 싶었던 건 단지 나쁜 것뿐이었어. 그것은 우리가 나쁜 것만 기억하길 바랐는데 그건 그것이 나쁜 속성을 지녔기 때문이고……그것으로 우리가 위험해진다는 걸 알고 있었기 때문이지. 전쟁에 나갔던 티미 배터만은 착하고 평범한 아이였어, 루이스, 좀 모자라는 아이였을지 모르지만 정이 많았지. 우리가 그날 밤 본 것, 그 붉은 태양을 올려다보던…… 그것은 괴물이었어. 좀비거나 악령이거나 악마였을 거야. 어쩜 그런 것에 대한 정확인 이름이 없을지도 몰라. 하지만 미크맥 족이라면 이름이 있든 없든 그게 뭔지 알았을 거야."

"뭐죠?"

루이스가 멍하니 물었다.

"웬디고가 건드린 어떤 것이지."

저드가 차분히 말했다. 그는 깊이 숨을 들이쉬고, 잠시 가만히 있다가 숨을 내쉬면서 시계를 보았다.

"이런, 시간이 늦었군, 루이스. 원래 얘기하려고 했던 것보다 아홉 배나 더 말했어."

"그렇지 않아요." 루이스가 말했다. "아주 논리 정연하게 이야기하시던 걸요. 결말이 어떻게 됐는지 말해 주세요."

"이틀 후 배터만 가에 불이 났어. 그 집은 깡그리 타 버렸다네. 앨런 퓨리턴이 방화인 것은 의심할 여지가 없다더군. 가스레인지 오일이 그 작은 집 한쪽 끝에서 반대편 끝까지 뿌려졌다더군. 불이 꺼지고 나서도 사흘 동안이나 그 냄새가 사라지지 않았어."

"그래서 그들은 불에 타 버렸군요."

"음, 그랬지. 하지만 그들은 그 전에 죽었어. 티미는 빌 배터만이 늘 지니고 있던 낡은 콜트 총인 피스톨을 가슴에 두 방 맞았어. 사람들이 빌의 손에서 그 총을 발견했지. 그가 한 것은, 또는 그가 한 것처럼 보였던 것은 아들을 죽이고 침대에 눕힌 후 레인지 기름을 부은 거지. 그러고 나서 그는 라디오 옆에 있는 안락의자에 앉아 성냥을 켜고 콜트 45구경을 입에 물었어."

"세상에."

루이스가 말했다.

"그들은 모두 새까맣게 탔지만 군 검시관이 자기가 보기로 티미 배터만은 죽은 지 이 주나 삼 주쯤 됐다고 했네."

침묵. 시계 소리만 똑딱거렸다.

저드가 일어섰다.

"루이스, 내가 자네 아들을 죽였을지도 모른다거나 그 일에 관여했는지도 모른다고 말했을 때 그건 과장이 아니었어. 미크맥 족은 그 장소를 알고 있었지만 그렇다고 해서 그들이 그 장소를 그렇게 만들었다는 뜻은 아니야. 미크맥 족은 항상 이곳에 거주하지는 않았어. 그들은 어쩌면 애초에 캐나다나 러시아, 또는 머나먼 아시아에서 왔는지도 몰라. 그들은 이곳 메인에 천 년이나 이천 년간 머물렀지. 이 땅에 그들의 흔적을 깊게 남기지 않았기 때문에 그것을 분간하기는 힘들어. 그리고 다시 그들은 가 버렸어…… 마찬가지로 언젠가 우리도 떠나겠지. 좋든 나쁘든 난 우리의 흔적이 더 깊이 남을 거라 생각하지만. 하지만 루이스, 그 장소는 여기에 누가 머무르든 계속 있을 거야. 이건 누군가 소유했다가 그들이 이동할 때 그 비밀도 함께 가지고 갈 수 있는 그런 게 아니야. 그것은 악마야. 사악한 장소라고. 난 고양이를 묻으라고 자네를 그곳으로 데려가는 일은 절대 하지 말았어야 했어. 이제는 알겠네. 그곳은 자네가 자네 가족과 자신을 진정으로 위하는 길이 무엇인지 안다면 경계해야 마땅할 힘을 지니고 있어. 난 그것에 맞서 싸울 만큼 강하지 못했어. 자네는 노마의 목숨을 구해 줬고 난 자네를 위해 뭔가 해 주고 싶었거든. 그런데 그 장소는 내 선의를 자신의 사악한 목적에 이용했어. 그것은 힘을 가지고 있어…… 그리고 내가 생각하기에 그 힘은 마치 달이 차고 지는 것처럼 여러 단계를 거치는 것 같아. 그것은 전에 힘이 강해진 적이 있었고 무섭게도 이번에 다시 힘이 강해지는 것 같아. 그것이 나를 이용해서 자네 아들을 통해 자네에게 다가가려고 하는 것 같아 두려워. 루이스, 알아듣겠나, 내가 하는 말의 의미를?"

그의 눈이 루이스에게 애원하고 있었다.

"그 장소는 게이지가 죽을 걸 알고 있었다는 말을 하고 계신 것 같군요."

루이스가 말했다.

"아니야, 내가 자네를 그 장소에 서린 힘과 만나게 했기 때문에 그 장소가 게이지를 죽게 만들었을지도 모른다는 말을 하는 거야. 내가 선의로 자네 아들을 살해했을지도 모른다는 말을 하는 거야."

"난 그렇게 생각하지 않아요."

루이스가 마침내 떨리는 목소리로 말했다. 그렇지 않아요. 그럴 리 없어요. 그럴 수 없다고요.

그는 저드의 손을 꼭 쥐었다.

"내일 게이지를 묻어요. 뱅거에. 그리고 게이지는 뱅거에 잠들 거예요. 나는 다시는 애완동물 공동묘지나 그 건너편으로 가지 않을 거예요."

"내게 약속해 주게! 약속해."

저드가 거칠게 말했다.

"약속해요."

루이스가 말했다.

하지만 그의 마음 한구석에 그 생각은 남아 있었다. 약속은 가물거리는 불빛처럼 쉽게 사라지지 않았다.

하지만 이들 중 어떤 일도 일어나지 않았다.

그 모든 것들, 그러니까 윙윙거리는 오링코 트럭, 게이지의 점퍼 뒤쪽을 막 스쳤다가 미끄러지는 손가락, 실내복을 입고 장례식 대면 시간에 가려고 준비하는 레이첼, 게이지의 사진을 들고 다니면서 침대 옆에 게이지의 의자를 놔두는 엘리, 스티브 매스터튼의 눈물, 어윈 골드만과의 싸움, 저드 크랜덜의 티미 배터만에 대한 끔찍한 이야기…… 그 모든 것들이 웃으면서 도로로 뛰어가는 아들을 잡기 위해 루이스가 달려가는 단 몇 초 동안 루이스 크리드의 마음속에서만 존재했다. 그의 뒤에서 레이첼이 소리를 지르고 있었다.

"게이지, 돌아와! 뛰지 마!"

하지만 루이스는 쓸데없는 말은 하지 않았다. 그것은 점점 가까워지기 시작했고, 매우 가까워졌다. 그리고 그 일들 중 하나가 정말로 일어났다. 도로 위쪽 어딘가에서 그는 오링코 트럭의 윙윙거리는 소리를 들을 수 있었고 기억 회로의 어떤 부분이 열리면서 러들로에 이사 온 첫날 저드가 레이첼에게 한 말을 들을 수 있었다. '도로 주변에서는 아이들을 잘 보는 게 좋을 겁니다, 크리드 부인. 아이들과 애완동물에겐 아주 위험한 도로지요.'

이제 게이지는 15번 도로의 평평한 갓길과 만나는 잔디밭의 완만한 비탈길을 뛰어 내려가고 있었는데 게이지의 튼튼하고 짧은 다리는 열심히 위아래로 움직였고 그런 상황이면 넘어져 널브러져 있어야 맞는데 게이지는 그냥 계속 달리기만 했고, 이제 트럭 소리는 정말 크게 들리기 시작했다. 그 소리는 루이스가 가끔 침대에서 막 잠에 빠지기 직전 들려오곤 했던 얕은 코고는 소리 같았다. 그때는 편안하게 들렸지만 지금은 그를 겁에 질리게 했다.

하느님, 제발, 하느님, 제발 제가 게이지를 붙잡게 해 주세요. 제발 도로로 나가지 못하게 해 주세요!

루이스는 최후의 속력을 내며 도약했고 태클을 하려는 풋볼 선수처럼 땅을 향해 일직선으로 그리고 평행으로 몸을 던졌다. 루이스는 아주 낮아진 그의 시야에 몸 아래 잔디밭에서 자신의 그림자가 쫓아오는 것을 볼 수 있었고 독수리 연이 빈턴 부인의 들판을 죽 가로지르면서 그림자를 새기던 것이 생각났고 게이지의 몸이 앞으로 쏠려 도로로 나가는 순간, 루이스의 손가락이 게이지의 점퍼 뒷자락을 스쳤고…… 그것을 재빨리 낚아챘다.

그는 게이지를 뒤로 홱 잡아당겼고 동시에 바닥으로 쓰러져 갓길에 있는 동그란 자갈에 얼굴을 부딪혀 코피가 났다. 그의 고환에선 한층 더 심각한 고통이 느껴졌다. 으윽! 풋볼을 하게 될 줄 알았으면 미리 보호대를 착용하는 건데! 하지만 잔디밭 가장 자리에 엉덩방아를 찧고 뒤로 넘어지면서 머리를 쿵 부딪친 게이지의 고통과 분노에 찬 울음소리 때문에 코에서 느껴지는 아픔도 고환의 미칠 듯한 통증도 모두 부풀어 오르는 안도감 속에 사라져 버렸다. 다음 순간 게이지의 울음소리는 지나가는 트럭의 굉음과 위풍당당하게 울려 퍼지는 기적 소리에 파묻혀 버렸다.

그는 아랫도리의 상태가 심상치 않았지만 간신히 일어나서 아들을 팔에 안고 얼렀다. 잠시 후 레이첼이 합세해서 함께 울면서 게이지에게 소리를 질렀다.

"도로에서는 절대 뛰지 마, 게이지! 절대, 절대 뛰면 안 돼, 절대로, 알겠니! 도로는 나쁜 곳이야! 나쁜 곳!"

그러자 게이지는 눈물 섞인 꾸지람에 깜짝 놀라서 울음을 멈추고 동그랗게 뜬 눈으로 엄마를 바라보았다.

"루이스, 당신 코피 나."

그녀가 말하면서 갑자기 그를 너무 세게 껴안아 잠시 동안 그는 숨을 쉴 수 없었다.

"더 심각한 문제가 있어. 레이첼, 난 고자가 된 것 같아. 너무 아파."

그러자 레이첼이 지나치게 병적으로 웃어서 그는 잠시 그녀 때문에 겁이 났고 이런 생각이 마음을 스치고 지나갔다. 게이지가 죽기라도 했다면 미쳐 버렸을지 몰라.

하지만 게이지는 죽지 않았다. 이 모든 것은 햇살이 화창한 어느 오월 오후의 푸른 잔디밭에서 달려가는 아들을 추월하여 죽음에서 구하면서 루이스가 한 소름 끼치도록 자세한 상상이었을 뿐이다.

게이지는 초등학교에 들어갔고, 일곱 살이 되자 캠프에 가기 시작했으며 그곳에서 수영에 놀랄 정도로 뛰어난 소질을 보였다. 또한 이렇다 할 별다른 정신적 고통 없이 부모와 떨어져서 한 달간 잘 지낼 수 있다는 것을 보여 줌으로써 부모에게 다소 울적한 놀라움을 안겨 줬다. 열 살이 되자 게이지는 여름 내내 레이먼드에 있는 아가왐 캠프에서 지냈고, 열한 살 때는 네 개 캠프에서 주최한 수영과 마라톤에서 파란색 리본 두 개와 빨간색 리본 하나를 상으로 받으면서 여름을 마감했다. 그는 자라면서 키가 쑥쑥 컸는데 그 모든 변화에도 불구하고 그는 여전히 다정하고 세상에서 벌어지는 일들에 신기해 하는 예전의 게이지였다…… 게이지에게 삶의 열매는 결코 쓰거나 부실하지 않았다.

그는 고등학교에서 우등생이었고 존 뱁스트의 수영 선수가 되었다. 게이지는 학교의 수영 시설 때문에 교구에서 운영하는 학교에 가겠다고 고집 부렸다. 열일곱 살에 게이지가 천주교로 개종하겠다고 말했을 때 레이첼은 화가 났지만 루이스는 특별히 놀라지 않았다. 레이첼은 모두가 게이지가 데이트하는 여자 아이 때문이라고 생각했다. 레이첼은 가까운 장래에 둘이 결혼할 것이고("만일 그 성당에 다니는 난잡한 아이가 게이지와 자지 않았다면 내가 당신 속옷을 먹겠어."라고 레이첼이 말했다) 대학 진학 계획과 올림픽에 대한 희망은 사라지고 게이지가 마흔 살이 될 때쯤이면 아홉 명이나 열 명의 어린 천주교 신자들이 주위에 뛰어다니게 될 것이라고 보았다. 레이첼의 예상에 따르면 그때쯤이면 게이지는 맥주를 많이 마셔 배가 나오고 시가를 피우는 트럭 운전사가 되어 멍한 상태로 주기도문을 외우고 찬송가를 부르면서 그저 그런 인생을 살아갈 것이라고 했다.

루이스는 아들의 동기를 순수한 쪽으로 보았고 비록 게이지가 개종은 했지만(그리고 그가 개종한 날 루이스는 어윈 골드만에게 아주 뻔뻔하고 무례한 내용의 엽서를 보냈다. 아마 나중엔 예수회 사도 손자를 두게 될지도 모르겠습니다. 당신의 이교도 사위, 루이스로부터), 그는 고등학교 시절 내내 사귀었던 착한(그리고 결코 품행이 헤프지 않았던) 소녀와 결혼하지 않았다.

그는 존스 홉킨스 대학에 입학했고, 올림픽 수영 팀에 들었으며, 아들의 생명을 구하기 위해 그가 오링코 트럭과 경주한 지 16년이 지난 어느 날 오후에, 길고 눈부시며 믿을 수 없을 정도로 자랑스러운 그날 오후에, 레이첼이 염색을 하긴 했지만 둘 다 거의 머리가 세어 버린 루이스와 레이첼은 아들이 미국 대표로 금메달을 따는 것을 지켜보았다. NBC 방송국 카메라가 가까이에서 아들을 잡기 위해 움직이는 가운데, 물이 뚝뚝 떨어지는, 물개처럼 미끈한 뒤통수를 보이며 서서, 국가가 연주되는 가운데 침착하게 국기에 시선을 고정시킨 채, 목에 리본을 걸고 가슴의 부드러운 살 위에 금메달을 건 아들을 보자 루이스는 눈물이 났다. 그와 레이첼 모두 울었다.

"우리 아들이 세계 최고가 됐어."

루이스가 쉰 소리로 말하면서 몸을 돌려 아내를 포옹하려고 했다. 하지만 그녀는 서서히 정체를 드러내기 시작하는 공포가 서린 눈으로 그를 바라보고 있었고, 그녀의 얼굴은 여러 날, 여러 달, 여러 해라는 사악한 세월에 대한 벌을 받는 것처럼 그의 눈앞에서 늙어 가고 있었다. 국가 소리가 사라져 가면서 루이스가 다시 텔레비전을 보았을 때 그는 다른 소년이 서 있는 것을 보았다. 아직도 물방울이 반짝거리는 꼬불꼬불한 곱슬머리를 가진 흑인 소년이.

우리 아들이 세계 최고가 됐어.

그의 모자.

그의 모자는……

……오 주여! 그의 모자는 피가 그득했습니다.

루이스는 베개를 꽉 끌어안은 채, 비 오는 아침 일곱시에 냉정한 현실 속에서 잠이 깼다. 머리는 심장 소리에 맞춰 지독하게 쿵쿵 울리고 있었다. 두통은 부풀었다가 사라지고 부풀었다가 사라졌다. 그는 오래된 맥주 같은 맛이 나는 신트림을 했고 그의 속은 비참하게 울렁거렸다. 그는 울고 있었다. 베개는 그의 눈물로 축축했는데, 마치 꿈속에서 유난히 감상적인 컨트리 풍 애가 속에 빠져 있다가 나온 것 같았다. 그 꿈속에서도 자신의 일부는 진실을 알고 있었고 그것 때문에 운 것 같았다.

그는 일어나서 비틀거리며 욕실로 갔는데, 심장은 가슴속에서 가늘게 뛰었고 의식은 강렬한 숙취 때문에 조각조각 분해되어 있었다. 그는 간신히 제때에 변기에 도달해서 지난밤 마신 엄청난 양의 맥주를 게워 냈다.

그는 혼자 일어설 수 있을 때까지 눈을 감고 욕실 바닥에 무릎을 꿇고 있었다. 그는 변기 손잡이를 더듬어 찾아 물을 내렸다. 그는 거울로 가서 눈이 얼마나 충혈됐는지 보려고 했지만 유리는 네모난 천 조각으로 덮여 있었다. 그제야 그는 기억했다. 레이첼이 기억하지 않겠다고 공언한 과거에 드문드문 의존해서 그녀는 집 안에 있는 모든 거울을 가려 버렸고 문으로 들어오기 전에 신을 벗었다.

올림픽 수영 팀은 없었어, 그가 침대에 돌아와 앉으며 멍하니 생각했다. 맥주의 신맛이 입과 목구멍을 뒤덮었고 그는 다시는 그 독약을 손대지 않겠다고 (처음도 아니고 마지막도 아닌) 맹세를 했다. 올림픽 수영 팀도 없었고, 대학에서 3.0을 받는 일도 없었고, 성당을 다니는 어린 여자 친구나 개종도 없었고, 아가왐 캠프도 없었고, 아무것도 없었다. 게이지의 운동화는 찢겨져 있었다. 점퍼는 안팎이 뒤집혀 있었다. 그가 사랑하는 조그만 아들의 몸, 그렇게 튼실했던 몸은 거의 갈기갈기 찢겨졌다. 아이의 모자에는 피가 가득 차 있었다.

그는 멍한 숙취에 사로잡혀 침대에 앉아 있었고 창문에는 비가 천천히 흘러내리고 있었으며 슬픔이 마치 연옥 9층의 회색 여간수처럼 그에게 다가왔다. 슬픔이 다가와 그를 분해시키고, 거세시키고, 남아 있는 모든 방어막을 빼앗아 버렸다. 그는 침대 위에서 몸을 앞뒤로 흔들며 얼굴을 손으로 감싼 채 흐느끼면서 다시 한번 기회를 얻을 수만 있다면 어떤 일이라도 하겠다고 생각했다. 그 어떤 일이라도.

게이지는 그날 오후 두시에 묻혔다. 그때쯤 비가 그쳐 있었다. 조각구름들이 머리 위에서 흘러 다녔고 대부분의 문상객들은 장의사가 준비한 검은 우산을 들고 도착했다.

레이첼의 요구로 장의사가 짤막하고 종파에 얽매이지 않는 의식을 주관하면서 "고통 받는 아이들은 모두 나에게 오라."라고 시작하는 「마태복음」에 나오는 구절을 읽었다. 루이스는 무덤 한 편에 서서 맞은편에 있는 장인을 보았다. 골드만은 잠시 루이스를 마주 본 후 눈길을 떨어뜨렸다. 오늘 그에게는 어떤 투지도 남아 있지 않았다. 그의 눈 밑에 처진 살은 지금은 우편 가방같이 보였고 머리에 쓴 까만 스컬캡 주위의 너덜너덜해진 거미줄같이 가늘고 하얀 머리카락은 산들바람 속에서 이리저리 흔들렸다. 드문드문 잿빛이 보이는 검은 수염이 턱을 뒤덮고 있는 모습이 그 어느 때보다도 알코올 중독자처럼 보이게 했다.

그는 루이스에게 자신이 어디에 있는지 정말 모르는 것 같은 인상을 주었다. 루이스는 애를 써 봤지만 그에 대한 연민의 감정은 일지 않았다.

자물쇠를 수리한 것 같은 게이지의 작고 하얀 관은 그레이브 라이너 위에 크롬 도금한 한 쌍의 러너(관을 드는 긴 막대기—옮긴이) 위에 올려져 있었다. 무덤 가장자리에는 너무나 짙은 연두색 인공 잔디가 깔려 있어서 루이스의 눈이 아플 지경이었다. 이 인공적이고 기묘하게 화려한 지표면 위에는 꽃바구니가 몇 개 놓여 있었다. 루이스는 장의사의 어깨 저편을 바라보았다. 그곳은 낮은 언덕으로, 무덤, 가족 묘지, 이름이 '펍스' 라고 새겨진 로마네크스 양식의 무덤이 하나 있었다. '펍스' 의 경사진 무덤 위로 노란색 길쭉한 조각 하나가 보였다. 루이스는 그것을 보면서 그게 무엇일까 생각해 보았다. 심지어 장의사가 "이제 잠시 고개 숙이고 기도하겠습니다."라고 말할 때에도 계속해서 그것을 바라보고 있었다. 수분이 걸렸지만 마침내 그는 그것이 뭔지 알아냈다. 그것은 굴착기였다. 문상객들 눈에 띄지 않는 언덕 저쪽에 굴착기가 주차되어 있는 것이다. 그리고 장례식이 끝나면 오즈가 작업 부츠 발꿈치로 담배꽁초를 눌러 꺼서 그가 가지고 다니는 용기에 넣고(묘지에서 무덤 파는 일꾼들이 땅바닥에 담배꽁초를 버리다 들키면 항상 그 자리에서 해고당했다. 너무나 많은 고객들이 폐암으로 죽었는데 모양새가 안 좋다는 것이다) 그 굴착기에 올라타 기계를 가동시켜 자신의 아들을 햇빛으로부터 격리시켜 버릴 것이다, 영원히…… 또는 부활의 그날까지.

부활…… 아! 그런 말이 있었지.

(당장 그 빌어먹을 단어를 머릿속에서 몰아내야 한다는 걸 너도 알잖아.)

장의사가 "아멘."이라고 했을 때, 루이스는 레이첼의 팔을 잡고 그녀를 인도해서 나왔다. 레이첼은 뭔가 저항하는 뜻의 말을 웅얼거리면서("제발, 루이스.") 조금만 더 있고 싶어했지만 루이스는 단호했다. 그들은 차로 다가갔다. 그는 장의사가 손잡이에 장의사 이름이 조심스럽게 찍힌 우산을 지나가는 문상객들에게 받아서 조수에게 건네는 것을 보았다. 그 조수는 물기를 머금은 잔디 위에 서 있는, 초현실적인 느낌의 우산 꽂이에 우산을 꽂고 있었다. 그는 오른손으로 레이첼의 팔을 잡고 왼손으로는 엘리의 흰 장갑을 낀 손을 잡았다. 엘리는 노마 크랜덜의 장례식에 입고 왔던 것과 똑같은 드레스를 입고 있었다.

루이스가 여자들을 차에 태우고 있는데 저드가 다가왔다. 저드 또한 힘든 밤을 보낸 것처럼 보였다.

"괜찮나, 루이스?"

루이스가 고개를 끄덕였다.

저드는 허리를 구부리고 차를 들여다보며 물었다.

"좀 어때요, 레이첼?"

"괜찮아요, 저드."

그녀가 속삭였다.

저드는 그녀의 어깨를 다정하게 쓰다듬고 나서 엘리를 바라보았다.

"괜찮니, 우리 아가?"

"전 괜찮아요."

엘리가 말하면서 얼마나 괜찮은지 보여 주기 위해 상어처럼 이빨을 드러내고 과장된 미소를 지었다.

"들고 있는 사진은 뭐지?"

잠깐 동안 루이스는 엘리가 그 사진을 꼭 쥐고 그에게 보여 주지 않을 것이라고 생각했지만 아이는 힘들어 보일 정도로 수줍게 그것을 저드에게 건넸다. 저드는 큰 손가락으로 사진을 쥐었다. 대형 도로 건설 기계의 변속기나 B&M 라인의 차량 연결기를 가지고 씨름하기에 어울리는 투박하고 거칠어 보이는 손가락이었다. 또한 그 손가락들은 마법사나…… 외과 의사처럼 즉석에서 숙련된 솜씨로 게이지의 목에서 벌침을 뽑은 손가락이기도 했다.

"이런, 정말 멋지구나." 그가 말했다. "네가 게이지가 탄 썰매를 끌어 주고 있구나. 게이지가 좋아했을 것 같은데, 그렇지?"

엘리가 눈물을 흘리기 시작하면서 고개를 끄덕였다.

레이첼이 뭔가 말을 꺼냈지만 루이스가 그녀의 팔을 움켜쥐었다. 잠깐 가만히 있어.

"나는 게이지를 많이 끌어 줬어요."

엘리가 울면서 말했다.

"그러면 게이지는 웃고 또 웃었어요. 그리고 우리가 집에 들어가면 엄마는 우리에게 코코아를 만들어 주시면서 '장화를 치워 놔야지.' 하고 말했어요. 게이지는 장화를 꼭 움켜쥐고 '장화! 장화!' 하고 소리 질렀죠. 너무 크게 질러서 귀가 아팠어요. 엄마, 기억나요?"

레이첼이 고개를 끄덕였다.

"그래, 정말 즐거운 시간이었겠구나."

저드가 사진을 돌려주면서 말했다.

"이제 게이지는 죽고 없지만, 엘리, 게이지에 대한 추억은 항상 간직할 수 있단다."

"그렇게 할 거예요."

얼굴을 닦으면서 그 애가 말했다.

"난 게이지를 사랑했어요, 크랜덜 아저씨."

"나도 안다, 얘야."

그가 안으로 몸을 숙여 엘리에게 입 맞춘 다음 물러섰을 때 그의 눈은 루이스와 레이첼을 엄격하게 훑어보고 있었다. 레이첼의 눈이 그의 눈과 마주쳤다. 당혹스럽고 약간 마음 상하고 이해하지 못하는 눈빛이었다. 하지만 루이스는 충분히 이해했다. 그녀를 위해 뭘 해 줄 텐가? 저드의 눈이 물었다. 자네 아들은 죽었지만 자네 딸은 죽지 않았네. 그 애를 위해 뭘 해 줄 텐가?

루이스는 고개를 돌려 버렸다. 그 애를 위해 그가 할 수 있는 일은 없었다, 아직까지는. 그 애는 최선을 다해 자신의 슬픔 속에서 헤엄쳐야 한다. 그의 마음은 지나치게 아들 생각으로만 가득 차 있었다.

저녁이 되자 새로운 구름 조각들이 흘러왔고 강한 바람이 서쪽에서 불어오기 시작했다. 루이스는 얇은 재킷을 입고 지퍼를 채운 후 벽에 있는 못에 걸린 차 열쇠를 꺼냈다.

"루, 어디 가?"

레이첼이 물었다. 그녀는 별 관심 없이 말했다. 저녁을 먹은 후에 그녀는 다시 울기 시작했는데 소리 없이 울기는 했지만 그칠 것 같지 않았다. 루이스는 그녀에게 억지로 진정제를 먹였다. 이제 그녀는 접어 놓은 신문을 펼쳐 막 시작한 십자말 맞히기 퀴즈를 보고 있었다. 다른 방에서는 엘리가 무릎에 게이지의 사진을 올려놓은 채 앉아서 조용히 '초원의 집'을 보고 있었다.

"피자나 하나 사 올 생각이야."

"좀 전에 충분히 먹지 않았어?"

"그땐 별로 배가 고프지 않았어."

그는 진실을 말했고 이어서 거짓말을 보탰다.

"이젠 배고파."

그날 오후, 세시부터 여섯시까지, 게이지의 장례식의 마지막 의식이 러들로 집에서 치러졌다. 이것은 요리 의식이었다. 스티브 매스터튼과 그의 아내는 햄버거와 국수 캐서롤(찜 냄비 요리—옮긴이) 요리를 가져왔다. 찰턴은 키시(치즈 베이컨 파이의 일종—옮긴이)를 가져왔다.

"먹다 남으면 계속 놔둬도 괜찮아요." 그녀가 레이첼에게 말했다. "키시는 데우기 쉬워요."

길 위편에 살고 있는 데이커스 부부는 구운 햄을 가져왔다. 골드만 부부는 다양한 냉육과 치즈 모듬 요리를 가지고 나타났다. 둘 중 누구도 루이스에게 가까이 다가오거나 말을 걸지 않았지만 루이스는 그걸 섭섭해 하지 않았다. 저드 또한 그가 좋아하는 치즈 미스터 랫을 가져왔다. 미시 댄드리지는 키 라임 파이를 가져왔다. 그리고 서렌드라 하르두는 사과를 가져왔다. 요리 의식은 명백히 종교적인 차이를 초월한 듯했다.

이것은 장례식 파티였고 조용하긴 했지만 그다지 가라앉은 분위기는 아니었다. 일반 잔치보다는 사람들이 술을 덜 마셨지만 그래도 마시긴 했다. 맥주 몇 병을 마신 후(바로 그 전날 밤에 다시는 술을 입에 대지 않겠다고 말했지만, 차가운 오후의 불빛 속에서 지난 밤은 갑자기 믿을 수 없을 정도로 오래전처럼 느껴졌다) 루이스는 칼 삼촌이 그에게 해 준 몇 가지 장례식에 관한 사소한 관습들을 이야기해 줄까 하는 생각을 했다. 즉 시칠리아 장례식에서는 결혼하지 않은 여자들은 고인의 수의 한 조각을 잘라 내서 잘 때 배게 밑에 넣고 잤는데 그렇게 하면 연애 운이 따른다고 믿어서였다. 아일랜드 장례식에서는 가끔 가짜 결혼식이 치러졌고, 고인의 발가락을 한 데 묶어 놓았는데 고대 켈트 인들은 그렇게 하면 고인의 유령이 걸어 나가는 것을 막을 수 있다고 믿었기 때문이다. 칼 삼촌은 시신의 엄지발가락에 D.O.A.(도착 시에 사망—옮긴이) 꼬리표를 달아 두는 관습이 뉴욕에서 시작되었는데 초창기 시체 공시소의 관리인들이 모두 아일랜드 인이었기 때문에 그 오래된 아일랜드 미신에서 비롯한 관습인 것 같다고 했다. 그러다가 사람들의 얼굴을 보고 그는 이런 이야기들이 잘못 받아들여질지 모른다는 결론을 내렸다.

레이첼이 한 번 울음을 터트렸고 그녀의 어머니가 옆에서 그녀를 위로해 주었다. 레이첼은 도리 골드만에게 찰싹 달라붙어서 루이스와의 사이에서는 지금까지 불가능했던 개방적이고 모두 털어 버리겠다는 태도로 그녀의 어깨에 기대어 흐느껴 울었다. 그 이유는 그녀가 게이지의 죽음에 두 사람 모두 책임이 있다고 생각하거나, 루이스가 자신만의 독특한 상상 속 반쪽 세계에 빠져 그녀가 마음껏 슬퍼할 수 있도록 위로해 주지 못했기 때문일 것이다. 어떤 이유에서든 그녀는 위로받기 위해 자신의 어머니에게 의지했으며 도리는 그 자리에서 그녀를 안고 같이 흐느껴 울었다. 어윈 골드만은 그들 옆에 서서 레이첼의 어깨에 손을 올려놓고 방 맞은편에 있는 루이스를 역겹고 득의양양한 시선으로 바라보았다.

엘리는 카나페와 끝에 깃털이 달린 이쑤시개를 하나씩 꽂은 작은 롤빵들이 가득 들어 있는 은쟁반을 돌렸다. 게이지의 사진은 그 애의 팔 밑에 꼭 끼워져 있었다.

루이스는 조문을 받았다. 그는 고개를 끄덕이면서 문상객들에게 감사를 표했다. 그리고 만약 그의 눈빛이 약간 서먹서먹해 보이고 태도가 조금 냉담해지면 사람들은 그가 과거와 그 사고와 게이지가 없는 앞으로의 삶에 대해 생각하고 있을 거라고 추측했다. 아무도(심지어 저드조차도) 루이스가 무덤 약탈 전략에 대해 생각하기 시작했으리라고 짐작하지 못했다…… 물론 어디까지나 학구적인 차원에서. 그가 뭔가를 하고자 하는 것은 아니었다. 단지 정신을 집중할 수 있는 하나의 방편일 뿐이었다.

그가 뭔가를 하고자 의도한 것은 아니었다.

루이스는 오링턴 코너 가게에 들러서 차가운 맥주 여섯 개들이 두 상자를 사고, 나폴리 피자 집에 전화를 걸어 페퍼로니와 버섯 피자를 주문했다.

"성함을 알려주시겠습니까, 선생님?"

위디한 오즈의 마법사. 루이스는 생각했다.

"루 크리드."

"좋아요, 루, 지금 매우 바빠서 사십오 분 정도 걸릴 것 같은데 그래도 괜찮으신가요?"

"물론이오."

루이스는 대답하고 전화를 끊었다. 그가 다시 시빅으로 돌아가 시동을 거는 순간 뱅거에 피자 집이 스무 개 정도는 될 텐데 하필 게이지가 묻혀 있는 플래즌트뷰에서 가장 가까운 곳을 택했다는 생각이 막 들었다. 그게 어때서? 그는 불안하게 생각했다. 그 집은 피자를 잘 만든다고. 냉동된 반죽을 쓰지 않아. 사람들이 볼 수 있는 바로 그 자리에서 손으로 반죽을 쳐서 공중으로 던졌다 받곤 하지. 게이지가 그걸 보고 좋아라 웃곤 했는데…….

그는 그 생각을 멈췄다.

그는 나폴리 피자 집을 지나 플래즌트뷰로 차를 몰았다. 자신이 그렇게 하리라는 것을 미리 알고 있었다는 생각이 들었지만 무슨 문제가 되겠는가? 문제될 것이 없었다.

그는 길 맞은편에 주차하고 길 건너편에 있는 연철문으로 갔는데 그것은 기울어 가는 햇빛을 받아 반짝였다. 문 위에 반원형의 연철 팻말에 플래즌트뷰라고 씌어져 있었다. 루이스의 마음속에서 그 광경은 유쾌하지도 불쾌하지도 않았다. 그 묘지는 몇 개의 완만하게 기복을 이룬 언덕 위에 조경을 잘해 놓은 곳이었다. 거기에는 나무들이 긴 줄로 늘어서 있었고(하지만 이렇게 석양이 지는 몇 분 동안에는 나무들이 드리운 그림자들이 깊은 웅덩이를 이룬 것처럼 보였고 채석장에 고인 물처럼 검고 불쾌해 보였다) 몇 그루의 수양버들이 띄엄띄엄 있었다. 조용한 곳은 아니었다. 가까운 곳에 유료 고속도로가 있어서 트럭의 윙윙거리는 소리가 한결같이 차가운 바람에 실려 왔고 어둠이 내리는 하늘에서 반짝거리는 불빛은 뱅거 국제 공항의 불빛이었다.

그는 문을 향해 손을 뻗으면서 생각했다. 문은 잠겨 있을 거야. 하지만 문은 잠겨 있지 않았다. 아마 문을 잠그기에는 아직 일렀고 문을 잠근다면 주정뱅이, 기물 파괴 행위 및 십 대 불량 청소년들로부터 이곳을 보호하기 위해서일 뿐이다. 디킨스 소설에나 나올 법한 인간 부활(또 그 단어로군)의 날은 끝났다. 오른쪽 문이 희미하게 삐걱거리는 소리를 내면서 열렸고 누군가 그를 보는 사람이 없는지 어깨 너머로 확인한 후, 그는 안으로 들어섰다. 그는 문을 닫았고 빗장이 딸각거리는 소리를 들었다.

그는 이 수수한 망자들의 교외 지역에 서서 주변을 둘러보았다.

훌륭하고 사적인 장소군. 그는 생각했다. 하지만 내가 생각하기에 아무도 이곳을 받아들이지는 않아. 이건 누구지? 앤드루 마블? 그건 그렇고 인간의 마음이란 왜 이렇게 엄청난 쓰레기 더미를 쌓아 두는 걸까?

그때 그의 마음속에서 저드의 목소리가 들렸다. '걱정되고 두려운가?' 네. 두려워요.

'루이스, 여기서 뭐하는 거야? 자네는 원하지 않는 길을 가려고 하고 있어.'

그는 그 목소리를 떨쳐 버렸다. 지금 그가 누군가를 고문하고 있다면 그건 그 자신일 뿐이다. 아무도 그가 석양이 지는 이때 이곳에 왔다는 것을 알 필요 없다.

그는 구불구불한 길 중 하나를 택해 게이지의 무덤을 향해 걷기 시작했다. 잠시 후 그는 나무가 늘어서 있는 좁은 길로 들어섰다. 나무들은 그의 머리 위에서 새로 돋아난 잎을 신비롭게 살랑거리고 있었다. 심장이 가슴속에서 지나치게 큰 소리로 쿵쾅거렸다. 무덤과 묘비가 대충 줄 맞춰 늘어서 있었다. 어딘가에는 관리인이 머무는 건물이 있을 것이고 그 안에는 이십 에이커 정도 되는 플래즌트뷰의 지도가 있을 것이며 그 지도는 단정하고 분별력 있게 네 부분으로 나뉘어 각각의 주인이 있는 묘지와 아직 팔리지 않은 묘지를 보여 주고 있을 것이다. 팔려고 내놓은 부동산. 원룸 아파트. 잠자는 사람들.

애완동물 공동묘지 같지는 않군. 그는 생각했다. 이 생각 때문에 잠시 놀라서 걸음을 멈추고 곰곰이 생각했다. 아니야. 그렇지 않아. 애완동물 공동묘지에는 거의 혼란 속에서 생겨난 질서가 있다는 인상을 받았다. 중앙을 향해 안쪽으로 움직이는 조악하고 동심원을 이루는 동그라미들, 거친 석판들, 나무판자로 만든 십자가들. 마치 그곳에 애완동물을 묻은 아이들이 자신들의 집단적인 무의식에서 그 패턴을 만들어 낸 것처럼, 마치…….

잠깐 동안 루이스는 애완동물 공동묘지를 일종의 광고로 생각했다. 마치 사람들이 카니발의 좁은 통로에서 주는 그런 특별 상품으로 보았다. 그들은 불을 먹는 사람을 데려와 사람들에게 공짜로 쇼를 보여 준다. 왜냐하면 그들은 사람들이 지글지글 굽는 것을 보기 전에는 스테이크를 사지 않는 것처럼 번득이는 불을 보기 전에는 돈을 내지 않을 것임을 알기 때문이었다.

그 무덤들, 그들의 드루이드교(고대 켈트 족의 한 종교로서 점술을 주로 하고 영혼 불멸, 전생 등을 믿으며 죽음의 신을 받들었다—옮긴이) 식 원 안에 있는 묘지들.

애완동물 묘지에 있는 무덤들은 무엇보다도 가장 오래된 종교적 상징을 상기시켜 주었다. 점점 작아지는 원들은 소용돌이가 한 지점이 아니라 무한을 향해 작아지는 것을 나타내고 있었다. 혼란으로부터의 질서인가, 질서로부터의 혼란인가는 어떤 관점에서 보느냐에 달려 있다. 그것은 이집트 인들이 파라오의 무덤에 조각해 놓은 상징이며, 페니키아 인들이 죽은 왕의 수레에 그려 놓은 상징이었다. 그것은 고대 미케네의 동굴 벽에서 발견되었다. 스톤헨지의 길드킹들은 그것을 우주의 시간을 재는 시계로 만들었다. 유대교와 기독교 성경에는 하느님이 욥에게 말한 회오리바람으로 나와 있다.

그 소용돌이는 세계에서 가장 오래된 힘의 표시이며, 세계와 심연 사이에 존재할지도 모르는 비틀린 다리의 가장 오래된 상징이다.

루이스는 결국 게이지의 무덤에 도착했다. 굴착기는 없었다. 인공 잔디는 일이 끝난 후 페어마운트에서 맥주를 한잔하려는 한 휘파람 불기 좋아하는 인부가 돌돌 말아 걷어다가 어딘가에 있는 장비 창고에 넣어 둔 모양이었다. 게이지가 누워 있던 곳에는 단정하게 직사각형으로 흙만 덮어 놓은 땅만 보였는데 세로 1.5미터, 가로 1미터 정도 돼 보였다. 비석은 아직 세워져 있지 않았다.

루이스는 무릎을 꿇었다. 바람이 머릿속으로 불어오면서 머리카락을 마구 흩트리고 있었다. 하늘은 이제 거의 깜깜했다. 구름이 몰려오고 있었다.

아무도 내 얼굴에 빛을 비추고 여기서 내가 무엇을 하고 있는지 물어보지 않았어. 짖어 대는 경비견도 없었어. 문은 잠겨 있지 않았어. 도굴꾼의 시대는 갔어. 만약 내가 곡괭이와 삽을 가지고 여기에 왔다면…….

그는 경련을 일으키며 제정신으로 돌아왔다. 그는 플래즌트뷰는 밤에 경비를 서지 않는다고 가정하면서 자기 자신과 위험한 심리 게임을 하고 있었다. 아들이 잠든 새 무덤을 허리 깊이까지 파 들어간 상태에서 관리인이나 경비원에게 들킨다고 해 보자. 그 일이 신문에 나진 않겠지만 나지 말란 법도 없다. 그는 구속될 수도 있다. 어떤 죄목으로? 무덤 약탈? 그럴 가능성은 별로 없다. 악의적인 파괴 행위나 기물 파손 죄가 더 그럴듯하다. 그리고 신문에 나건 나지 않건 소문이 퍼질 것이다. 사람들이 떠들겠지. 이건 말하지 않곤 배길 수 없을 만큼 너무 흥미진진한 이야깃거리이다. 지방의 한 의사가 최근에 비극적인 교통사고로 숨진 두 살 난 아들의 시체를 파내다가 발견됐다. 그는 직장을 잃을 것이다. 직장을 잃지 않더라도 레이첼은 이야기를 전해 듣고 두려움에 떨 것이며 엘리는 학교 아이들에게 놀림감이 돼서 괴롭힘을 당할 것이다. 구속되지 않는 대신 그는 정신 감정을 받아야 하는 굴욕을 당할 수도 있다.

하지만 난 게이지를 살려 낼 수 있어! 게이지가 다시 살 수 있다고!

그가 정말 그것을 믿었을까?

사실 그는 정말 그것을 믿었다. 그는 스스로에게 거듭해서, 게이지가 죽기 전과 죽은 후에도, 처치는 정말로 죽은 것이 아니라 단지 실신했던 것뿐이라고 말했다. 처치가 스스로 자신의 무덤을 파고 나와 집으로 돌아온 것이라고. 으스스한 배경 음악이 깔려 있는 동화…… 곰돌이 푸. 주인이 모르고 살아 있는 동물 위에 돌무더기를 쌓아 놓는다. 충실한 동물은 스스로 그 돌무더기를 파고 나와 집으로 돌아온다. 훌륭해. 이 이야기가 사실이 아니라는 점만 빼고는. 처치는 죽었다. 미크맥 매장지가 처치를 살려 놓은 것이다.

그는 게이지의 무덤가에 앉아 이 흑마술의 범위 내에서 알고 있는 모든 요소들을 질서정연하고 합리적이고 논리적으로 꿰맞추려고 했다.

먼저 티미 배터만부터. 그는 그 이야기를 믿었는가?

두 번째로 그게 그렇게 중요한가?

그 이야기가 나온 시점의 공교로움에도 불구하고 그는 이야기의 대부분을 믿었다. 만약 미크맥 매장지 같은 곳이 존재하고(실제로 존재한다) 사람들이 그것에 대해 알고 있다면(몇 명의 나이 든 러들로 주민들이 알고 있다), 조만간 누군가가 그 실험을 해 보리라는 것은 부인할 수 없었다. 루이스가 알고 있는 인간의 본성으로 보면 애완동물 몇 마리와 중요한 가축 몇 마리를 묻고 끝냈다는 것을 믿기가 더 힘들었다.

좋아, 그렇다면 그는 티미 배터만이 모든 일을 꿰뚫어 보는 일종의 악마로 변했다는 것도 믿었는가?

그건 좀 더 어려운 문제였는데, 그는 그것을 믿고 싶지 않았기 때문에 그 문제를 조심스럽게 다루었고, 그는 그런 마음가짐의 결과가 어떠한지 이미 겪은 적이 있었다.

아니다, 그는 티미 배터만이 악마였다는 것을 믿고 싶지 않았지만 자신이 원하는 일이 판단력을 흐리게 놔두지 않을 것이고 절대 그럴 수도 없었다.

루이스는 황소 핸래티를 생각했다. 저드는 핸래티가 나쁘게 변했다고 했다. 티미 배터만도 나름의 방식으로 나쁘게 변했다. 핸래티는 힘들게 황소 시체를 썰매에 실어 미크맥 매장지까지 가져

간 바로 그 사람에게 나중에 처치되었다. 티미 배터만은 그 아버지에게 '처치되었다.'

하지만 핸래티가 나쁘게 변했다고 해서 모든 동물들이 그랬단 뜻인가? 그렇지 않다. 핸래티가 일반적인 경우를 대변하지는 않았다. 핸래티는 예외에 속했다. 다른 동물들을 회상해 보라. 저드의 개 스폿, 그 늙은 여인의 앵무새, 처치. 이들은 모두 변해서 돌아왔고 그 변화를 느낄 수 있는 정도였지만, 적어도 스폿의 경우에는 변화가 그렇게 나쁘지 않아서 저드가 그것을 감내하고 그 과정을……

(부활을)

권했던 것이다.

그랬다. 수십 년이 지난 후 친구에게 그 과정을 권했던 것이다. 물론 줄곧 그것을 정당화하려고 하면서, 망설이기도 하고, 심지어는 철학이라고 부를 수도 없는 수많은 불길하고 혼란스러운 헛소리를 지껄여 대기도 했다.

어떻게 그가 주어진 기회(이 믿기 힘든 기회)를 티미 배터만의 이야기만 믿고 마다할 수 있겠는가? 제비 한 마리가 왔다고 여름이 오는 것은 아니지 않은가?

넌 네가 원하는 결과를 얻기 위해 모든 증거를 왜곡하고 있어, 그의 마음이 항의했다. 최소한 네 자신에게는 처치에게 일어난 변화에 대한 망할 놈의 진실을 말해야지. 그 동물들(쥐와 새들)은 인정하지 않는다 치더라도 지금 처치의 상태에 대해서는 뭐라고 할 건가? 멍한 상태…… 그것이 그 상태를 요약할 수 있는 최상의 단어지. 연 날리러 밖으로 나간 날. 게이지가 그날 어땠는지 기억해? 모든 것에 열렬히 반응을 보이면서 얼마나 원기 왕성하고 활발했는지를? 그런 게이지를 기억하는 게 더 낫지 않을까? 넌 B급 공포 영화에 나오는 좀비를 부활시키고 싶은가? 아니면 정신 지체아처럼 아무 생기 없는 아이를 부활시키고 싶은가? 손가락으로 음식을 집어먹고 아무 초점 없는 눈으로 텔레비전 화면을 쳐다보고 제 이름 쓰는 법도 익히지 못할 아이를? 저드가 자기 개에 대해 뭐라고 했나? "그건 마치 한 덩어리의 고기를 씻는 것 같았다고." 그게 네가 바라는 건가? 한 조각의 숨쉬는 고깃덩어리? 그리고 한술 더 떠 네가 만족할 수 있다고 해도 네 아내에게 죽은 아들이 살아 돌아온 것을 어떻게 설명할 건가? 자네 딸에게는? 스티브 매스터튼에게는? 세상 사람들에게는? 미시 댄드리지가 진입로에 들어서다 마당에서 게이지가 자전거를 타고 있는 모습을 처음 볼 때 어떤 일이 일어날까? 그녀가 지르는 비명이 들리지 않나, 루이스? 그녀가 자기 손톱으로 얼굴을 후벼 파는 것이 보이지 않나? 또 기자들에게는 뭐라고 할 건데? 「리얼 피플」에서 나온 다큐멘터리 촬영 팀이 너의 집 현관문에 나타나서, 자네의 부활한 아들에 대해 찍고 싶다고 하면 뭐라고 할 건데?

이들 중 정말 중요한 문제가 있을까? 아니면 단지 겁쟁이의 목소리에 불과한 거야? 이런 일들을 처리할 수 없을 거라고 생각했나? 레이첼은 죽은 아들을 기쁨의 눈물로 반기지 않을까?

그렇다. 그는 정말 게이지가 돌아올 가능성이 있다고 생각했다…… 약간 달라져서. 하지만 그렇다고 그의 사랑이 변할까? 부모들은 장님으로 태어난 아이들, 샴쌍둥이로 태어난 아이들, 내장의 위치가 끔찍하게 뒤바뀌어서 태어난 아이들도 사랑했다. 부모들은 성장해서 무고한 사람을 강간하고 살해하고 고문한 자식들을 위해 법관들의 자비나 감형을 간청한다.

심지어 게이지가 여덟 살이 되도록 기저귀를 찬다고 해서 더 이상 게이지를 사랑할 수 없을 거라고 생각했나? 만일 게이지가 열두 살이 될 때까지 일학년 교과서를 익히지 못한다면? 만일 영원히 그것을 익히지 못한다면? 그가 아들을…… 일종의 신성한 죽은 아이로 치부해 버릴 수 있겠는가, 다른 구제책이 있는데도?

하지만, 루이스, 맙소사, 넌 진공 속에 사는 게 아니야! 사람들이 말할 거야…….

그는 이 생각을 거칠고 험악한 기세로 떨쳐 버렸다. 지금 고려하지 말아야 할 것들 중에 사람들의 시선이 첫 번째일 것이다.

루이스는 게이지의 무덤에서 긁어낸 흙을 내려다보고, 경외감과 공포의 파도가 자신을 통과해 가는 것을 느꼈다. 무의식중에 손가락들이 저절로 움직여서 흙 속에 무늬 하나를…… 소용돌이를 그렸다.

그는 양손 손가락으로 흙을 쓸어 그 무늬를 지워 버렸다. 그런 다음 서둘러 플래즌트뷰를 떠나면서 그제야 불법 침입자 같은 기분을 느꼈다. 가는 곳마다 누군가의 눈에 띄어 저지당하고 심문받을 것 같았다.

그는 피자를 찾으러 가는 데 늦었고 피자는 큰 오븐 위에 놓여 있었지만 반쯤 식어서 느끼하고 진흙을 구운 듯한 맛이 났다. 루이스는 피자 한 조각을 먹은 후 러들로로 돌아가면서 나머지를 상자째 창 밖으로 던져 버렸다. 그는 본래 공공장소를 더럽히는 사람이 아니지만 레이첼이 집 쓰레기통에서 거의 먹지도 않은 피자를 발견하는 것을 원하지 않았다. 그것을 보면 그녀는 눈치 챌 것이다. 즉 그가 뱅거에 다녀오겠다고 한 이유가 피자가 아니었다는 것을 말이다.

루이스는 이제 시간과 정황에 대해 생각하기 시작했다.

시간. 시간이 극도로 또는 결정적으로 중요할지 몰랐다. 티미 배터만은 그의 아버지가 그를 미크맥 매장지로 데려가기 전 꽤 오랫동안 죽은 채로 있었다. '티미는 19일에 총을 맞았지…… 티미는 묻혔네. 장담할 순 없지만 내 추측에 7월 22일이었어. 마조리 워시번이…… 티미가 길을 가는 것을 본 게 그로부터 네댓새 후였어.'

좋아, 빌 배터만이 아들을 진짜로 묻은 지 나흘 후에 그것을 했다고 쳐…… 아니야. 만일 저드가 틀렸다면 안전한 쪽으로 틀려야 해. 사흘로 하자. 추론을 위해 티미 배터만이 7월 25일에 죽음으로부터 돌아왔다고 가정하는 거야. 그렇게 되면 그 아이의 죽음과 부활 사이에 엿새간의 간격이 생기는 것이고 그게 안전한 추정치야. 그 간격은 길게는 열흘이 될 수도 있지. 게이지는 이제 나흘째야. 이미 시간이 어느 정도 흘러가 버렸지만 아직도 빌 배터만의 최고 기록을 큰 차로 앞지를 수 있어. 만약…….

만약 그가 처치를 살려 낼 수 있었던 상황과 유사한 상황을 만들어 낸다면. 왜냐하면 처치는 딱 좋은 시간에 죽었기 때문이다. 처치가 차에 치여 죽었을 때 그의 가족은 멀리 있었다. 누구도 현명하지 못했다. 그와 저드를 빼고는.

그의 가족은 시카고에 있었다. 루이스의 퍼즐의 마지막 조각이

멋들어지게 찰칵 소리를 내며 제자리에 맞아떨어졌다.

"우리더러 어쩌라고?"

레이첼이 눈을 휘둥그렇게 뜨고 그에게 물었다.

열시 이십오분이었다. 엘리는 잠자리에 들었다. 레이첼은 장례식 파티로 생긴 쓰레기들을 치운 후 진정제를 하나 더 먹었기 때문에 그가 뱅거에서 돌아온 후 죽 멍한 듯 보였고 조용히 있었다…… 하지만 이 말은 제대로 이해한 것이다.

사실 '장례식 파티'란 '방문 시간'처럼 표현할 수 없는 역설적인 의미로 가득 찬 끔찍한 어휘들 중 하나이지만 그 밖에 다른 말로는 그날 오후를 보낸 방식을 설명할 수 없었다.

"당신 어머니, 아버지와 함께 시카고로 돌아가라고 했어."

루이스는 끈기 있게 반복해서 말했다.

"그분들은 내일 가실 거야. 당신이 지금 그분들에게 전화하고 곧바로 델타 항공사에 전화하면 같은 비행기를 탈 수 있을지도 몰라."

"루이스, 정신 나갔어? 아빠랑 그렇게 싸워 놓고는……?"

루이스는 전혀 그답지 않게 재빨리 청산유수로 자신이 말하고 있는 것을 깨달았다. 이 때문에 그는 저급한 쾌감마저 느꼈다. 그는 마치 자신이 갑자기 공을 받아서 70미터 터치다운을 하기 위해 상대편 선수들을 제치고 달리면서, 찰나적인 극도의 흥분 상태에 빠져 손쉽게 상대편 선수들의 계산을 앞지르는 후보 풋볼 선수 같다는 기분을 느꼈다. 그는 특별히 능숙하게 거짓말을 해 본 적이 없었고 이런 대화를 자세하게 계획하지도 않았지만, 이제 일련의 설득력 있고 반쯤은 진실인 영감에 찬 변명들이 마구 쏟아져 나오기 시작했다.

"당신과 엘리가 부모님과 같이 가기를 원하는 이유 중 하나가 바로 우리가 싸웠기 때문이야. 이제 상처를 치유할 때가 됐어, 레이첼. 난 그걸 알았어…… 그걸 느꼈어…… 장례식장에서. 싸움이 시작됐을 때 난 화해하려던 참이었다고."

"하지만 이번 여행은…… 결코 좋은 생각 같지 않아, 루이스. 우린 당신이 필요해. 그리고 당신은 우리가 필요하고."

레이첼이 그를 미심쩍은 눈빛으로 찬찬히 바라보았다.

"적어도 당신이 우리를 필요로 하길 바라. 그리고 지금 우리 중 누구도……."

"이곳에 있을 때가 아니야."

루이스가 단호하게 말했다.

그는 열병에 걸릴 것 같았다.

"당신이 날 필요로 해서 기쁘고 나도 정말 당신과 엘리가 필요해. 하지만 여보, 지금 이곳은 당신에게 최악의 장소야. 게이지가 이 집의 도처에, 곳곳에 있잖아. 당신과 나는 말할 것도 없고 엘리에겐 더 안 좋아."

그는 레이첼의 눈에서 고통이 일렁이는 것을 보았고 그녀의 마음이 움직였다는 것을 알았다. 그의 마음 한구석에서는 이 비열한 승리를 수치스러워 했다. 죽음이란 주제에 대해 그가 읽은 모든 교과서에서 말하기를 유족들이 첫 번째로 느끼는 강렬한 충동은 그 일이 일어난 곳에서 떠나고 싶다는 것이었다…… 그리고 그 충동에 굴복하는 것은 최악의 행동이 될 수 있는데, 유족들이 새로운 현실을 받아들이기를 거부하는 사치 같지 않은 사치를 누리게 되기 때문이다. 책에 따르면 최선의 방법은 살던 곳에 계속 있으면서 슬픔이 기억으로 변할 때까지 그 본거지에서 슬픔과 싸우는 것이다. 하지만 루이스는 집에서 식구들과 그런 실험을 해 볼 엄두가 나지 않았다. 그는 잠시 동안 만이라도 그들이 떠나 있게 해야 했다.

"나도 알아." 그녀가 말했다. "그러니까…… 사방에서 기억이 떠올라. 당신이 뱅거에 가 있는 동안 소파를 옮겼어…… 청소기를 돌리면…… 그 생각에서 벗어날 수 있을까 하고……. 그런데 소파 밑에서 게이지의 미니 자동차를 네 개나 찾았어…… 그것들은 게이지가 돌아오길 기다리는 것 같았어……. 돌아와서 놀아주길 기다리는 것 같았다고……."

이미 흔들리고 있던 그녀의 목소리가 울음이 되어 나왔다. 눈물이 그녀의 뺨 위로 흘러내렸다. "그리고 지금처럼 또 울음이 터져서 신경 안정제를 또 먹었어. 아, 이게 무슨 빌어먹을 신파인지…… 안아 줘, 루…… 안아 줄래?"

그는 그녀를 안았고 꼭 끌어안긴 했지만 자신이 사기꾼 같은 기분이 들었다. 그의 마음은 이 눈물을 자신에게 유리한 쪽으로 이용할 방법을 생각해 내고 있었다. 얼마나 착한 사낸가? 좋아. 헤이호, 가 보자고!

"얼마나 오랫동안 이래야 해?" 그녀가 울먹였다. "끝나기는 하는 걸까? 루이스, 게이지를 다시 찾을 수만 있다면 난 애를 더 잘 보겠다고 맹세하겠어. 그런 일은 절대 안 일어날 거야. 그리고 그 운전기사가 과속으로 달렸다고 해서 내가…… 우리가 책임을 면할 수 있는 건 아니야. 이렇게 고통스러운 상처가 있을 수 있는지 전에는 몰랐지만 그게 진실이야. 고통은 끊임없이 찾아와. 너무 마음이 아파, 루이스. 잠잘 때조차도 그 고통에서 헤어날 수 없어. 잠이 들면 그 꿈을 꿔, 계속 같은 꿈을 꿔. 게이지가 도로로 달려가…… 그리고 내가 아이에게 소리를 질러……."

"쉬. 레이첼, 그만."

그가 말했다.

그녀는 부은 얼굴을 들어 그를 바라보았다.

"루이스, 그 애가 나쁜 짓을 하고 있던 것도 아니었어. 그건 그 아이에게 놀이일 뿐이었어……. 그 트럭이 엉뚱한 때에 나타난 거지……. 그리고 내가 울고 있을 때 미시 댄드리지에게 전화가 왔어……. 그 운전기사가 자살하려 했다는 것을 엘스워스《아메리칸》에서 읽었대."

"뭐라고?"

"그가 차고에서 목을 매려 했대. 신문에서는 그가 지금 충격과 깊은 우울증에 빠져 있다고 했어……."

"그것 하나 실행에 못 옮기다니 정말 안됐군."

루이스가 잔인하게 말했지만 그 목소리는 먼 곳에서 들려오는 듯했고 전율이 온몸을 훑고 지나가는 것을 느꼈다. '그곳은 힘을 지니고 있어, 루이스……. 그곳은 전에 힘이 강해진 적이 있었고 무섭게도 이번에 다시 힘이 강해지는 것 같아.'

"내 아들이 죽었는데 그놈은 보석금 천 달러 내고 나돌아다니고 있어. 어떤 판사가 그에게 90일짜리 운전면허 정지와 애들 장난에 불과한 벌금을 물릴 때까지는 우울하고 자살하고픈 충동이

들겠지."

"미시가 그러는데 그 사람 부인이 아이들을 데리고 떠났대."

레이첼이 느릿하게 말했다.

"미시는 그걸 신문에서 읽은 게 아니라 엘스워스에 있는 그 사람을 잘 아는 어떤 사람에게서 들었대. 그 기사는 술 취한 것도 아니었어. 마약을 한 것도 아니고. 전에는 속도위반도 한 적이 없대. 그 사람이 말하길, 러들로에 갔을 때 그냥 전속력으로 차를 몰고 싶었다는 거야. 자신이 왜 그랬는지도 모른다고 했대. 소문이 파다해."

그는 그냥 전속력으로 차를 몰고 싶었다.

'그곳은 힘을 지니고 있다네…….'

루이스는 그런 생각을 떨쳐 버렸다. 그는 따뜻하게 아내의 팔을 잡았다.

"당신 부모님께 전화드려. 지금 하라고. 당신과 엘리가 이 집에 하루도 더 있을 필요가 없어. 단 하루도."

"당신 없인 안 가. 루이스, 우리는…… 우린 함께 있어야 해."

"사흘, 길어야 나흘 후엔 당신을 따라갈게."

만약 일이 잘된다면. 레이첼과 엘리는 48시간 후에 이곳으로 돌아올지도 모른다. "난 대학에서 파트타임으로 내 대신 일할 사람을 찾아야 해. 병가를 냈고 이제 휴가가 다가오기는 하지만 서렌드라 하르두를 난처하게 내버려 둘 수는 없어. 우리가 가 있는 동안 집은 저드가 봐 주겠지만 내가 전기도 끊어 놓고 남은 음식은 댄드리지 부인의 냉장고에 보관해 달라고 해야겠어."

"엘리의 학교는……."

"상관없어. 어쨌든 석 주 후면 방학이잖아. 상황이 이러니 학교에서도 이해할 거야. 조기 방학 같은 조처를 해 줄 거야. 모든 일이 다 잘……."

"루이스?"

그는 말을 중단했다.

"뭐?"

"당신, 뭐 숨기고 있지?"

"숨겨?"

그는 그녀를 빤히 그리고 분명하게 쳐다보았다.

"무슨 말인지 잘 모르겠군."

"정말 몰라?"

"그래, 모르겠다고."

"신경 쓰지 마. 지금 전화할게…… 그게 당신이 정말 원하는 거라면."

"정말이야."

단어들이 그의 마음속에서 쨍그랑 금속성 소리를 내며 울려 퍼지는 것 같았다.

"엘리를 위해서는…… 이게 최선일지도 몰라."

레이첼은 진정제 효과 때문에 아직 눈빛이 약간 몽롱하고 눈 가장자리가 빨개진 채 바라보았다.

"당신 열 나는 것 같아. 마치 병난 사람 같아."

그녀는 루이스가 답하기도 전에 전화기로 가서 그녀의 부모님이 묵는 모텔에 전화했다.

골드만 부부는 레이첼의 제안에 크게 기뻐했다. 그들은 루이스가 사나흘 후에 그들과 합류한다는 말은 크게 기꺼워하지 않았지만 결국 그것에 대해서는 크게 염려할 바가 못 되었다, 물론. 루이스는 시카고에 갈 의향이 전혀 없었다. 그는 난관이 있다면 이렇게 늦은 시각에 비행기 예약을 하는 것이라고 생각했다. 하지만 이번에도 운이 좋았다. 뱅거에서 신시내티로 가는 델타 항공편에 좌석이 남아 있었고 황급히 조회해 보니 신시내티에서 시카고로 가는 좌석 두 개가 취소되었다는 것을 알았다. 즉 레이첼과 엘리는 신시내티까지만 골드만 부부와 같은 비행기로 여행하고 시카고에는 골드만 부부보다 한 시간 조금 못 되게 늦게 도착할 것이다.

거의 마술 같아. 루이스가 이런 생각을 하며 전화를 끊자 저드의 목소리가 다급하게 대답했다. '전에 힘이 강해진 적이 있었고 무섭게도…….'

엿이나 먹으라고 해. 그는 저드의 목소리에 무례하게 응수했다. 나의 오랜 친구, 난 지난 열 달간 수많은 이상한 일들을 받아들이는 법을 배웠어요. 하지만 귀신 들린 작은 땅덩어리가 비행기 예약에까지 힘을 미친다는 걸 나더러 믿으라고요? 그렇지 않아요.

"짐을 꾸려야겠어."

레이첼이 말했다. 그녀는 전화기 옆의 메모지에 루이스가 갈겨쓴 비행기 정보를 보고 있었다.

"큰 여행 가방 하나만 가져가."

루이스가 말했다.

그녀는 놀라 눈을 크게 치뜨고 루이스를 쳐다보았다.

"두 사람 짐을 싸는데? 루이스, 지금 농담하는 거지?"

"좋아, 큰 손가방도 두 개 정도 가져가고. 하지만 다음 석 주 동안 갈아입을 옷들 싸느라 기진맥진하지 말라고."

그가 말하면서 생각했다. 금방 러들로로 돌아오게 될지 모르니까.

"일주일, 열흘 정도 지낼 수 있을 정도만 챙겨. 당신 수표책도 있고 신용카드도 있잖아. 필요한 게 있으면 사라고."

"하지만 우리가 그럴 여유가 어딨어……."

그녀가 미심쩍게 말을 시작했다. 그녀는 이제 모든 것에 대해 미심쩍어 하고 쉽게 영향 받고 자주 혼동했다. 그는 그녀가 생뚱맞게 그가 예전에 별 생각 없이 사야겠다고 말한 적 있는 위니베이고 얘기를 꺼냈던 것이 기억났다.

"우린 돈이 있어."

그가 말했다.

"글쎄……. 필요하면 게이지의 대학 학자금을 쓸 수도 있겠구나. 저축 예금을 찾는 데 하루나 이틀 정도 걸리고 국채를 파는 데 일주일 정도 걸리겠지만……."

그녀의 얼굴이 구겨지다가 다시 풀렸다. 루이스는 그녀를 안았다. 그녀는 괜찮아. 사방에서 기억이 떠올라. 결코 나아지질 않아.

"레이첼, 이러지 마. 울지 마."

하지만 그녀는 울었다. 울어야 했다.

레이첼이 이층에서 짐을 싸는 동안 전화벨이 울렸다. 루이스는 튕겨 나가듯 전화를 받으면서 그 전화가 델타 항공의 예약 담당 직원이 건 전화로 착오가 있었고 좌석이 없다는 말을 전하려는 전화일 거라고 생각했다. 일이 너무 순조롭게 풀릴 때 짐작했어야 했는데.

하지만 그 전화는 델타 항공의 예약 부서가 아니었다. 어윈 골드만이었다.

"레이첼 바꿔 줄게요."

"아닐세."

잠시 동안 아무 소리도 들리지 않았고 침묵만 흘렀다. 아마 거기 앉아서 어떤 욕을 먼저 해 줄까 궁리하고 있겠지.

골드만이 다시 입을 열었을 때 그의 목소리는 긴장되어 있었다. 그는 뭔가 강력한 심적 반발에 대항해서 억지로 말하는 것 같았다.

"자네랑 통화하고 싶네. 도리는 내가 전화해서 자네에게 사과하기를 원해…… 내 행동에 대해. 내 생각에…… 루이스, 나도 사과하고 싶네."

이런, 어윈! 대단한 분이시군요! 세상에나, 몸둘 바를 모르겠어요!

"사과할 필요 없으십니다."

루이스가 말했다. 그의 목소리는 건조하고 기계적이었다.

"내가 한 짓은 변명의 여지가 없네."

이제 그는 그냥 말하는 것 같지 않았다. 정말 힘들게 쥐어짜 내는 것 같았다.

"자네가 레이첼과 엘리가 우리와 함께 가도록 제안한 것을 보고 이 일에 대해 자네가 얼마나 아량이 넓은지…… 그리고 내가 얼마나 속이 좁았는지 알게 되었네."

이 대사에는 뭔가 아주 익숙한 것이 있었다. 섬뜩하게 익숙한 무엇인가가…….

다음 순간 그는 그것이 무엇인지 알아차렸다. 그의 입은 마치 통통한 노란 레몬을 베어 문 것처럼 갑자기 오므라들었다. 그것은 그녀가 정말 원하는 것을 한바탕 성질 부려서 얻고 난 후 후회하면서 말하는 태도였던 것이다. 레이첼 본인은 전혀 의식하지 못한다고 루이스는 확신했다. 루이스, 미안해, 내가 너무 못된 년처럼 굴었지? 여기 바로 그 말투가 있었다. 레이첼의 유쾌함과 생기발랄함은 없었지만 똑같은 말투로 말하고 있었다. 루이스, 내가 정말 빌어먹을 놈처럼 굴었어, 미안하이.

그 노인네는 딸과 손녀딸을 다시 찾았다. 이들은 메인 집에서 나와 아버지인 자신에게 달려올 것이다. 델타와 유나이티드 항공사의 협조로 이들은 자신들이 속한 곳, 어윈 골드만이 그들이 있기를 원하는 곳으로 가게 되었다. 자신이 이긴 것이다. 이제 그는 아량을 베풀 여유가 생겼다. 어윈이 생각할 때 자신이 이긴 것이다. 그러니 이제 내가 자네 아들의 시신 앞에서 자네에게 한 방 날린 건 그냥 잊어버리세, 루이스. 내가 자네가 쓰러졌을 때 발로 찼던 것도, 내가 들것 위에 놓여 있던 아이의 관을 쳐서 자물쇠가 열려 자네가 마지막으로 아이의 손을 흘긋 볼 수 있도록, 또는 봤다고 생각하도록 한 것도 잊어버리세. 모든 것을 잊어버리세. 지난 일은 묻어 두자고.

할 소리는 아니지만, 어윈, 바보 같은 노인네야, 난 당신이 지금 이 자리에서 죽어 자빠졌으면 좋겠어! 그런다고 내 계획이 잘못되지만 않는다면 말이야.

"괜찮습니다, 골드만 씨."

그가 차분하게 말했다.

"그날은…… 음…… 우리 모두 감정적이었습니다."

"괜찮지 않네."

그가 고집을 부렸고 루이스는 비록 원하지는 않았지만 깨달았다. 골드만이 단순히 정략적인 것이 아니며 이제 자신이 원하던 바를 얻었기 때문에 자신이 얼간이였음을 인정하는 말을 하는 게 아님을 깨달았다. 골드만은 울음을 터트리기 일보 직전이었으며 느리면서도 떨리는 목소리로 절박하게 말했다.

"그날은 우리 모두에게 끔찍한 날이었어. 나 때문에. 이 멍청하고 완고한 늙은 놈 때문에. 난 내 도움을 가장 필요로 하는 때에 딸에게 상처를 줬어……. 난 자네에게도 상처를 줬고 아마 자네도 내 도움을 필요로 했는지 몰라. 자네가 이렇게 해 주는 것…… 내가 그런 짓을 했는데…… 이렇게 나오니…… 내가 쓰레기 같은 기분이 들어. 그리고 내가 그런 기분이 드는 것도 당연하다는 생각이 드네."

제발, 이 사람 좀 멈추게 해 주세요. 내가 소리를 질러 일을 망치기 전에 멈추게 해 주세요.

"아마 레이첼이 자네에게 말했을 걸세, 루이스, 우리에겐 딸이 하나 더 있었어……."

"젤다 말씀이시군요. 네, 레이첼이 젤다 얘길 해 줬습니다."

"그땐 힘들었네."

골드만이 떨리는 목소리로 말했다.

"우리 모두 다 힘들었어. 레이첼이 가장 힘들었겠지. 젤다가 죽었을 때 레이첼이 거기 있었거든. 하지만 나와 도리도 힘들었네. 도리는 신경쇠약에 걸릴 뻔했지."

그럼 레이첼이 걸린 건 뭐라고 생각해? 루이스는 소리치고 싶었다. 어린아이는 신경쇠약 안 걸리는 줄 알아? 20년이 지난 지금도 그녀는 죽음의 그림자만 봐도 기겁을 한다고. 그런데 이 일이 터진 거야. 이 비참하고 끔찍한 일이. 지금 레이첼이 병원에서 I.V.(전해질 · 영양 등을 한 방울씩 떨어뜨리는 장치—옮긴이) 튜브로 영양분을 공급받지 않는 것만 해도 기적이라면 기적이라고. 그러니 당신과 당신 마누라가 얼마나 힘들었는지 따위는 말하지 마, 이 얼간아.

"젤다가 죽은 후로 우리는…… 우리는 레이첼에게 매달린 것 같네……. 항상 그 애를 보호해 주고 싶었지……. 그리고 보상해 주려고 했어. 레이첼이 안고 있는 문제에 대해 보상해 주려고 애썼다네…… 그 애의 허리 말일세……. 그 후로 수년 동안 아팠지. 그리고 그때 함께 있어 주지 못한 것도 보상해 주려고 했어."

그랬다, 노인은 정말 울고 있었다. 왜 그가 울고 있어야 하는가? 노인이 울자 루이스는 순수하고 때묻지 않은 증오심을 품고 있기가 힘들어졌다. 좀 더 어렵긴 했지만 불가능하진 않았다. 그는 의도적으로 골드만이 그 잘난 수표책을 꺼내기 위해 헐렁한 웃옷 주머니로 손을 가져가는 모습을 떠올렸다…… 갑자기 그 뒤로 젤다 골드만이 보였다. 냄새 나는 침대에 있는 불안정한 상태의 유령, 원한과 고통이 가득 찬 지저분한 얼굴, 새 발톱처럼 휜 손. 골드만 가의 유령. 위디한 오즈의 마법사.

"제발." 그가 말했다. "제발, 골드만 씨. 어윈. 그만하세요. 더 이상 상황을 악화시키지 마요, 네?"

"난 이제 자네가 좋은 사람이고 내가 자네를 잘못 판단했다고 믿네, 루이스. 제발, 들어 보게, 자네가 무슨 생각을 하는지 나도 아네. 내가 그렇게 멍청한 줄 아나? 멍청하긴 하지만 아주 멍청하지는 않다네. 자네는 내가 이제 그럴 만하니까 이런 얘기를 한다고 생각하겠지. 자네는 내가 원하는 것을 다 얻었고 한때는 자네를 매수하려 했다고 생각하고 있을 거야. 하지만 루이스, 난 맹세컨대……."

"그만하세요."

루이스가 부드럽게 말했다.

"못 듣겠어요……. 정말 더 이상은 못 듣겠어요."

이제 그의 목소리도 떨렸다.

"아시겠죠?"

"알겠네."

골드만이 말하고 한숨을 쉬었다. 루이스는 그것이 안도의 한숨이라고 생각했다.

"하지만 다시 한번 미안하다고 말하고 싶네. 사과를 받아들일 필요는 없어. 하지만 그 말을 꼭 하고 싶네. 루이스, 자네에게 사과하네."

"좋습니다."

루이스가 말했다. 그는 눈을 감았다. 머릿속이 쿵쾅쿵쾅 울렸다.

"고맙습니다, 어윈. 사과를 받아들이겠습니다."

"고맙네." 골드만이 말했다. "그리고 그 애들을 보내 줘서…… 고맙네. 그러는 게 둘 다에게 좋을 거야. 공항에서 기다리겠네."

"그러시죠."

루이스가 말했고 갑자기 한 가지 생각이 떠올랐다. 그건 미친 생각이었지만 제정신으로 생각해도 매력적이었다. 과거는 과거로 묻어 두는 것이다…… 게이지를 플래즌트뷰 묘지에 그대로 두는 것이다. 닫혀 버린 문을 다시 열려고 애쓰지 말고 문에 걸쇠를 걸고 두 번 빗장으로 잠근 다음 열쇠는 버리는 것이다. 그는 아내에게 그가 하겠다고 했던 것을 그대로 하는 것이다. 여기에서의 일을 정리하고 샤이타운으로 가는 비행기를 탄다. 그와 아내와 착한 딸은 거기서 온 여름을 보낼 것이다. 그들은 동물원에도 가고 천문관에도 가고 호수에 보트도 타러 갈 것이다. 그는 엘리를 시어스 타워 꼭대기에 데려가 거대하고 평평한 게임판같이 쭉 뻗어 있는, 부유하고 꿈같은 중서부를 보여 줄 것이다. 그리고 8월 중순이 되면 그들은 지금은 너무나 슬프고 그늘져 보이는 이 집으로 돌아온다. 그건 처음부터 새로 시작하는 것과 같을 것이다. 아마 그들은 새 실로 미래를 자을 수 있을 것이다. 지금 크리드 가의 베틀에 걸려 있는 것은 추하고 마른 피가 튀어 있었다.

하지만 그건 그의 아들을 살해하는 것과 같지 않을까? 그를 두 번 죽이는 것이 아닐까?

그의 내부의 목소리가 그렇지 않다고 주장하려 했지만 그는 들으려 하지 않았다. 그는 무턱대고 그 목소리를 끊어 버렸다.

"어윈, 이제 가 봐야겠어요. 레이첼이 필요한 걸 다 챙겼는지 보고 자게 해야 해요."

"알겠네. 잘 있게, 루이스. 그리고 다시 한번……."

그가 한 번만 더 미안하다고 하면 냅다 소리를 질러 버리겠어.

"안녕히 주무세요, 어윈."

그가 말하고 수화기를 내려놨다.

그가 이층에 올라가자 레이첼은 여기저기 어질러진 옷가지들 속에 깊이 파묻혀 있었다. 블라우스들은 침대 위에 널려 있었고, 브래지어들은 의자 등에 걸려 있고, 바지들은 문손잡이에 걸려 있던 옷걸이에 걸려 있었다. 신발들은 창문 밑에 군인들처럼 한 줄로 서 있었다. 레이첼은 천천히 능숙하게 짐을 꾸리고 있는 것처럼 보였다. 루이스는 여행 가방이 세 개는 필요할 거라고 생각했다. 어쩌면 네 개일지도. 하지만 그것에 대해 그녀와 논쟁을 벌이는 것이 무의미하다고 생각했다. 대신 그도 달려들어 도왔다.

"루이스. 정말 나에게 하고 싶은 얘기 없어?"

레이첼이 마지막 여행 가방을 닫으면서 말했다. 루이스가 여행 가방 위에 올라타서야 가방의 고리를 잠글 수 있었다.

"여보, 도대체 무슨 말이야?"

"나도 잘 모르겠어. 그래서 묻고 있잖아."

그녀가 침착하게 말했다.

"내가 무슨 짓을 할 거라고 생각하는 거야? 몰래 갈보 집에라도 갈까 봐? 곡마단에 입단해? 뭐냐고?"

"나도 모르겠어. 하지만 뭔가 잘못된 느낌이 들어. 꼭 당신이 우리를 없애려고 하는 것 같아."

"레이첼, 말도 안 되는 소리야."

그는 초조감인 섞인 격한 말투로 말했다. 이처럼 곤란한 상황에서조차 속을 보인 것에 짜증이 났다. 그녀가 힘없이 웃었다.

"당신은 거짓말을 잘 못하잖아, 루이스."

그가 다시 항의하려 했지만 그녀가 그의 말을 중단시켰다.

"엘리가 당신이 죽는 꿈을 꿨대. 어젯밤 그 애가 잠에서 깨서 울기에 들여다봤어. 두세 시간 정도 아이와 같이 자다가 다시 당신에게 돌아왔어. 엘리가 꿈속에서 당신이 부엌 식탁에 앉아 있었다고 했어. 눈을 뜨고 있었지만 당신이 죽었다는 걸 알았대. 엘리는 스티브 매스터튼이 비명을 지르고 있었다고 했어."

루이스가 낙담해서 그녀를 바라보았다. 그가 마침내 말문을 열었다.

"레이첼, 남동생이 막 죽었어. 식구 중 다른 사람이 죽는 꿈을 꾸는 것은 충분히 정상이야……."

"그래, 나도 그 정도는 짐작했어. 하지만 그 애가 말하던 태도가…… 그 내용이…… 나에겐 예언처럼 느껴졌어."

그녀가 힘없이 웃었다.

"아마도 당신이 그 자리에 있었어야 했는데."

"그래, 그랬어야 했어."

나에겐 예언처럼 느껴졌어.

"같이 침대로 가." 레이첼이 말했다. "진정제가 다 떨어졌고 나도 더 이상 진정제를 먹고 싶지 않아. 하지만 두려워. 나도 꿈을 꿨어……."

"어떤 꿈?"

"젤다의 꿈."

그녀가 간단하게 말했다.

"게이지가 죽은 후 지난 며칠 동안 잘 때마다 젤다가 꿈에 나타났어. 젤다가 나를 잡으러 올 거라고 이번엔 잡고 말 거라고 했어. 게이지와 젤다 둘 다 나를 잡으러 올 거야. 그들을 죽게 했으니까."

"레이첼, 그건……."

"나도 알아요. 꿈일 뿐이지. 정상적이기도 하고. 하지만 나랑 침대로 가서 할 수 있으면 그 꿈들을 쫓아 줘, 루이스."

그들은 비좁은 루이스의 싱글 침대에서 어둠 속에 함께 누워 있었다.

"레이첼, 아직 깨어 있지?"

"응."

"물어보고 싶은 게 있어."

"물어봐."

그는 그녀에게 더 이상 고통을 주고 싶지 않았지만 알아야 했기 때문에 주저했다.

"게이지가 9개월이었을 때 우리가 걱정하던 것 기억나?"

마침내 그가 물었다.

"그럼, 그럼. 당연히 기억나지. 왜?"

게이지가 9개월이 됐을 때 루이스는 아들의 머리 크기가 몹시 걱정스러웠다. 그것은 루이스의 버리테 차트 때문이었는데 거기에는 유아의 정상적인 머리 사이즈 범위가 월별로 나와 있었다. 4개월째 게이지의 머리 크기는 도표에서 가장 높은 수치를 맴돌기 시작하더니 이후로도 그보다 높은 수치가 나오기 시작했다. 게이지가 목을 가누는 데는 문제없었지만(그것이 결정적인 증거일 터였지만) 루이스는 중서부에서 가장 뛰어난 신경 전문의 조지 타디프에게 게이지를 데려갔다. 레이첼은 뭐가 잘못됐는지 알고 싶어했고 루이스는 그녀에게 사실대로 말했다. 루이스는 게이지가 수두증이 아닐까 염려하고 있었다. 레이첼의 얼굴이 하얗게 질렸지만 평정을 유지했다.

"내가 보기에 게이지는 정상이야."

그녀가 말했다.

루이스가 고개를 끄덕였다.

"내가 보기에도 그래. 하지만 그냥 넘어가고 싶지는 않아, 여보."

"그래, 그래선 안 되지. 그래선 안 돼."

그녀가 말했다.

타디프는 게이지의 머리를 재 보고는 얼굴을 찡그렸다. 손가락 두 개를 벌려 게이지의 얼굴을 세 군데 눌렀다. 게이지가 움찔했다. 타디프는 미소를 지었다. 루이스의 긴장이 조금 풀렸다. 타디프는 게이지에게 공을 하나 주면서 쥐어 보라고 했다. 게이지는 공을 잠시 쥐고 있다가 떨어뜨렸다. 타디프는 그 공을 다시 집어 튕기면서 게이지의 눈을 관찰했다. 게이지의 눈이 공을 따라다녔다.

"게이지가 수두증일 확률은 반반이라고 말하겠습니다."

타디프가 나중에 그의 사무실에서 루이스에게 말했다.

"아니 실제로는 그보다 확률이 높을 것입니다. 설사 그렇다 해도 경미한 수두증입니다. 게이지는 매우 민첩해 보여요. 새로운 측로 수술로 쉽게 치료할 수 있을 것입니다…… 만약 문제가 있다면 말입니다."

"측로란 뇌 수술인가요?"

루이스가 말했다.

"간단한 뇌 수술이죠."

루이스는 게이지의 머리 크기를 염려하기 시작한 지 얼마 지나지 않아 그 수술 과정을 연구했으며 여분의 체액을 뽑아내도록 고안된 측로 수술이 그에게는 그다지 간단해 보이지 않았다. 하지만 그런 수술이 있다는 것만으로도 고마워해야 한다고 스스로에게 타이르며 아무 말도 하지 않았다.

타디프가 계속 말했다.

"물론, 자녀 분이 9개월짜리 치고는 좀 머리가 클 뿐이라는 가능성도 있습니다. 제 생각에는 시티 촬영부터 하는 것이 최선일 것 같습니다. 그렇게 하시겠습니까?"

루이스는 동의했다.

게이지는 병원에서 하룻밤을 보내며 전신 마취를 했다. 잠든 그의 머리는 대형 빨래 건조기같이 생긴 기계 속에 고정되었다. 엘리가 할아버지네 집에서 새로 산 비디오 녹화 장치로 줄곧 「세서미 스트리트」를 보며 하루를 보내는 동안 루이스와 레이첼은 병원 아래층에서 기다렸다. 루이스는 그 길고 암울했던 시간 동안 여러 가지 추한 결말을 모두 떠올려 비교해 보고 있었다. 전신마취를 하다가 사망, 측로 수술을 받는 도중 사망, 수두증의 결과로 경미한 지체 발생, 수두증의 결과로서 매우 심각한 지체 발생, 간질, 시력 상실…… 아, 온갖 가능성들이 있었다. 완벽한 재난 지도를 보려면 근처의 의사 선생을 찾아가면 된다고 생각했던 것이 기억났다.

타디프는 오후 다섯시경 대기실에 들어왔다. 그는 여송연 세 대를 가지고 있었다. 그는 하나를 루이스의 입에 물리고, 다른 하나는 레이첼의 입에, 그리고 하나는 자신의 입에 물었다. 레이첼은 너무 당황해서 항의조차 하지 못했다.

"아이는 괜찮아요. 수두증이 아닙니다."

"이거 불 좀 붙여 주세요."

레이첼이 동시에 울다가 웃다가 하면서 말했다.

"난 토할 때까지 이걸 피우겠어요."

타디프는 환하게 웃으며 세 대의 여송연에 불을 붙였다.

타디프 박사, 신은 15번 도로를 위해 게이지를 살려 둔 거요. 루이스는 지금 이런 생각이 들었다.

"레이첼, 게이지가 수두증이었다면 그리고 측로 수술이 성공하지 못했다면…… 그래도 게이지를 사랑할 수 있었겠어?"

"그런 이상한 질문을! 루이스."

"그럴 수 있었겠어?"

"그럼, 당연하지. 난 어떤 일이 있어도 게이지를 사랑했을 거야."

"게이지가 정신지체였대도?"

"그래."

"아이를 공공시설에 맡기지 않았을까?"

"아니, 그렇지 않아."

그녀가 천천히 대답했다.

"우린 지금 당신이 버는 돈으로…… 시설에 보낼 수도 있었겠지…… 정말 좋은 시설에 말이야……. 하지만 우린 가능하면 게이지와 함께 있고 싶어했을 것 같아……. 루이스, 왜 그런 걸 물어?"

"글쎄, 난 아직도 당신 언니 젤다를 생각하고 있었나 봐."

그가 말했다.

그는 이 등골 오싹한 자신의 입심에 여전히 놀라고 있었다.

"당신이 다시 그런 일을 견딜 수 있을지 궁금했어."

"그건 달라."

그녀는 거의 재미있어 하는 듯한 목소리로 말했다.

"게이지는…… 글쎄, 게이지는 게이지야. 우리 아들이었잖아. 그것만으로도 큰 차이가 있어. 물론 힘들긴 하겠지만…… 당신 같으면 게이지를 시설에 보냈겠어? 파인랜드 같은 곳에?"

"아니."

"이제 자."

"좋은 생각이야."

"이젠 잘 수 있을 것 같아. 이제 오늘 일은 잊고 싶어."

"아멘."

루이스가 말했다.

한참 시간이 흐른 후에 그녀가 졸린 목소리로 말했다.

"당신이 옳아, 루이스…… 그냥 꿈과 망상들……."

"물론이지."

그가 말하면서 그녀의 귓불에 입 맞췄다.

"이제 자라고."

나에겐 예언처럼 느껴졌어.

그는 오랫동안 잠들지 않았고, 그가 잠들기 전, 굽은 뼈 같은 달이 창문을 통해 그를 지켜보았다.

다음 날은 흐리긴 했지만 무척 따뜻했고 레이첼과 엘리의 짐을 부치고 비행기 표를 받았을 때쯤 루이스는 무지하게 땀을 흘리고 있었다. 그는 바쁘게 할 일이 있다는 것만으로도 감사해야 한다는 생각을 하며 지난 추수감사절에 식구들을 시카고행 비행기로 실어 보내던 가슴 아픈 기억과 비교하고 있었다.

엘리는 서먹서먹했고 조금 이상해 보였다. 그날 아침 루이스가 몇 번 눈여겨볼 때마다 그 애는 뭔가를 깊이 생각하고 있는 표정이었다.

음모를 꾸미는 자의 강박관념이 시도 때도 없이 날뛰는군. 그는 혼잣말을 했다.

엘리는 가족 모두 시카고로 갈 것이며 자신과 엄마가 먼저 출발해서 여름 내내 있을 것이라는 말을 들었을 때에도 아무 말 없이 계속 아침을 먹었다. 코코아 베어스가 그 애의 아침이었다. 아침을 먹은 후 그 애는 묵묵히 이층으로 올라가서 레이첼이 준비해 둔 옷을 입고 신발을 신었다. 엘리는 썰매에 탄 게이지를 끌어 주는 사진을 공항에 가져와서, 루이스가 표를 받기 위해 줄을 서고 스피커에서 비행기 도착과 출발 안내가 방송되는 동안, 아래층 로비에 있는 플라스틱 의자들 중 하나에 조용히 앉아 있었다.

골드만 부부는 이륙 시간 40분 전에 도착했다. 어윈 골드만은 가벼운 캐시미어 외투를 입은 채 33도가 넘는 날씨에도 땀 한 방울 흘리지 않은 단정한 모습으로 나타났다. 그는 도리 골드만이 레이첼과 엘리와 함께 앉아 있는 동안 에이비스 렌터카 창구로 가서 차를 반납했다.

루이스와 골드만은 동시에 자리로 돌아왔다. 루이스는 내 사위, 내 사위 같은 단막극이 재현될까 봐 조금 두려웠지만 다행히 그런 일은 없었다. 골드만은 다소 힘없는 악수를 하고 입속에서 인사말을 웅얼거리는 것으로 만족했다. 사위에게 재빠르고 계면쩍게 던지는 시선으로 미루어 루이스가 그날 아침에 일어나면서 생각했던 것이 확실했음을 알았다. 어윈은 그때 취해 있었던 게 분명했다.

이들은 에스컬레이터를 타고 이층으로 가서 탑승 휴게실에 앉아 있었지만 별 대화는 하지 않았다. 도리 골드만은 안절부절못하며 에리카 종의 소설을 빠르게 넘기고 있었지만 읽지는 않았다. 그녀는 엘리가 들고 있는 사진을 계속 흘끔거렸다.

루이스는 엘리에게 서점에 가서 비행기에서 읽을 책을 고르겠냐고 물었다.

엘리는 여전히 생각에 잠긴 표정으로 그를 다시 쳐다보기만 했다. 루이스는 그 표정이 마음에 들지 않았다. 그를 불안하게 하는 표정이었다.

"할아버지 댁에서 잘 지낼 것 같니?"

함께 걸어가면서 그가 물었다.

"네. 아빠, 무단결석 학생 지도원이 날 잡으러 올까요? 앤디 파시오카가 그러는데 무단결석 학생 지도원이 있어서 학교를 빼먹는 아이들을 잡으러 온대요."

"그건 걱정하지 마라. 내가 학교 문제를 처리할 거야. 그러면 가을 학기에 아무 문제 없이 다시 시작할 수 있어."

"가을에는 괜찮아졌으면 좋겠어죠." 엘리가 말했다. "전에는 학교 다닌 적이 없잖아요. 유치원만 다녔지. 아이들이 학교에서 뭘 하는지 모르겠어요. 아마, 숙제를 하겠죠."

"넌 괜찮을 거야."

"아빠, 아직도 할아버지가 미워요?"

그는 입을 딱 벌리고 그 애를 바라보았다.

"도대체 왜 내가…… 할아버지를 좋아하지 않는다고 생각하니, 엘리?"

그 애는 마치 그 주제에 아무 관심도 없는 것처럼 어깨를 으쓱했다.

"아빠가 할아버지한테 얘기할 때 항상 열 받은 것처럼 보였어요."

"엘리, 그건 상스런 말이야."

"잘못했어요."

그 애는 그 이상하고 뭔가에 홀린 듯한 표정으로 그를 바라보더니 시선을 돌려 아동 서적 코너를 바라보았다. 머서 메이어와 모리스 센닥 그리고 리처드 스캐리와 베아트릭스 포터와 그 유명하고 오래된 이야기, 닥터 수스. 어떻게 아이들은 이런 걸 알아챌까? 아니면 그냥 아는 걸까? 도대체 얼마나 많이 아는 걸까? 그것이 엘리에게 어떤 영향을 미칠까? 엘리, 그 창백하고 조그만 얼굴 뒤에 무슨 생각을 하고 있니? 할아버지에게 열 받았다고…… 세상에!

"이거 사도 돼요, 아빠?"

그녀는 닥터 수스의 책과 루이스가 어린 시절 이후 한번도 보지 못했던, 꼬마 흑인 삼보와 어느 화창한 날 호랑이들이 어떻게 그의 옷을 먹어 버렸는지에 대한 이야기가 실린 책을 들고 있었다.

이젠 그 책이 안 나오는 줄 알았는데. 그가 어안이 벙벙해서 생각했다.

"그래."

그들은 계산대 앞의 짧은 줄에 섰다.

"할아버지와 나는 사이가 좋단다." 그는 말했다. 그리고 여자가 간절히 아이를 원할 때 어떻게 아이를 '찾는지'에 대해 자신의 어머니가 해 준 이야기를 다시 떠올렸다. 그는 자기 자식들에게는 결코 거짓말하지 않겠다고 스스로에게 한 어리석은 약속을 기억했다. 그는 지난 며칠간 자신이 꽤 능숙한 거짓말쟁이로 발전했다고 느꼈지만 지금은 그것에 대해 생각하지 않기로 했다.

"그렇군요."

엘리가 대답하고 다시 조용해졌다.

그 침묵이 그에게는 거북했다. 분위기를 바꿔 보려고 그가 말했다.

"시카고에서 있으면 즐거운 시간을 보낼 것 같니?"

"아뇨."

"아니라고? 왜 아니야?"

그 애는 다시 홀린 듯한 표정으로 그를 올려다보았다.

"난 무서워요."

그는 아이의 머리에 손을 올려놓았다.

"무서워? 애야, 뭐가 무섭니? 비행기가 무서운 건 아니지, 그렇지?"

"아니에요. 뭐가 무서운지 나도 모르겠어요. 아빠, 우리가 게이지의 장례식에 참석하는 꿈을 꿨는데 장의사 아저씨가 게이지의 관을 여니까 그게 비어 있었어요. 그리고 내가 집에 와서 게이지의 침대를 봤는데 거기도 비어 있었어요. 하지만 침대에 흙이 있었어요."

나사로야, 앞으로 나오너라.

몇 달 만에 처음으로 그는 파스코가 죽은 후 꿨던 꿈을 기억해냈다. 그 꿈과 잠에서 깨서 자신의 발에 흙이 묻어 있고 침대 발치가 소나무 잎과 진흙으로 범벅이 되어 있던 것을 기억했다.

그의 목덜미에 있는 털들이 일어섰다.

"그냥 꿈이야."

그가 엘리에게 말했다. 그의 목소리는 완전히 정상으로 들렸다. 적어도 그의 귀에는.

"꿈은 지나가는 거야."

"아빠도 우리와 같이 갔으면 좋겠어요. 아니면 우리가 그냥 여기 있거나. 아빠, 그냥 있으면 안 돼요? 네? 난 할아버지네로 가기 싫어요……. 난 그냥 학교로 돌아가고 싶어요. 아시겠어요?"

"엘리야, 잠깐 동안만이야." 그가 말했다. "아빠가……."

그는 침을 꿀꺽 삼켰다.

"여기서 해야 할 일이 좀 있어. 그걸 끝내고 갈게. 뭘 할지는 그 다음에 결정하자."

그는 입씨름이나 엘리 특유의 짜증까지 예상했다. 그 애의 불가사의한 표정을 대하느니 이미 익숙한 그 애의 짜증을 대하는 게 나았다. 하지만 해쓱하고 마음을 산란하게 하는 매우 심각해 보이는 침묵만 흐를 뿐이었다. 그는 아이에게 더 물어볼 수도 있었지만 감히 그럴 수 없었다. 그 애는 이미 그가 듣고 싶어하는 것보다 더 많은 것을 말했다.

그와 엘리가 탑승 휴게실로 돌아온 지 얼마 지나지 않아 비행기 출발을 알리는 방송이 나왔다. 탑승권이 나왔고 그들 네 명은 줄을 섰다. 루이스는 아내를 껴안고 힘껏 키스를 했다. 그녀는 잠깐 그에게 꼭 매달려 있다가 놓아주었고 루이스는 엘리를 안아 올리고 뺨에 소리 내어 뽀뽀했다.

엘리는 예언자 같은 눈빛으로 엄숙하게 그를 응시했다.

"난 가고 싶지 않아."

그 애가 말했지만 너무 낮은 목소리여서 탑승객들이 오락가락하는 혼란한 와중에 오직 루이스만 들을 수 있었다. "난 엄마도 가지 않았으면 좋겠어요."

"엘리, 기운 내. 넌 괜찮을 거야."

루이스가 말했다.

"난 괜찮을 거예요. 하지만 아빠는 어떡해요? 아빠는, 아빠는 어떻게 하고요?"

줄이 움직이기 시작했다. 사람들은 727 비행기로 이어지는 제트웨이(여객기와 터미널을 잇는 승강용 통로—옮긴이)로 걸어가고 있었다. 레이첼이 엘리의 손을 잡아당겼고 엘리가 아빠에게 시선을 고정시킨 채 고집을 부려 잠시 동안 줄이 앞으로 나아가지 않았다. 그리고 루이스는 지난번 엘리가 빨리빨리 하고 소리 지르며 조바심 내던 것을 떠올렸다.

"아빠?"

"엘리, 이제 가야지. 어서."

레이첼은 엘리를 바라보았고 처음으로 엘리의 어둡고 꿈꾸는 듯한 표정을 보았다.

"엘리?"

그녀는 깜짝 놀라며 말했다. 루이스는 그녀가 약간 겁먹었다고 생각했다.

"너 때문에 사람들이 못 가고 있잖아, 얘."

엘리의 입술이 떨리면서 하얘졌다. 그런 다음 그 애는 엄마를 따라 제트웨이로 갔다. 아이는 그를 돌아보았고 그는 그 애의 얼굴에 떠오른 벌거벗은 공포를 보았다. 그는 어색하게 유쾌한 척 그 애에게 손을 흔들었다.

엘리는 손을 흔들지 않았다.

루이스가 뱅거 국제 공항 터미널 건물을 나올 때 차가운 망토가 그의 마음에 떨어졌다.

그는 자신이 이 일을 끝까지 밀고 나갈 작정이라는 것을 알았다. 장학금과 아내가 일주일에 6일 근무로 오전 다섯시부터 열한시까지 커피와 데니시 빵을 나르면서 번 돈만으로 의대를 마칠 수 있을 정도로 명석했던 그의 두뇌는 마치 또 다른 시험인 양 이 문제를 접수하여 분석했다. 그가 치렀던 어떤 시험보다 중요했다. 그리고 그는 시험을 완전 A 플러스로 통과할 작정이었다.

그는 뱅거에서 페놉스콧 강 건너편에 있는 작은 도시인 브루어로 차를 몰고 갔다. 그는 왓슨 철물점 맞은편에 주차할 곳을 발견했다.

"뭘 도와드릴까요?"

점원이 물었다.

루이스가 말했다.

"네, 큰 손전등 있나요? 사각형으로 된 거요. 그리고 덮개를 씌울 수 있는 게 좋겠어요."

점원은 키가 작고 마른 남자로 짱구 이마에 눈이 날카로웠다. 그는 그제야 미소를 지었지만 별로 기분 좋은 미소는 아니었다.

"손님, 사슴 사냥을 가시나요?"

"뭐라고요?"

"오늘 밤 사슴 몇 마리 잡으실 거냐고요."

"아닙니다."

루이스가 웃음기 없는 얼굴로 대답했다.

"난 허가증이 없어요."

그 점원은 눈을 깜빡이더니 웃는 게 좋겠다고 결정한 모양이었다.

"그러니까 신경 끄라는 말씀이시죠? 봅시다. 그렇게 큰 전등에는 덮개를 씌울 수 없지만 펠트 천 조각을 구해서 가운데 구멍을 내면 되죠. 그럼 불빛이 가늘어질 거예요."

"그럴듯하군요. 고맙소."

루이스가 말했다.

"뭘요. 오늘 다른 건 더 필요한 게 없으신가요?"

"있어요. 곡괭이 하나, 삽 하나 그리고 가래 하나요. 삽 손잡이는 짧은 걸로, 가래는 긴 걸로. 2.5미터짜리 굵은 밧줄 하나. 작업용 장갑 한 켤레. 가로세로 2.5미터 정도 되는 캔버스 방수 천 하나."

"모두 문제 없습니다."

점원이 말했다.

"정화 탱크를 하나 묻어야 해서요." 루이스가 말했다. "내가 용도 지구 규정을 어긴 것 같은데 이웃 사람들이 말이 많아서 말이오. 손전등을 가린다고 효과가 있을지는 모르겠지만 시도는 해 봐야겠어요. 벌금을 꽤 많이 물 수도 있으니까."

"아하. 작업할 때 코도 좀 가리게 빨래집게도 사는 게 나을 것 같군요."

점원이 말했다.

루이스는 억지로 웃었다. 모두 해서 58달러 60센트였다. 그는 현금으로 계산했다.

기름 값이 올랐기 때문에 그들은 큰 스테이션왜건을 점점 더 사용하지 않게 되었다. 한동안 스테이션왜건의 휠 베어링이 좋지 않았지만 그는 수리하는 것을 계속 미뤄 왔다. 200달러 정도 들 게 뻔한데 그 돈으로 부품을 갈기도 싫었지만 실은 귀찮아서였다. 지금 그 크고 낡은 공룡을 사용할 수도 있었지만 그는 운에 맡기고 싶지 않았다. 시빅은 해치백(차체 뒤쪽에 위로 여는 문이 있는 자동차—옮긴이)이었고 루이스는 거기에 곡괭이, 삽, 가래를 싣고 러들로로 돌아가는 것이 불안했다. 저드 크랜덜의 눈은 날카로웠고 머리도 잘 돌아갔다. 그는 무슨 일이 벌어지고 있는지 알아차릴 것이다.

그러자 어차피 러들로로 돌아가야 할 분명한 이유가 없다는 생각이 떠올랐다. 루이스는 챔벌린 다리를 다시 건너 뱅거로 와서 오디린 도로에 있는 하워드 존슨 모텔에 투숙했다. 다시 공항 근처에, 다시 아들이 묻혀 있는 플래즌트뷰 묘지 근처에 온 것이다. 그는 디디 레이먼이라는 이름으로 투숙하고 방값은 현금으로 지불했다.

그는 내일 아침이 오기 전에 휴식이 반가워지리라 판단하고 낮잠을 자려고 애썼다. 빅토리아 시대 소설 등에서 하는 말로 오늘 밤 그에게는 험한 일이 기다리고 있었다. 일생 동안 지속될 험한 일이.

하지만 그의 뇌는 멈추려 하지 않았다.

그는 그림 같은 뉴잉글랜드 항구의 그림같이 오래된 부두 옆 선창에 그림 같은 보트들이 있는 아무 특징 없는 사진 아래 특징 없는 모텔 침대 위에서 신발만 빼고 옷을 완전히 입은 채, 지갑과 동전과 열쇠들은 옆에 있는 작은 탁자에 두고, 머리를 양 손으로 받치고 누워 있었다. 그 추운 느낌이 여전했다. 그는 자신의 가족들, 그에게 너무나 익숙해진 장소들, 심지어 그의 직장으로부터 완전히 단절된 듯한 기분이 들었다. 이곳은 세상에 있는 여느 하워드 존슨 모텔과 똑같았다. 샌디에이고나 덜루스 또는 방콕 아니면 샬럿 아말리에 같은 곳에 있는 모텔들처럼. 그는 어느 곳에도 있지 않았고 가끔씩 이상야릇한 생각이 문득 들었다. 즉 그 익숙한 장소와 얼굴들을 다시 보기 전에 아들을 먼저 보게 되리라는 생각.

마음속에서 그 계획이 계속 진행되고 있었다. 그는 그 계획을 모든 각도에서 보고, 그것을 꼬치꼬치 파고들면서, 이리저리 쑤셔 보고, 허점이나 취약한 구석은 없는지 찾아보았다. 그리고 자신이 광기라는 깊은 심연 위에 있는 좁은 들보를 따라 걸어가고 있다는 것을 느꼈다. 광기는 도처에 존재하면서 커다란 황금색 눈동자를 가진, 밤 사냥을 하는 올빼미의 날개처럼 부드럽게 퍼덕이고 있었다. 그는 광기 속으로 나아가고 있는 중이었다.

톰 러시(미국 가수—옮긴이)의 목소리가 그의 머릿속에서 꿈꾸듯이 울려 퍼졌다. '오 죽음이여, 당신의 손은 끈적끈적하군요…… 내 무릎에 그 손이 느껴져요…… 당신이 와서 내 어머니를 데려갔어요…… 날 데리러 오지 않을 건가요?'

광기. 사방의 광기가 그를 쫓으며 점점 거리를 좁혀 왔다.

그는 이성이라는 좁은 평균대 위를 걸어가고 있었다. 그는 자신의 계획을 연구하고 있었다.

오늘 밤 열한시경, 그는 아들의 무덤을 파고, 아들이 누워 있던 관에서 시신을 들어내 잘라 낸 방수포 조각에 싸서 차 트렁크에 넣을 것이다. 그는 관을 다시 제자리에 두고 무덤에 다시 흙을 채울 것이다. 그는 러들로로 차를 몰고 가 트렁크에서 게이지의 시신을 꺼내서…… 그리고 산책한다. 그렇다, 그는 산책할 것이다.

만약 게이지가 돌아온다면 그 길은 두 개의 가능성으로 갈라진다. 하나의 가능성은 게이지가 예전 그 모습으로 돌아와서, 아마도 멍해지거나 둔해지거나 심지어 지체가 된 모습일 수도 있겠지만 여전히 그의 아들, 레이첼의 아들, 엘리의 남동생으로 돌아오는 것이다. 오직 마음속 가장 깊은 곳에서만 루이스는 감히 게이지가 예전처럼 완전히 정상으로 돌아오길 바랐다. 물론 심지어 그것도 가능한 이야기가 아니던가?

다른 가능성은 집 뒤 숲에서 괴물이 나타나는 것이다. 그는 너무나 많은 것을 받아들였기 때문에, 괴물이나 심지어 악마, 즉 외부 세계에서 온 육신 없는 악령이 원래의 영혼은 도망가고 없는 부활한 육신을 차지할 것이라는 생각에도 경악하지 않았다.

어떤 쪽이든, 그와 아들 둘만 있을 것이다. 그리고 그는…….

내가 진단을 하겠어.

그렇다. 그것이 그가 하고자 하는 일이다.

나는 그 아이의 몸뿐 아니라 마음까지도 진단할 거야. 아이가 기억하든 기억하지 않든, 그 사고로 인한 충격까지 고려할 것이다. 처치의 사례를 참고해서 아마도 경미한, 또는 심각한 지체까지도 예상하겠지. 나는 24시간에서 72시간의 시간 동안 관찰한 바를 근거로 우리가 게이지를 다시 가족의 일원으로 받아들일 수 있는지 판단할 것이다. 그리고 만일 그 퇴행 정도가 너무 심각하다면 또는 티미 배터만이 돌아왔을 때처럼 아주 사악한 존재로 돌아온다면 나는 그를 죽일 터이다.

그는 의사로서 게이지가 다른 존재를 담고 있는 그릇에 지나지 않는다면 꽤 쉽게 죽일 수 있을 것 같다고 느꼈다. 그는 그것의 애원이나 계략에 흔들리지 않을 작정이었다. 그는 마치 선 페스트 병에 걸린 쥐를 죽이는 것처럼 그를 죽일 것이다. 어떤 신파도 필요 없다. 알약 두세 알 정도면 해결될 것이다. 필요하다면 주사도 있다. 그의 가방에는 모르핀이 있었다. 그 다음 날, 그는 두 번째도 운이 따를 것이라고 단순히 믿으면서('너는 이번에 행운이 따를지 어떨지도 모르고 있잖아.' 하고 그는 자신에게 상기시켰다) 생명이 빠져나간 진흙 덩어리를 플래즌트뷰로 가져가서 다시 묻을 것이다. 그는 더 쉽고 더 안전한 대안인 애완동물 공동묘지를 고려

했지만 거기에 아들을 묻을 수는 없었다. 이유는 많이 있었다. 오년이나 십 년 심지어 이십 년 후에 어떤 아이가 애완동물을 묻다가 우연히 게이지의 시신을 발견할 수도 있다. 그것이 한 가지 이유였다. 하지만 가장 중요한 이유는 아주 단순했다. 애완동물 공동묘지는…… 너무 가까웠다.

매장이 다 끝나면 그는 시카고로 날아가 식구들과 합칠 것이다. 레이첼이나 엘리 누구도 실패한 실험에 대해 알 필요 없다.

그러고 나서 다른 쪽 길, 아들에 대한 사랑 때문에 맹목적으로 원하고 있는 그 길을 보았다. 진단 기간이 끝나면 그와 게이지는 밤에 집을 떠날 것이다. 그는 몇 가지 서류를 챙겨서 떠날 것이고 다시는 러들로로 돌아오지 않을 계획이다. 그와 게이지는 모텔에, 아마 지금 그가 누워 있는 바로 이 모텔에 투숙할 것이다.

다음 날 아침 그는 모든 계좌에서 돈을 찾아서 그것을 아메리칸 익스프레스 여행자 수표와 현금으로 바꿀 것이다. '다시 살아난 아들과 집을 나갈 때는 꼭 이것들을 지녀야 합니다.' 그는 생각했다. 그와 게이지는 어디론가 멀리 날아갈 것이다. 아마 플로리다겠지. 거기서 그는 레이첼에게 전화를 걸어 그가 어디에 있는지 말하고 그녀의 부모에게는 행방을 알리지 말고 엘리를 데리고 비행기를 타고 오라고 말할 것이다. 루이스는 그렇게 하도록 그녀를 설득할 수 있다고 믿었다. 아무것도 묻지 마, 레이첼. 그냥 와. 지금. 지금 당장.

그는 레이첼에게 그가(그들이) 어디에 묵고 있는지 말할 것이다. 어떤 모텔. 그녀와 엘리는 렌터카를 타고 도착할 것이다. 그는 그들이 문을 두드리면 게이지를 데리고 문가로 갈 것이다. 아마 게이지는 수영복을 입고 있을 것이다.

그러고 나서…….

아, 하지만 그 이상은 감히 생각할 수 없었다. 대신 그는 계획의 처음으로 돌아가서 다시 계획을 검토하기 시작했다. 그는 만약 일이 제대로 진행된다면 완전히 새로운 인생을 만들어서 어윈 골드만이 그 잘난 수표책을 이용해 그들을 찾을 수 없도록 해야 한다고 생각했다. 그런 일은 가능했다.

희미하게, 그는 긴장되고 지쳐 있었으며 조금 두려운 마음으로 러들로 집에 도착했던 첫날 그냥 올랜도까지 계속 달려가 디즈니랜드에서 의료 보조원 일자리를 얻는 상상을 했던 것이 떠올랐다. 그 상상이 그렇게 터무니없는 상상은 아니었나 보다.

그는 하얀 가운을 입고 어리석게 매직 마운틴 라이드를 탔다가 기절한 임신부의 의식을 회복시켜 주고 있는 자신을 보았다. 물러서요, 물러서요, 환자가 바람을 쐴 수 있게. 그는 자신이 말하는 것을 들었고 여자가 눈을 뜨고 고마워하며 그에게 미소 짓는 것을 보았다.

이 나쁘지 않은 상상의 나래를 펼치다 루이스는 잠이 들었다. 그는 딸 엘리가 나이아가라 폭포 위 어디쯤에 있는 비행기 안에서 그 애를 잡으려 드는 손들과 멍하지만 무자비한 눈들이 나오는 악몽을 꾸다 비명을 지르며 잠이 깰 때 자고 있었다. 그는 여 승무원들이 무슨 일인지 알아보기 위해 통로로 급히 달려오는 동안 자고 있었다. 그는 지칠 대로 지친 레이첼이 엘리를 달래려고 애쓰는 동안 자고 있었다. 그는 엘리가 거듭거듭 소리를 지르는 동안 자고 있었다. '게이지예요! 엄마! 게이지예요! 게이지예요! 게이지가 살아 있어요! 게이지가 아빠 가방에서 칼을 가져갔어요! 게이지가 못 잡게 해요! 게이지가 아빠를 못 잡게 해요!'

그는 마침내 엘리가 잠잠해져서 엄마의 가슴에 기대어 벌벌 떨면서 메마른 눈을 크게 뜨고 있는 동안, 그리고 도리 골드만이 이 모든 일들이 엘리에게 얼마나 끔찍한지 그리고 엘리가 젤다가 죽은 후의 레이첼을 많이 떠올리게 한다고 생각하는 동안 잠들어 있었다.

그는 자다가 5시 25분에 일어났는데, 오후 햇살이 다가올 밤을 향해 기울고 있었다.

험한 일이 기다려. 그는 멍하니 생각하면서 일어났다.

유나이티드 에어라인 419편이 오헤어 공항에 착륙해서 탑승객들이 중부 표준시로 3시 10분에 비행기에서 내렸을 때, 엘리 크리드는 경미한 발작 증세를 보였고 레이첼은 별안간 겁에 질렸다.

누군가 무심결에 엘리의 어깨를 건드리면 그 애는 펄쩍 뛰면서 커다랗게 뜬 눈으로 건드린 사람을 노려보고 전신을 쉴 새 없이 떨면서 그칠 줄을 몰랐다. 마치 그 애의 몸 전체가 전기로 가득 찬 것 같았다. 비행기에서의 악몽도 끔찍해서 질릴 것 같은데 이건…… 레이첼은 정말 어찌할 바를 몰랐다.

터미널로 들어가면서 엘리는 자신의 발에 걸려 넘어졌다. 그 애는 곁을 지나가는 사람들 속에서(아니면 비행기를 갈아타야 하기 때문에 신경을 쓸 수 없어 '안됐어.' 하면서도 냉담한 눈빛으로 엘리를 내려다보는 사람들 속에서) 일어나지 않고 카펫 위에 누워 레이첼이 안아 줄 때까지 그대로 있었다.

"엘리, 너 왜 그러니?"

레이첼이 물었다.

하지만 엘리는 대답하려 하지 않았다. 그들은 로비를 지나 수화물 컨베이어 쪽으로 갔고 레이첼은 엄마와 아빠가 그곳에서 그들을 기다리는 것을 보았다. 레이첼은 자유로운 손을 그들에게 흔들었고 그들이 다가왔다.

"직원들이 게이트로 가지 말고 너희들을 기다리라고 했다." 도리가 말했다. "그래서 우리는 혹시…… 레이첼? 엘리는 어떠니?"

"좋지 않아요."

"엄마, 화장실 어디예요? 나 토할 거 같아."

"이 일을 어째."

레이첼이 절망적으로 말하면서 엘리의 손을 잡았다. 로비 건너편에 화장실이 있었고 레이첼은 엘리를 재빨리 그곳으로 데리고 갔다.

"레이첼, 나도 갈까?"

도리가 소리쳤다.

"아니에요, 짐 챙기세요. 어떤 것인지 아시죠? 우린 괜찮아요."

다행히 여자 화장실은 비어 있었다. 레이첼은 엘리를 화장실 한 칸에 데려가서 10센트짜리 동전을 찾느라 지갑을 뒤지다가 다행스럽게도 화장실 세 칸의 자물쇠가 모두 부서진 것을 발견했다. 한 부서진 자물쇠 위에 누군가가 연필로 이렇게 써 놓았다. '존 크래퍼는 성 차별주의 돼지다!'

레이첼은 재빨리 문을 잡아당겨 열었다. 이제 엘리는 신음하면서 배를 잡고 있었다. 그 애는 두 번이나 토악질을 했지만 아무것도 나오지 않았다. 신경성 구토였다.

엘리가 레이첼에게 괜찮아졌다고 말하자 레이첼은 엘리를 세면대로 데려가 딸의 얼굴을 씻겼다. 엘리의 얼굴은 끔찍하게 창백했고 눈 밑에는 짙은 그늘이 져 있었다.

"엘리, 왜 그러니? 무슨 일인지 얘기해 봐."

"나도 왜 그런지 모르겠어. 하지만 아빠가 여행 얘기를 한 후 뭔가가 잘못되었다는 것은 알겠어요."

루이스, 뭘 숨기고 있는 거지? 당신은 뭔가를 숨기고 있어. 난 알 수 있어. 엘리도 그걸 느끼잖아.

그녀 또한 마치 불행이 덮치기를 기다리는 것처럼 하루 종일 불안했다는 생각이 들었다. 그녀는 생리가 시작되기 이삼 일 전에 느끼는 그런 느낌을 받았다. 긴장되고 안절부절못하고 금방이라도 웃거나 울거나 급행열차같이 총알처럼 왔다가 세 시간 후에 가버리는 두통이 올 것 같은 느낌이었다.

"뭐가 말이니?"

그녀는 이제 거울에 비친 엘리의 얼굴에 대고 물었다.

"얘, 도대체 아빠가 어떻게 잘못된다는 거니?"

"나도 모르겠어. 그건 꿈이었어요. 게이지에 대한 꿈. 아니면 처치에 대한 꿈일지도 몰라요. 기억이 안 나. 모르겠어."

"꿈이 어땠는데?"

"내가 애완동물 공동묘지에 있는 꿈을 꿨어요." 엘리가 말했다. "팍스코가 나를 애완동물 묘지로 데려가서 아빠가 거기에 갈 것이고 아주 끔찍한 일이 일어날 거라고 말해 줬어요."

"팍스코?"

날카롭지만 동시에 막연한 공포가 그녀에게 스며들었다. 그 이름이 뭐였지, 그리고 왜 그렇게 귀에 익지? 그녀는 그 이름 또는 그 비슷한 것을 전에 들어 본 적이 있는 것 같은데 도대체 어디서 들었는지 기억나지 않았다.

"팍스코라는 사람이 너를 애완동물 공동묘지로 데려가는 꿈을 꾸었다고?"

"네, 그 사람이 자기 이름이 팍스코라고 했어요. 그리고……."

갑자기 그 애의 눈이 커졌다.

"다른 것이 생각났니?"

"그 사람이 말하길 자신은 경고하려고 왔지만 끼어들 수는 없다고 했어요. 잘 모르겠지만…… 그 사람은 아빠 가까이에 있는데 그 이유는 그의 영혼이 이…… 이…… 아, 기억이 나질 않아요!"

아이는 울먹였다.

"얘야. 네가 아직 게이지를 생각하고 있기 때문에 애완동물 묘지 꿈을 꿨다고 생각해. 그리고 아빠는 틀림없이 잘 계실 거야. 이제 조금 기분이 나아졌니?"

"아뇨."

엘리가 속삭였다.

"엄마, 난 무서워. 엄마는 무섭지 않아요?"

"아니."

레이첼이 말하면서 머리를 세게 흔들며 웃어 보였지만 실은 그녀도 무서웠다. 그리고 팍스코라는 이름이 머릿속에서 떠나지 않았다. 그녀는 그 이름을 몇 달 심지어 몇 년 전에 뭔가 무시무시한 상황에서 들었다는 느낌을 받았고 신경을 거슬리게 하는 느낌이 가시질 않았다.

그녀는 뭔가가, 잔뜩 부풀어 오른 뭔가가 터지길 기다리는 느낌이 들었다. 피해야 할 끔찍한 것이. 하지만 뭐지? 뭘까?

"틀림없이 다 괜찮을 거야."

그녀가 엘리에게 말했다.

"할머니, 할아버지께 돌아갈까?"

"그래야겠죠."

엘리가 무관심하게 대답했다.

한 푸에르토리코 여자가 그녀의 어린 아들을 꾸짖으면서 여자 화장실로 데려왔다. 그 어린아이의 반바지 가랑이에 크게 젖은 얼룩이 하나 있었고 레이첼은 너무나 격렬하게 게이지를 회상하는 자신을 깨달았다. 이 새롭게 밀려든 슬픔은 국소 마취제처럼 그녀의 불안감을 마비시켜 버렸다. 그녀가 말했다.

"가자. 할아버지 집에서 아빠에게 전화를 걸자."

"그 사람은 반바지를 입고 있었어요."

갑자기 엘리가 어린 소년을 돌아보며 말했다.

"누구 말이니?"

"팍스코." 엘리가 대답했다. "그 사람은 내 꿈에서 빨간 반바지를 입고 있었어요."

그 이름이 다시 거론되면서 그녀는 다시 다리에 힘이 풀릴 정도로 공포감을 느꼈다…… 공포감이 맴돌다 물러갔다.

그들은 수하물 컨베이어 벨트로 가까이 가지 못했다. 마침 그녀는 깃털이 달린 아버지의 모자 끝을 볼 수 있었다. 도리 골드만이 벽에 기댄 의자 두 개를 잡아 놓고 그들에게 손을 흔들고 있었다. 레이첼이 엘리를 데려갔다.

"이제 좀 괜찮니?"

도리가 물었다.

"좀 나아요. 엄마가……."

엘리가 말했다.

그 애는 레이첼을 향해 얼굴을 돌렸다가 말을 중단했다. 레이첼은 의자에 몸을 세우고 앉아 입을 손으로 가리고 하얗게 질려 있었다. 그녀는 기억해 냈다. 기억이 갑자기 쿵 소리를 내며 그녀를 지나간 것이다. 대번에 알아차려야 하는 것이 당연한데 그녀는 그것을 마음에서 밀어내려고 애썼던 것이다. 알아차리는 것이 당연한데.

"엄마?"

레이첼은 엘리를 향해 천천히 몸을 돌렸고 엘리는 레이첼의 목에 있는 힘줄이 움직이는 것을 볼 수 있었다. 그녀는 입을 가리고 있던 손을 내렸다.

"네 꿈에 나온 남자가 이름도 말하든, 아일린?"

"엄마, 괜찮……."

"네 꿈에 나온 남자가 이름도 말했어?"

도리는 딸과 손녀딸이 모두 미친 사람이기라도 하듯 이들을 보고 있었다.

"응, 하지만 기억이 안 나…… 엄마, 아파……."

레이첼은 아래를 내려다보고 자신의 한쪽 손이 엘리의 팔을 수

갑처럼 꼭 쥐고 있는 것을 보았다.

"빅터였어?"

엘리는 급하게 숨을 들이마셨다.

"맞아, 빅터예요! 그 사람이 자기 이름이 빅터라고 했어! 엄마, 엄마도 그 사람 꿈 꿨어요?"

"팍스코가 아니야. 파스코야."

레이첼이 말했다.

"내가 그렇게 말했잖아요, 팍스코."

"레이첼, 뭐가 잘못됐니?"

도리가 말했다. 그녀는 레이첼의 다른 쪽 손을 잡았다가 그 차가움에 주춤했다.

"그리고 아일린은 뭐가 문제니?"

"아일린이 아니에요." 레이첼이 말했다. "내 생각엔 루이스가 이상해요. 루이스에게 무슨 일이 있어. 아니면 뭔가 안 좋은 일이 생길 것 같아. 엄마, 엘리와 같이 계세요. 집에 전화해야겠어요."

그녀는 일어나서 전화박스로 가로질러 가서 지갑에서 25센트를 찾았다. 그녀는 수신자 부담 전화를 했지만 아무도 받지 않았다. 그냥 전화벨만 울렸다.

"나중에 걸어 보시겠어요?"

교환원이 그녀에게 물었다.

"네."

레이첼이 말하면서 전화를 끊었다.

그녀는 거기 서서 전화를 쳐다보았다.

'그 사람이 말하길 자신은 경고하기 위해서 왔지만 끼어들 수는 없다고 했어요. 잘 모르겠지만…… 그 사람은 아빠 가까이 있는데 그 이유는 그의 영혼이 이…… 이…… 아, 기억나지 않아요!'

"이탈했기 때문이야."

레이첼이 속삭였다. 그녀의 손가락들이 핸드백의 무늬를 파고들었다.

"세상에, 그 말이었어?"

그녀는 자신의 생각을 모아 정리해 보려고 했다. 지금 무슨 일이 벌어지고 있는 거지, 게이지의 죽음에 대한 그들의 당연한 충격과 도망치는 것 같은 이 기묘한 전국 횡단 여행 이면에 어떤 일이 벌어지고 있는 거지? 엘리는 루이스의 첫 근무일에 죽은 그 청년에 대해 얼마나 알고 있는 걸까?

아무것도 없어. 그녀의 마음이 가차 없이 대답했다. 넌 그 일을 엘리에게 숨겼어. 죽음에 관한 일이면 무엇이든 숨기려고 애썼잖아. 심지어 고양이가 죽는다는 것도. 우리가 그날 식기실에서 했던 멍청하고 어리석은 논쟁을 기억해? 넌 그것을 엘리에게 숨겼어. 넌 그때 두려웠기 때문이고 지금도 두려워하고 있어. 그 사람 이름은 빅터, 빅터 파스코. 그리고 지금 상황은 얼마나 절망적인 걸까, 레이첼? 얼마나 심각한 걸까? 도대체 무슨 일이 일어나고 있는 거야?

손이 너무나 심하게 떨려 두 번이나 다시 동전을 집어넣어야 했다. 이번에는 대학 진료소에 전화했는데 찰턴이 받더니 조금 어리둥절해 하면서 수신자 부담 전화를 받겠다고 했다. 찰턴은 아니라고, 루이스를 보지 못했고 그가 오늘 출근했다면 놀랐을 거라고 말하고 나서 다시 레이첼에게 조의를 표했다. 레이첼은 조의를 받아들이고 만일 그가 출근하거든 친정에 있는 자신에게 전화를 걸어 달라는 말을 전해 줄 것을 부탁했다. "그래요, 루이스는 전화번호를 알고 있어요."라고 간호사의 질문에 답하면서 친정이 미국 대륙의 절반만큼 떨어져 있다는 것을 알게 하고 싶지 않았다. (어차피 찰턴도 알고 있을 것이다. 레이첼은 그 간호사가 아주 눈치 빠르다는 느낌을 받았다.)

그녀는 후끈하고 떨리는 기분으로 전화를 끊었다.

엘리는 어디 다른 곳에서 파스코의 이름을 들은 거야, 그뿐이야. 어차피 아이를 유리 상자에 가둬서…… 햄스터나 뭐 그딴 동물처럼 키울 수 없잖아. 그 아이는 라디오에서 그 이야기를 들었을 거야. 아니면 학교에서 다른 아이가 이야기해 준 것을 기억 속에 저장해 놓았겠지. 심지어 그 단어도 제대로 기억하지 못했잖아? '분리된' 이나 '이탈한' 같은 것은 어려운 말이라고 쳐, 그게 어떻다는 거야? 일요일 신문 부록에서 읽은 것처럼 무의식이란 정확히 일종의 끈적끈적한 파리 잡는 끈끈이 종이와 같다는 것 외에는 아무것도 증명해 주지 못한다고.

그녀는 적절한 조건이 갖추어지면 인간은 평생 동안 소개받은 사람들의 이름, 먹어 본 모든 음식, 모든 날씨를 기억할 수 있다고 주장한 대학교 심리학 강사가 기억났다. 그는 학생들에게 인간의 마음은 엄청난 양의 메모리 칩 즉, 16K나 32K나 64K가 아니라 십억K, 말 그대로 셀 수 없는 양의 메모리 칩을 가진 컴퓨터라고 말하면서 이 믿기 힘든 주장을 꽤 그럴듯하게 설명했다. 그리고 이 각각의 생체 '칩' 은 도대체 얼마나 많은 정보를 저장할 수 있는 것일까? 아무도 모른다. 그러나 그 강사는 수많은 정보가 저장되어 있고 이 칩을 다시 사용하기 위해 지울 필요도 없다고 했다. 실은 무한한 정보 저장의 광기로부터 칩을 보호하기 위해 이 칩 중 몇 개는 불을 꺼 놓아야 한다고 했다.

"아마 양말을 어디에 넣어 두는지 기억 못할지도 몰라요." 그 심리학 강사는 말했다. "만약 그 근처의 기억 세포 두세 개에 브리태니커 백과사전 내용 전체가 저장되어 있다면 말이죠."

의무적인 웃음이 교실에서 흘러나왔다.

하지만 이건 밝은 조명 아래 온갖 기분을 돋우는 전문 용어들이 칠판에 가득 씌어 있고 잘난 체하는 조교가 수업 시간 마지막 15분 동안 유쾌하고 막연하게 떠들어 대는 대학교 심리학 수업 시간이 아니야. 뭔가가 지금 크게 잘못돼 있고 너도 그걸 알잖아…… 너도 그걸 느끼잖아. 나도 그게 파스코나 게이지나 처치와 무슨 상관 있는지 모르겠지만 루이스와는 분명 상관 있어. 뭐야? 그건…….

갑자기 한 움큼의 젤리처럼 차가운 생각이 그녀를 스쳤다. 그녀는 전화기를 들고 동전을 찾아 동전 반환구를 더듬었다. 루이스가 자살을 기도한 것일까? 그래서 그가 우리를 멀리 보내려고 한 걸까? 문 밖으로 밀어내다시피 해서? 엘리가 혹시…… 혹시…… 빌어먹을 심리학! 엘리가 일종의 심령 현상을 본 것일까?

이번에 그녀는 저드 크랜덜에게 수신자 부담 전화를 했다. 벨이 다섯 번…… 여섯 번…… 일곱 번 울렸다. 막 끊으려고 하는 찰나에 저드가 숨을 몰아쉬며 받았다.

"여보시우?"

"저드! 저드, 저……."

"부인, 잠깐 기다리세요." 교환원이 말했다. "루이스 크리드 부인의 수신자 부담 전화를 받으시겠습니까?"

"아하."

저드가 말했다.

"뭐라고 하셨죠, 선생님, 받으신단 말씀인가요, 아닌가요?"

"받겠소."

저드가 말했다.

교환원이 그 양키 사투리를 표준어로 해석하는 동안 어정쩡하게 대화가 중단되었다. 그러고 나서 교환원이 말했다.

"감사합니다. 통화하세요, 부인."

"저드, 오늘 루이스 보셨어요?"

"오늘? 못 본 것 같은데, 레이첼. 오늘 아침에 브루어에 가서 장을 봤거든요. 그리고 오후에는 집 뒤에 있는 정원에 있었소. 왜 그래요?"

"아, 아무것도 아니에요. 엘리가 비행기에서 악몽을 꿔서 루이스와 대화할 수 있다면 아이가 좀 진정될까 싶어서요."

"비행기라고요?" 저드의 목소리가 조금 날카로워진 것 같았다. "레이첼, 어디요?"

"시카고예요. 엘리와 전 부모님과 지내려고 친정에 왔어요."

"루이스는 같이 가지 않고?"

"그는 이번 주말에 오기로 했어요."

레이첼은 지금 침착한 목소리를 내려고 애쓰고 있었다. 저드의 목소리에 그녀의 마음에 들지 않는 뭔가가 있었다.

"거기 가 있기로 한 게 루이스의 생각이었나요?"

"그게…… 그래요. 저드, 뭐가 잘못된 거죠? 뭔가 이상해요, 그렇죠? 저드는 그게 뭔지 아실 것 같아요."

저드가 한참 침묵하다가 말했다.

"엘리가 무슨 꿈을 꿨는지 들어 보는 게 좋겠군요. 얘기해 주면 좋겠소."

레이첼과 통화를 끝낸 후 저드는 가벼운 외투를 입고 루이스의 집으로 가는 도로를 건너갔다. 날은 흐렸고 바람이 불기 시작했는데 그는 자기 집 쪽 도로에 서서 길을 건너기 전에 트럭이 오는지 조심스럽게 살피다가 도로를 건너갔다. 이 모든 일들의 원인이 된 것이 바로 트럭들이었다. 몹쓸 트럭.

그러나 실은 그렇지 않았다…….

그는 애완동물 공동묘지와 그 너머의 무엇인가가 자신을 끌어당기고 있다는 것을 느낄 수 있었다. 한때는 그곳의 소리가 일종의 매혹적인 자장가였고 편안하고 꿈결 같은 힘을 지녔는데 이제 그 소리는 낮고 불길해졌다. 그것은 위협적이었고 잔인했다. 넌 이 일에 끼어들지 마.

하지만 그는 모른 척할 수 없었다. 그의 책임이 너무 컸다.

그는 루이스의 혼다 시빅이 차고에 없는 것을 발견했다. 차고에는 대형 포드 왜건만 먼지를 뒤집어쓴 채 주차되어 있었다. 그는 그 집 뒷문을 열어 보았고 문이 열려 있는 것을 발견했다.

"루이스?"

루이스가 대답하지 않을 줄 알면서도 그는 이 집에 깔려 있는 무거운 침묵을 깨야 했기 때문에 루이스를 불렀다. 아, 나이 먹는 것이 골칫거리가 되어 가기 시작하던 참이었다. 그의 팔다리는 거의 하루 종일 무거웠고 행동도 굼뜨고 서툴렀으며 정원에서 두 시간만 보내도 허리가 끊어질 것 같았고 왼쪽 엉덩이에는 나사 못을 박아 놓은 것 같은 느낌이 들었다.

그는 집 안을 차근차근 둘러보면서 그가 찾지 않으면 안 되는 단서를 찾았다. 세상에서 가장 늙은 가택 침입자로군. 그는 시큰둥하게 생각하고 계속 집을 둘러보았다. 심각하게 여길 만한 것은 아무것도 찾지 못했다. 구세군에서 가져와 간직해 둔 장난감 상자들, 문 뒤나 옷장 또는 침대 밑에 치워 둔 어린 남자 아이 옷들…… 가장 나쁜 것은 어쩌면 새로 꼼꼼하게 조립된 게이지의 방의 아기 침대였다. 별다른 단서는 없었지만 그 집에는 여전히 불쾌한 공허감이 감돌고 있었다. 마치 그 공허감은 채워지기를 기다리고 있는 것 같았다…… 무엇인가로.

아무래도 플래즌트뷰 묘지에 가 봐야 할 거 같군. 거기서 무슨 일이 벌어지고 있는지 봐야겠어. 어쩌면 루이스 크리드와 마주칠지도 몰라. 저녁이나 사 주지.

하지만 뱅거의 플래즌트뷰 묘지에 위험이 있는 것이 아니었다. 위험은 바로 여기, 이 집안에 그리고 그 너머에 있었다.

저드는 다시 밖으로 나와 길을 건너 자신의 집으로 갔다. 그는 부엌 냉장고에서 여섯 개들이 맥주 한 상자를 꺼내 거실로 가져갔다. 그는 크리드 가가 내다보이는 퇴창 앞에 앉아 맥주를 따고 담배에 불을 붙였다. 오후가 그의 주위를 감싸고 있었고 지난 몇 년간 자주 그랬던 것처럼 그는 자신의 마음이 점점 커지는 소용돌이 속에서 계속 되돌아가고 있음을 깨달았다. 만일 그가 레이첼 크리드가 그전에 했던 생각의 흐름을 알았더라면, 그는 그녀의 심리학 선생이 말했던 것이 사실일지도 모르지만 사람은 나이가 들면서 다른 신체 기관이 고장나는 것과 마찬가지로 기억이 희미해지는 기능도 조금씩 고장나서 장소와 사람 얼굴과 사건들을 기묘하리만큼 또렷하게 회상할 수 있게 된다고 말해 줄 수 있을 것이다. 암갈색 색조의 기억이 다시 밝아지고 색깔이 조정되고 목소리는 시간의 메아리를 떨어내고 다시 원래의 울림을 되찾는 것이다. 그건 결코 정보 처리 기능이 고장난 것이 아니라고 그녀에게 말해 줄 수 있었다. 그것은 노쇠라고 부르는 것이다.

그의 마음속에서 저드는 다시 레스터 모건의 핸래티, 눈 주위가 빨갛게 돼서 보이는 모든 것, 움직이는 모든 것에 달려들던 황소를 보았다. 바람이 나뭇잎을 움직일 때는 나무에 덤벼들었다. 레스터가 포기하고 손을 떼기 전 핸래티의 울타리를 두른 목초지 안에 있던 모든 나무들이 황소의 맹목적인 분노 때문에 뿔에 받혔고 그의 뿔은 산산조각 났으며 머리에서는 피를 흘리고 있었다. 레스터가 핸래티를 처치했을 때 그는 진저리를 치고 있었다. 바로 지금 저드가 그런 것처럼.

그는 맥주를 마시고 담배를 피웠다. 햇빛이 희미해지고 있었다. 그는 불을 켜지 않았다. 서서히 그의 담배 끝이 어둠 속에서 조그맣고 빨간 점으로 변했다. 그는 앉아서 맥주를 마시며 루이스 크리드의 진입로를 바라보고 있었다. 그는 루이스가 어디에 있었든 그가 집에 돌아오면 건너가서 간단한 대화를 나눠야지 생각했다.

루이스가 해서는 안 될 어떤 것도 계획하지 못하도록 확실하게 해 두리라.

그리고 그는 그것이 무엇이든 간에 그 악마의 장소에 깃들여 있는 정체 모를 힘이 희미하게 끌어당기는 것을 느꼈다. 돌 기념비들이 세워진 곳의 더러운 돌의 입김이 여기까지 뻗어 오는 것을 느꼈다.

'너, 여기서 손을 떼라. 여기서 손떼지 않으면 아주, 아주 후회할 것이다.'

최대한 그것을 무시하려고 애쓰며 저드는 앉아서 담배를 피우고 맥주를 마셨다. 그리고 기다렸다.

저드 크랜덜이 흔들의자에 앉아서 그의 퇴창 너머로 루이스가 오는지 지켜보고 있는 동안 루이스는 하워드 존슨의 식당에서 양 많고 맛없는 저녁을 먹고 있었다.

음식은 푸짐하지만 무미건조했는데 그것이 바로 루이스의 신체가 원하는 것이었다. 밖은 어두워져 있었다. 지나가는 차들의 헤드라이트가 손가락처럼 눈을 찔렀다. 그는 음식을 푹푹 떠 넣었다. 스테이크. 구운 감자. 곁들여 나온 밝은 녹색의 콩 요리는 먹을 생각이 없었다. 애플 파이 한 조각과 그 위에 올려놓은 녹아서 흘러내리기 시작하는 아이스크림 한 덩어리. 그는 구석에 있는 탁자에 앉아 식사를 하면서 사람들이 오고 가는 것을 지켜보았고 아는 사람을 만나지 않을까 노심초사했다. 막연하게 차라리 그런 일이 생기길 바라기도 했다. 그렇게 되면 레이첼은 어디 있어요, 여기서 뭘 하시는 거예요, 어떻게 지내세요 같은 질문들을 받을 것이고 이런 질문들 때문에 곤란해질 것이며, 이런 곤란한 상황이야말로 그가 진정으로 원하는 것이었다. 탈출구 말이다.

그리고 실제로 그가 막 애플 파이를 다 먹고 두 잔째 커피를 마시고 있는데 아는 부부가 들어왔다. 뱅거의 의사인 로브 그리넬과 그의 예쁜 아내 바버라였다. 그는 그 부부가 자신을 보기를 기다리며 구석진 일인용 탁자에 앉아 있었지만 여 종업원은 거기서 멀리 떨어진 칸막이된 좌석으로 그들을 안내했고 그리넬의 때 이른 흰머리가 가끔씩 보이는 것을 제외하고는 그들은 루이스의 시야에서 완전히 사라져 버렸다.

여 종업원이 루이스에게 계산서를 가져왔다. 그는 거기에 서명하고 서명 밑에 자신의 방 번호를 적고 옆 문으로 나왔다.

밖에 나오니 바람은 거의 강풍으로 변해 있었다. 바람은 끊임없이 윙윙거리며 전선에서 기묘한 소리가 나도록 만들었다. 별은 하나도 볼 수 없었지만 구름이 빠르게 그의 머리 위에서 몰려가는 것을 느낄 수 있었다. 루이스는 호주머니에 손을 넣고 바람 속으로 얼굴을 기울인 채 보도 위에 잠시 서 있었다. 그러고 나서 몸을 돌려 자기 방으로 올라가 텔레비전을 켰다. 중요한 일을 하기에는 시각이 너무 일렀고 그 밤바람은 너무 많은 가능성을 안고 있었다. 그 바람이 그를 불안하게 했다.

그는 네 시간 동안 텔레비전에서 30분짜리 코미디 프로그램 여덟 편을 연속해서 보았다. 그는 아주 오랜만에 텔레비전을 그렇게 연속적으로 아무 방해도 받지 않고 보았다는 것을 깨달았다. 그는 시트콤에 나오는 모든 여자 주인공들이 고등학교 시절 그와 그의 친구들이 '내숭쟁이' 라고 불렀던 여자들 같다고 생각했다.

시카고에서는 도리 골드만이 "다시 돌아간다고? 얘, 왜 다시 가려고 하니? 이제 막 도착했는데!" 라고 울부짖고 있었다.

러들로에서는 저드 크랜덜이 퇴창가에 앉아 담배를 피우고 맥주를 마시며, 꼼짝도 하지 않고 자신의 과거를 담은 스크랩북을 마음속으로 넘겨 보면서 루이스가 집에 오기를 기다리고 있었다. 조만간 루이스는 옛날 영화에 나오는 래시처럼 집에 돌아올 것이다. 애완동물 공동묘지와 그 너머의 장소로 가는 다른 길들도 있었지만 루이스는 그 길들을 알지 못했다. 만약 그가 그 일을 벌이고자 한다면 자신의 앞마당에서부터 시작할 것이다.

그가 있는 곳을 겨냥한 것이 아니라, 그가 있을 법한 장소를 겨냥하여 가장 최적의 탄도학적 원리에 따라 발사체가 천천히 움직이는 것처럼 이런 일들이 벌어지고 있는 줄 알지 못한 채 루이스는 앉아서 컬러텔레비전을 시청했다. 그는 이 프로그램 중에서 이전에 본 것은 하나도 없었지만 막연하게 알고는 있었다. 흑인 가족, 백인 가족, 같이 사는 돈 많은 어른들보다 훨씬 더 영리한 어린아이, 독신인 여자, 결혼한 여자, 이혼당한 여자. 그는 의자에 앉아 가끔씩 바람 부는 밤을 흘끔거리면서 모든 프로그램들을 보았다.

열한시 뉴스가 나오자 그는 텔레비전을 끄고 도로에 있던 피가 그득한 게이지의 야구 모자를 본 바로 그 순간에 하기로 마음먹었을지 모를 그 일을 하기 위해 밖으로 나왔다. 차가운 기운이 다시 그 어느 때보다 강하게 그를 덮쳐 왔지만 그 밑에는 열망 또는 정열 또는 욕망의 타다 남은 불기운이 있었다. 무엇이든 상관없다.

그것은 추위로부터 그를 따뜻하게 해 주었고 바람 속에서 그를 지켜주었다. 차에 시동을 걸면서 그는 그 장소의 힘이 강해지고 있다는 저드의 얘기가 옳을지도 모른다는 생각을 했다. 이제 분명하게 그의 주위를 감싸고 있는 힘이 느껴졌으며 그것은 그를 이끌었고(또는 떠밀었고) 갑자기 궁금해졌다.

그만둘 수 있었을까? 내가 원했다 해도 그만둘 수 있었을까?

"어쩌겠다고?" 도리가 다시 물었다. "레이첼…… 넌 충격을 받았어…… 하룻밤 자면……."

레이첼은 고개를 젓기만 했다. 그녀는 엄마에게 왜 돌아가고 싶은지 설명하지 못했다. 그 느낌은 바람이 이는 것처럼 떠올랐다. 처음에 풀이 흔들리는 것은 알아채기 힘들다. 그러다 공기가 더 빠르고 세게 이동하기 시작하면 정적은 어디론가 사라져 버린다. 얼마 후 질풍은 처마 주변에 무시무시한 쇳소리를 낼 만큼 충분히 힘이 세진다. 그런 다음 바람은 집 전체를 흔들고 사람들은 이 바람이 허리케인 같은 것임을 깨닫게 되고 바람이 훨씬 높아지면 물건들이 떨어지기 시작한다.

시카고는 여섯시였다. 뱅거에서 루이스는 막 양이 많고 맛없는 식사를 하려고 앉는 참이었다. 레이첼과 엘리는 음식을 먹는 둥 마는 둥했다. 레이첼이 접시에서 눈을 들 때마다 그녀를 향한 딸의 어두운 시선과 마주쳤는데 그것은 아빠가 처한 곤경이 무엇이든 그것에 대해 어떻게 할지, 그녀가 어떻게 할 것인지 묻는 시선이었다.

그녀는 전화가 울리기를, 저드가 전화를 걸어 루이스가 집에 왔다고 말해 주기를 기다렸고 마침내 전화벨이 울리자 레이첼은 벌떡 일어났고 엘리는 자신의 우유를 엎지를 뻔했다. 하지만 그 전화는 도리의 브리지 클럽의 회원인 한 부인이 한 것으로 그녀가 집에 잘 도착했는지 묻는 안부 전화였다.

그들이 커피를 마시고 있을 때 레이첼이 갑자기 자신의 냅킨을 던지면서 말했다.

"아빠…… 엄마……, 죄송하지만 집에 돌아가야겠어요. 비행기를 탈 수 있으면 오늘 밤 가겠어요."

레이첼의 어머니와 아버지는 입을 딱 벌리고 그녀를 바라보았지만 엘리는 마치 어른이 안심하는 것처럼 눈을 감았다. 그 애의 그 창백하고 극도로 긴장된 피부만 아니었다면 우스꽝스러웠을 표정이었다.

그들은 이해하지 못했고 레이첼은 너무 연약해서 키 작은 풀의 끝자락조차 간신히 흔들 수 있는 작은 미풍이 어떻게 철강 건물을 납작하게 쓰러뜨릴 수 있을 정도로 서서히 힘을 키워 가는지 설명할 수 없는 것처럼 자신이 돌아가는 이유를 설명할 수 없었다. 그녀는 엘리가 빅터 파스코의 죽음에 대한 뉴스를 듣고 그것을 무의식 속에 저장해 둔 것이었다고 믿지 않았다.

"얘, 레이첼."

그녀의 아버지가 천천히 그리고 다정하게, 일시적이지만 위험한 히스테리를 일으킨 사람을 대하듯 말했다.

"이건 모두 네 아들의 죽음에 대한 반응일 뿐이다. 너와 엘리 모두 그 죽음에 강하게 반응하고 있고 그렇다고 해서 누가 너희들을 비난할 수 있겠니? 하지만 넌 쓰러질 거다. 네가 계속……."

레이첼은 대답하지 않았다. 그녀는 복도에 있는 전화기로 가서 전화부에서 항공사를 찾아 델타 항공사에 다이얼을 돌렸고 그러는 동안 도리는 옆에 붙어 서서 이 문제를 찬찬히 생각하고 함께 상의하며 어떻게 해야 할지 목록을 만들어야 한다고 말했다…… 그리고 그녀 뒤에는 여전히 어두운 얼굴의 엘리가 서 있었다. 하지만 이제 그 얼굴은 레이첼에게 용기를 줄 만큼 희망으로 밝아져 있었다.

"델타 항공입니다."

전화선 저편의 목소리가 밝게 말했다.

"전 킴입니다. 도와드릴까요?"

"그래야 할 텐데요." 레이첼이 말했다. "아주 중요한 일이 있어서 오늘 밤 꼭 시카고에서 뱅거로 가야 해요. 그러니까…… 좀 위급한 상황입니다. 연결 편을 알아봐 주시겠어요?"

모호한 목소리.

"네, 부인, 하지만 너무 촉박하네요."

"그래요, 제발 좀 알아봐 주세요."

목소리가 약간 갈라지면서 레이첼이 말했다.

"공석 대기도 할 게요, 어떤 것이든 좋아요."

"알겠습니다, 부인. 기다려 주세요."

전화선에는 부드러운 침묵이 흘렀다.

레이첼은 눈을 감았고 잠시 후 그녀의 팔에 차가운 손이 느껴졌다. 그녀는 눈을 떴고 엘리가 옆에 온 것을 보았다. 어윈과 도리는 함께 서서 조용히 이야기하며 그들을 바라보고 있었다. 미친 게 아닌지 의심스러운 사람들을 볼 때 눈초리잖아. 레이첼이 침울하게 생각했다. 그녀는 엘리를 위해 억지로 미소를 지었다.

"엄마, 할아버지 할머니 말 들으면 안 돼요." 엘리가 낮은 목소리로 말했다. "제발."

"절대 안 되지, 왕언니."

레이첼이 말하고 나서 주춤했다. 게이지가 태어난 이후 그들은 엘리를 죽 왕언니라고 불렀다. 하지만 이제 엘리는 누구의 왕언니도 아니다, 안 그런가?

"고마워요."

엘리가 말했다.

"이건 너무나 중요한 일이야, 그렇지?"

엘리가 고개를 끄덕였다.

"얘야, 나도 중요한 줄 알아. 하지만 네가 더 자세히 말해 주면 엄마를 도와줄 수 있을 텐데. 그건 그냥 꿈이었니?"

"아니에요. 그건…… 이제 그것은 전부예요. 그게 지금 저를 통해 흐르고 있어요. 안 느껴져요, 엄마는? 뭔가……."

"바람 같은 뭔가가."

엘리가 몸을 떨며 한숨을 쉬었다.

"하지만 그게 뭔지 모르겠니? 꿈에 관해 기억나는 거 뭐 없어?"

엘리는 열심히 생각한 후 마지못해 머리를 흔들었다.

"아빠. 처치. 그리고 게이지. 그게 내가 기억할 수 있는 전부예요. 하지만 그들이 어떻게 관련 있는지는 모르겠어요, 엄마!"

레이첼은 아이를 꼭 안았다.

"모두 괜찮을 거야."

하지만 그녀의 마음속에 있는 두려움은 약해지지 않았다.

"여보세요, 부인?"

예약 직원이 말했다.

"여보세요."

레이첼은 엘리와 전화기 모두를 세게 쥐었다.

"뱅거로 가실 수 있을 것 같습니다, 부인. 하지만 매우 늦게 도착하실 거예요."

"괜찮아요."

레이첼이 말했다.

"펜 있으세요? 좀 복잡해서요."

"네, 여기 있어요."

레이첼이 말하고 서랍에서 연필 동강이를 꺼냈다. 그녀는 봉투 뒤쪽에 메모할 곳을 찾았다.

레이첼은 주의 깊게 들으면서 모든 것을 적었다. 항공사 직원이 말을 마치자 레이첼은 살짝 미소를 짓고 엘리에게 잘됐다는 것을 알리기 위해 엄지와 검지손가락으로 O자를 만들어 보였다. 잘될 거야. 그녀는 고쳐 생각했다. 연결 편 일부는 매우, 매우 빡빡해 보였다…… 특히 보스턴이 그랬다.

"모두 예약해 주세요. 고마워요."

레이첼이 말했다.

킴이 레이첼의 이름과 신용카드 번호를 받았다. 레이첼은 마침내 수화기를 내려놓았고 맥이 빠졌지만 마음이 놓였다.

"아빠, 공항으로 데려다 주시겠어요?"

"안 된다고 해야겠다. 난 이 미친 짓을 말려야 할 책임이 있다고 생각한다."

골드만이 말했다.

"그러지 마세요!"

엘리가 날카롭게 소리 질렀다.

"미친 게 아니에요! 아니라고요!"

골드만은 눈을 끔벅거린 후 이 작지만 격렬한 감정 폭발 앞에서 한 발짝 뒤로 물러섰다.

"어윈, 데려다 줘요."

도리가 조용히 말하고 침묵했다.

"나도 불안해지기 시작했어요. 루이스가 괜찮은지 확인하면 기분이 나아질 거예요."

골드만은 부인을 빤히 쳐다보다가 마침내 레이첼을 보았다.

"그게 네가 정말 원하는 거라면 데려다 주겠다. 나도…… 레이첼, 네가 원하면 나도 같이 가마."

레이첼은 머리를 흔들었다.

"고마워요, 아빠. 하지만 예약한 좌석이 모두 딱 하나 남은 것들이었어요. 마치 하느님이 나를 위해 그 자리를 남겨 둔 것 같아요."

어윈 골드만이 한숨을 쉬었다. 그 순간 그는 매우 늙어 보였고 레이첼은 갑자기 아버지가 저드 크랜덜처럼 보인다는 생각이 들었다. 그가 말했다.

"필요하면 짐 쌀 시간은 있다. 네 엄마와 내가 처음 결혼했을 때처럼 운전하면 공항에는 40분 안에 도착할 수 있어. 당신 큰 손가방을 좀 갖다 주구려, 도리."

"엄마."

엘리가 말했다. 레이첼이 그 애 쪽으로 얼굴을 돌렸다.

엘리의 얼굴은 작은 땀방울로 번들거리고 있었다.

"왜 그러니, 엘리?"

"엄마, 조심하세요."

엘리가 말했다.

나무들은 그리 멀지 않은 공항에서 나오는 빛으로 뒤를 밝힌 구름 낀 하늘을 배경으로 움직이는 형상일 뿐이었다. 루이스는 메이슨 거리에 혼다를 주차시켰다. 메이슨 거리는 플래즌트뷰와 남쪽에서 접했고 바람은 손에서 차 문이 찢겨 나갈 만큼 강하게 불었다. 그는 문을 세게 밀어서 닫아야 했다. 바람은 그가 짐칸의 문을 열고 잘라 두었던 방수포 한 조각을 꺼내 연장들을 쌀 때 그의 재킷을 물결처럼 흔들었다.

그는 두 개의 가로등 사이에 있는 어둠의 날개 속에서 캔버스 천으로 싼 꾸러미를 팔에 안고 굽은 길에 서서 묘지의 경계선을 표시하는 연철 담장 쪽으로 건너가기 전에 차가 오는지 조심스럽게 살피고 있었다. 그는 할 수 있다면 누구에게도, 심지어 그를 잠깐 보고 다음 순간 잊어버릴 사람에게도 들키고 싶지 않았다. 그 옆에는 오래된 고목나무의 가지들이 바람 속에서 끊임없이 신음 소리를 내고 있어서 루이스에게 남부의 목을 매다는 린치를 생각나게 했다. 그는 너무나 무서웠다. 이건 힘든 일이 아니었다. 정신

나간 일이었다.

지나가는 차는 없었다. 메이슨 거리 쪽의 가로등들은 완벽한 흰 원으로 죽 늘어서서 한 보도를 밝히고 있었다. 그곳은 페어몬트 초등학교가 파한 후에 남자 아이들이 자전거를 타고 여자 아이들은 줄넘기를 하거나 돌차기를 하며 노는 곳으로, 아이들은 묘지가 섬뜩한 매력을 발산하는 핼러윈을 제외하고는 결코 근처의 묘지를 거들떠보지 않았다. 아마 아이들은 교외 거리를 배짱 좋게 건너서 종이로 만든 해골을 높은 담장의 연철 창살에 올려놓고 케케묵은 농담을 하며 낄낄거릴 것이다. 여기는 이 도시에서 가장 인기 있는 곳이야. 사람들이 여기 들어가고 싶어 안달하지. 왜 무덤가에서 웃는 게 나쁜지 알아? 그곳 사람들은 모두 죽을상을 하고 있기 때문이지.

"게이지."

그가 속삭였다. 게이지가 저 안, 연철 담장 뒤 어두운 흙 밑에 부당하게 갇혀 있었다. 그건 결코 농담 거리가 아니었다. 게이지, 널 꺼내 줄게. 그는 생각했다. 아가, 꺼내 줄게. 하다 죽는 한이 있더라도.

루이스는 팔에 무거운 꾸러미를 안고 길을 건너 맞은편 길 위에 올라선 다음, 길 양쪽을 다시 살펴보고 캔버스 천 두루마리를 담장 너머로 던졌다. 그것이 담장 반대편 땅 위에 멀리 떨어지면서 자그맣게 날카로운 소리를 냈다. 그는 손을 털면서 걸어갔다. 그는 그 지점을 자신의 마음속에 표시했다. 설사 잊어버린다고 해도 시빅 자동차의 맞은편에 도달할 때까지 담장 안쪽을 따라 걸으며 주변을 찾아보면 된다.

하지만 이렇게 늦은 시각에 문이 열려 있을까?

그는 메이슨 거리를 따라 정지 신호까지 걸어갔고 바람은 그를 쫓아가면서 그의 발뒤꿈치를 흔들었다. 그림자들이 차도 위에서 춤추며 얽혔다.

그는 모퉁이를 돌아 플래즌트 거리로 들어섰고 계속 담장을 따라 걸어갔다. 어떤 차에서 헤드라이트가 번쩍 거리를 비추자 루이스는 무심결에 고목나무 뒤로 갔다. 그것은 경찰차가 아니라 해먼드 거리를 향해, 아마도 유료 고속도로를 향해 가는 소형 트럭이었다. 차가 멀리 지나가자 그는 다시 걷기 시작했다.

물론 문은 잠겨 있지 않을 거야. 그래야만 해.

그는 연철로 만들어진 대성당 모양을 하고 있는, 가로등 불빛에 가늘고 우아하게 그림자를 흔들고 있는 문에 도착했다. 그는 손을 뻗어 문을 열어 보았다.

잠겨 있었다.

이 멍청한 자식아, 당연히 잠겨 있지. 열한시가 넘은 시각에 미국 도시 행정 구역 내에 있는 묘지를 누군가 열어 둘 거라고 생각했던 거야? 요즘은 아무도 그렇게 사람을 믿지 않아, 이 사람아, 요즘은 안 그래. 그래서 이제 어쩔 거야?

이제 그는 기어 올라가야 했고 아무도 그가 세상에서 가장 나이 많고 동작이 굼뜬 아이처럼 연철 담장 위에서 원숭이 흉내를 내고 있는 것을 발견할 만큼 오래 「카슨 쇼」에서 눈길을 돌리지 않기를 바라야 했다.

어이, 경찰관 나리? 난 방금 세상에서 가장 나이 많고 동작이 굼뜬 아이가 플래즌트뷰 공동묘지로 기어 올라가는 것을 보았소.

그 사람 들어가고 싶어 죽을 것처럼 보이더구먼. 흠, 무덤 때문에 들어가려는 것 같던데. 농담하냐고? 절대 아니요, 정말이오. 그걸 조사해 보는 게 좋을 거요.

루이스는 플래즌트 거리를 따라가서 다음 교차로에서 오른쪽으로 돌았다. 그 높은 철 담장은 그의 옆에 끝없이 늘어서 있었다. 바람이 차가워지면서 이마와 관자놀이의 움푹 들어간 곳에 있는 땀방울이 증발했다. 그의 그림자는 가로등 불빛 속에서 커졌다 작아졌다 했다. 가끔씩 그는 담장을 흘끗 보다가, 멈춰 서서 정말 제대로 보려고 애썼다.

저 물건을 기어오르겠다고? 웃기지 마.

루이스 크리드는 꽤 키가 큰 편으로 180센티미터가 조금 넘었지만 담장은 270센티미터를 넘었고 각각의 연철 창살의 끝에는 뾰족한 장식 화살이 달려 있었다. 네가 다리를 넘기는 동안 미끄러지기라도 해서 갑자기 90킬로그램이나 되는 힘으로 네 사타구니에 그 화살 모양의 끝이 박혀 고환이 박살나기 전까지는 그것이 장식으로 보이겠지. 그리고 거기서 너는 바비큐 통돼지처럼 꼬챙이에 꿰인 채 누군가가 경찰을 부르고 사람들이 몰려와 널 떼어내서 병원으로 데려가기 전까지 고함을 질러 대겠지.

땀이 쉴 새 없이 흘러내리며 셔츠가 등에 찰싹 달라붙었다. 해먼드 거리를 지나가는 늦은 차량에서 나오는 희미한 윙윙 소리를 빼고는 사방이 고요했다.

안으로 들어갈 방법이 있어야 했다.

꼭 있어야 했다.

루이스, 제발 현실을 직시해. 넌 돌았을지 모르지만 아주 돌진 않았잖아. 네가 저 담장 꼭대기로 올라갈 수 있다고 쳐. 하지만 저 끝 부분에 찔리지 않고 저 담장을 넘는 건 숙달된 체조 선수나 할 수 있는 일이야. 또한 안으로 들어갈 수 있다고 쳐도 게이지의 시신을 가지고 어떻게 나올 건데?

그는 계속해서 걸으면서 그가 묘지 주위를 빙빙 돌고 있을 뿐 어떤 건설적인 일도 하고 있지 않다는 것을 어렴풋이 깨달았다.

좋아, 답을 찾았어. 오늘 밤은 그냥 러들로의 집에 가고 내일 오후 늦게 다시 오는 거야. 내일 오후 네시쯤 저 문으로 들어가서 자정이나 더 늦게까지 몸을 숨길 곳을 찾는 거야. 다시 말하면, 오늘 영리하게 생각해 냈어야 할 일을 내일로 미루는 거지.

좋은 생각이야, 오, 위대한 천재, 루이스…… 그런데 그 사이에 내가 저 벽 너머로 던진 큰 꾸러미는 어떻게 하지? 곡괭이, 삽, 손전등…… 그 모든 망할 놈의 장비에다 무덤 도굴 장비라고 써 둔 거나 마찬가지군.

그건 덤불 속에 떨어졌어. 도대체 누가 그걸 찾아낼 수 있겠어?

생각해 보니 일리가 있었다. 하지만 그의 용무는 결코 일리 있는 일이 아니었고 그의 마음은 그에게 나지막하나마 힘 있게 그는 내일 돌아올 수 없을 것이라고 말했다. 오늘 밤 이 일을 하지 않으면 그는 결코 이 일을 하지 않을 것이다. 그는 다시는 이 정신 나간 일을 하기 위해 바짝 긴장할 수 없을 것이다. 지금이 바로 그 순간이었고, 그가 가진 유일한 시간이었다.

이쪽으로는 집이 많지 않았고 간혹 길 맞은편에서 사각형의 노란 불빛이 반짝였으며 한 번은 흑백텔레비전의 흐릿한 푸른색이 깜박이는 것이 보였다. 그리고 그는 담장 너머로 이쪽에 있는 무덤들이 더 오래되고, 더 둥그스름하고, 수많은 계절이 지나가면서 얼고 녹기를 반복해 앞이나 뒤로 기울어진 것을 보았다. 앞에는 또 다른 정지 표지가 있었고 한 번 더 오른쪽으로 돌면 메이슨 거리와 대충 나란히 뻗어 있는, 그가 처음 출발한 거리로 돌아오게 된다. 그가 출발 지점으로 돌아가면 무엇을 할 수 있나? 이백 달러를 받고 다시 돌아? 패배를 인정해?

모퉁이에서 차의 헤드라이트가 나타났다. 루이스는 또 다른 나무 뒤로 가서 차가 지나가기를 기다렸다. 이 차는 매우 천천히 지나가고 있었고 잠시 후 조수석에서 하얀 불빛이 나와 철 담장 위쪽을 비추며 지나갔다. 그의 마음이 가슴속에서 고통스럽게 죄어들었다. 그것은 묘지를 순찰하는 경찰차였다.

그는 나무에 단단하게 몸을 붙이고 거친 나무껍질에 뺨을 누른 채, 나무가 자신을 가릴 수 있을 만큼 충분히 크기를 미친 듯이 바랐다. 불빛이 그를 향해 다가왔다. 루이스는 머리를 숙이고 희멀건 얼굴의 형태를 가리려고 애썼다. 불빛은 나무를 비추고 잠깐 사라졌다가 다시 루이스의 오른편을 비추었다. 그는 나무 옆으로 살짝 움직였다. 순찰차 지붕의 검은색 덮개가 순간적으로 보였다. 그는 미등이 한층 더 밝은 붉은 불빛을 번뜩이고 차 문들이 갑자기 열리고, 볼 조인트에 다시 불이 들어와 거대한 흰 손가락처럼 그를 쫓아다니기를 기다렸다. 어이, 당신! 그 나무 뒤에 있는 사람! 우리가 볼 수 있는 곳으로 나와, 두 손 들어! 어서 나와! 당장!

경찰차는 계속 나아갔다. 그것은 모퉁이에서 천천히 법규에 따라 신호를 넣고 좌회전했다. 루이스는 나무에 기대어 맥없이 주저앉아 가쁘게 숨을 내쉬었다. 입속이 깔깔하면서 신맛이 났다. 그는 경찰차가 그가 주차한 혼다를 지나쳐 갈 것이라는 생각이 들었지만 그것은 문제가 되지 않았다. 오후 여섯시부터 오전 여섯시까지는 메이슨 거리에 주차가 허용되어 있었다. 그 길에는 다른 차들도 많이 주차되어 있었다. 차의 주인들은 맞은편 길가에 흩어져 있는 아파트에 살고 있을 것이다.

루이스는 숨어 있던 나무를 올려다보는 자신을 깨달았다.

나무는 바로 그의 머리 위에서 갈라져 있었다. 그는 가능하겠다는 생각이 들었다…….

미처 더 생각해 볼 여유도 없이 그는 갈라진 나무로 손을 뻗쳐서 몸을 위로 끌어올리고, 디딜 곳을 찾아 테니스 화를 신은 발로 기어올랐다. 그 와중에 나무껍질들이 우수수 보도로 떨어졌다. 그는 무릎을 끌어올렸고 잠시 후 고목나무의 가랑이에 단단하게 한쪽 발을 디딜 수 있었다. 아까 그 경찰차가 다시 돌아온다면 그들의 서치라이트가 이 나무에서 무척 이상하게 생긴 새 한 마리를 발견하게 될 것이다. 그는 빨리 움직여야 했다.

그는 담장 꼭대기에 걸쳐 있는 더 높은 가지로 올라갔다. 그는 어울리지 않게도 한때 자신이 겪었던 열두 살로 돌아간 기분이 들었다. 나무는 가만히 있지 않았다. 그것은 끊임없이 불어오는 바람 속에서 쉽게 유연하다고 할 정도로 흔들리고 있었다. 나뭇잎들은 살랑거리면서 속삭이는 듯한 소리를 냈다. 루이스는 주변을 가늠해 본 후 마음이 움츠러들기 전에 두 손으로 가지를 꽉 잡고 매달린 채 몸을 허공으로 날렸다. 그 가지는 건장한 남자의 팔뚝보다 조금 더 두꺼웠다. 그의 운동화가 보도 위 2.5미터 정도에서 대롱대롱 흔들리는 상태로 그는 가지에 매달려 담장을 향해 한 팔

한 팔 앞으로 나아갔다. 가지는 아래로 기울었지만 부러질 기미는 보이지 않았다. 그는 자신의 그림자가 무정형으로 검은 원숭이의 형체를 띤 채, 그의 옆 시멘트 보도를 따라오고 있는 것을 희미하게 알아차렸다. 바람이 그의 뜨거운 겨드랑이를 식혔고 얼굴과 목에서는 땀이 흘러내리는데도 그는 덜덜 떨었다. 나뭇가지가 기울면서 그가 움직이는 대로 이리저리 흔들렸다. 그가 더 크게 움직일수록 가지는 더 많이 기울어졌다. 이제 손과 손목이 지치기 시작했고 그는 땀과 기름기로 미끌미끌한 손바닥이 미끄러지지 않을까 걱정되었다.

그는 담장에 도착했다. 그의 테니스 화는 날카로운 담장 끝 부분에서 30센티 정도 떨어진 곳에 매달려 있었다. 이 각도에서 보자 담장 끝은 전혀 무뎌 보이지 않았다. 사실 매우 뾰족해 보였다. 뾰족하든 뾰족하지 않든 그는 문득 위험한 것이 단지 자신의 고환만이 아니라는 것을 깨달았다. 만약 정확히 뾰족한 끝 부분 중 하나에 떨어진다면 몸무게로 인한 충격 때문에 폐까지 찔릴 수 있다. 되돌아온 경찰관들은 플래즌트뷰 담장 위에서 소름 끼치고 때 이른 핼러윈 장식물을 발견할 것이다.

헐떡거리지는 않았지만 빠르게 숨을 쉬면서 잠깐 쉬어야 할 것 같아 그는 담장 끝을 발로 더듬어 찾았다. 잠시 동안 발이 허공에서 춤추며 담장을 찾지 못한 채 매달려 있었다.

빛이 그에게 비추더니 점점 커졌다.

이런 제기랄, 차야, 차가 오고 있어!

그는 양손을 섞어 가며 앞으로 나아가려 했지만 손바닥이 미끄러졌다.

단단하게 매듭진 손가락들이 풀리고 있었다.

여전히 발 디딜 곳을 더듬어 찾으면서 그는 머리를 왼쪽으로 돌려 자신의 긴장된 팔 밑을 보았다. 그것은 차가 맞았지만 속도를 늦추지 않은 채 거리 위쪽 교차로를 쏜살같이 지나가 버렸다. 운이 좋았다. 만약 그 차가…….

손이 다시 미끄러졌다. 그는 나무껍질들이 그의 머리 위로 떨어지는 것을 느꼈다. 한쪽 발은 디딜 곳을 찾았지만, 다른 쪽 다리는 화살 모양의 끝 부분 중 하나에 걸렸다. 그리고 맙소사, 이제 더 이상은 견딜 힘이 없었다. 절망적으로 그는 다리를 홱 밀었다. 가지가 처졌다. 그의 손이 다시 미끄러졌다. 천이 찢어지는 소리가 났고 그는 화살 끝 부분 두 개 위를 디디게 되었다. 그 화살 끝 부분들은 테니스 화의 발바닥을 파고들었고 그 힘 때문에 금방 고통스러워졌지만 어쨌든 그 끝을 밟고 서 있었다. 손과 팔에서 느껴지는 편안함이 발의 고통보다 훨씬 더 중요했다.

대단한 재주야. 그는 희미하고 씁쓸한 즐거움을 느끼며 생각했다. 그는 왼손으로 가지를 잡고 오른손을 재킷에 대고 닦았다. 그런 다음 오른손으로 가지를 잡고 왼손을 닦았다.

그는 담장 꼭대기에 잠시 더 서 있다가, 양손을 가지 앞쪽으로 밀면서 나아갔다. 그 가지는 이제 손가락으로 편안하고 단단하게 쥘 수 있을 만큼 충분히 가늘었다. 그는 타잔처럼 앞으로 몸을 휙 날리면서 담장 끝에서 발을 뗐다. 가지는 불안하리만큼 기울어졌고 불길하게 우지끈 하는 소리가 났다. 그는 손을 놓고 믿음을 가지고 뛰어내렸다.

그는 잘못 떨어졌다. 한쪽 무릎이 쿵 소리를 내며 묘비에 부딪혀서 날카로운 고통이 허벅지까지 밀려왔다. 그는 무릎을 잡고 잔디 위에서 데굴데굴 구르며 고통 때문에 히죽 웃는 것처럼 이빨을 드러낸 채 슬개골이 부서지지 않았기를 바랐다. 마침내 고통이 조금씩 엷어지기 시작했고 그는 관절을 구부릴 수 있기를 바랐다. 그가 계속 움직여서 관절이 굳어지지 않게 한다면 괜찮을 것이다. 아마도.

그는 몸을 일으키고 장비를 가지러 가기 위해 메이슨 거리를 향해 걸어온 담장을 다시 따라가기 시작했다. 처음엔 무릎이 아파 절뚝거렸지만 계속 걸으면서 고통은 무뎌졌다. 자동차의 구급약 상자에 아스피린이 있었다. 그 약을 가지고 왔어야 했다. 지금은 너무 늦었다. 그는 차가 오는지 주시하다가 한 대가 오자 묘지 속으로 깊이 숨어들었다.

메이슨 거리 쪽은 다니기가 더 쉬웠는데 혼다 맞은편에 도착할 때까지 담장에서 멀리 떨어져서 갔다. 그가 막 담장 쪽으로 가서 던져 둔 꾸러미를 덤불 속에서 꺼내려고 하는 순간, 보도에서 발자국 소리와 여인의 낮은 웃음소리가 들렸다. 그는 쪼그려 앉기에는 무릎이 너무 아파서 큰 묘지 표지판 뒤에 털썩 앉았다. 남녀 한 쌍이 메이슨 거리 건너편에서 걸어오는 것이 보였다. 그들은 서로의 허리에 팔을 두른 채 걸어오고 있었는데, 하나의 흰 불빛 속에서 다음 불빛 속으로 이동하는 그들의 동작이 루이스에게 오래된 텔레비전 쇼를 떠올리게 했다. 곧 그는 생각해 냈다. 「지미 듀런트 쇼」였다. 만약 이 고요한 망자들의 도시에서 움직이는 그림자처럼 그가 일어나 그들을 향해 귀신처럼 공허하게 소리친다면 그들은 어떻게 할까? "안녕히 주무시오, 칼라바시 부인, 당신이 어디 있

든."(지미 듀런트 쇼의 선전 구호. 지미 듀런트가 항상 쇼의 마지막을 이 대사로 장식했음—옮긴이)

그들은 그의 차 바로 뒤 빛의 웅덩이 속에서 껴안았다. 그들을 지켜보면서 루이스는 구역질 나는 궁금증과 자신에 대한 혐오감을 느꼈다. 여기 그가 싸구려 만화책에 나오는 인간 이하의 등장인물처럼 묘비 뒤에 쭈그리고 앉아서 연인들을 지켜보고 있는 것이다. 그렇다면 그 경계가 그렇게 얇단 말인가? 그는 궁금해졌고 그 생각은 다시 일련의 친숙한 생각들을 불러일으켰다. 그렇게 경계가 얇아서 너는 이 성가신 난리법석을 떨며 가볍게 그것을 건널 수 있는 것이냐? 나무를 타고 가지를 기어 올라가고 묘지로 떨어지고, 연인들을 지켜보고…… 구덩이를 파는 것이? 그렇게 간단해? 이것은 미친 짓이냐? 의사가 되는 데 8년이 걸렸지만 도굴범은 단 한 번만에 되는구나. 사람들은 도굴꾼이라고 하겠지.

그는 소리가 새어 나가지 않도록 자신의 입에 주먹을 밀어 넣었고 자신 안의 냉정함, 단절된 느낌을 찾았다. 그 느낌은 거기 있었고 그는 고마워하며 그것으로 자신을 방어했다.

마침내 연인들이 걷자 루이스는 안달이 나서 그들을 바라보았다. 그들은 한 아파트 건물의 계단을 올라갔다. 남자가 열쇠를 찾았고 잠시 후 안으로 들어갔다. 끊임없이 불어와 나뭇가지를 스치고 그의 땀에 젖은 머리카락을 이마에서 흩날리게 하는 바람 소리만 빼고 거리는 고요했다.

그는 담장으로 달려가 몸을 낮게 구부리고 캔버스 천 꾸러미를 찾기 위해 덤불 사이를 뒤졌다. 거기 있었다. 그의 손가락 밑에서 거친 게 느껴졌다. 그는 안에서 나는 약한 금속 부딪는 소리를 들으며 꾸러미를 주워들었다. 그는 꾸러미를 가지고 문을 통과해 나 있는 자갈로 덮인 넓은 차도로 가서 잠깐 멈추고 방향을 살폈다. 이쪽으로 쭉 가서 갈라진 길에서 왼쪽으로 튼다. 문제없어.

그는 정말 정규직 관리인이 있어서 그가 나타나기라도 할 경우 느릅나무의 그림자 속으로 깊숙이 숨을 수 있도록 차도 가장자리를 따라 걸었다.

그는 갈림길에서 왼쪽으로 돌아 게이지의 무덤에 다가가면서, 갑자기 섬뜩하게도 아들이 어떻게 생겼는지 기억해 낼 수 없다는 것을 깨달았다. 그는 잠시 멈춰 서서 죽 늘어선 무덤들과 무덤들의 위압적인 외관을 응시하면서 그의 기억을 불러내려고 애썼다. 각각의 특징들이 떠오르기 시작했다. 아직 너무 가늘고 옅었던 금발 머리, 눈초리가 올라간 눈, 작고 하얀 이빨, 시카고에 있는 집 뒤 계단에서 떨어져 생긴 턱에 난 비뚤어진 조그만 흉터. 이런 것들은 잘 보였지만 이것들을 전체적으로 일관성 있게 짜 맞출 수가 없었다. 그는 게이지가 그 도로로 달려가는 것을, 그 오링코 트럭과의 약속을 위해 뛰어가는 것을 보았지만, 게이지의 얼굴은 외면하고 있었다. 그는 연을 날리던 날 밤 침대 위에 있던 게이지의 모습 그대로를 떠올려 보려 했지만, 마음속의 눈에는 오직 어둠만 보였다.

게이지, 어디에 있니?

생각해 본 적 있나, 루이스, 자네가 아들에게 못할 짓을 하고 있을지 모른다는 것을? 아마 그 아이는 자신이 있는 곳에서 행복할 거야……. 아마 자네가 헛소리라고 생각했던 것처럼 그 모든 게 헛소리가 아니었을지도 몰라. 그 애는 천사와 함께 있거나, 그냥 자고 있을지 모르지. 그리고 자고 있는 것이라면 자네가 깨우게 될 것이 무엇인지 정확히 알고 있나?

오 게이지, 어디 있니? 난 네가 우리와 함께 있길 원해.

하지만 그가 정말로 자신의 행동을 통제하고 있는 것일까? 그는 왜 게이지의 얼굴을 떠올릴 수 없으며 왜 모든 사람들의 경고, 그러니까 저드의 경고, 파스코의 꿈, 자신의 불안해 하는 심장의 떨림을 거스르고 있는 것일까?

그는 애완동물 공동묘지의 묘지 표지판들, 수수께끼로 소용돌이치며 들어가는 조악한 원들을 생각했고, 그러자 냉혹함이 다시 그를 엄습했다. 왜 그가 여기에 서서 게이지의 얼굴을 떠올리려고 하는가?

그는 게이지의 얼굴을 금방 보게 될 것이다.

이제 그 묘비가 앞에 있었다. 묘비에는 게이지 윌리엄 크리드와 두 개의 날짜만 있었다. 그는 오늘 누군가가 조의를 표하기 위해 다녀간 것을 알았다. 무덤에 신선한 꽃들이 있었다. 누구였을까? 미시 댄드리지?

그의 심장이 가슴속에서 무겁게 하지만 천천히 뛰었다. 드디어 올 것이 왔다. 어차피 할 생각이면 시작하는 편이 낫다. 까마득히 많은 밤이 지나가고 드디어 오늘 밤이 온 것이다.

루이스는 다시 한번 자신의 마음을 확인했고 자신이 이 일을 끝까지 해내려고 작정한 것을 알았다. 그는 보일락 말락 고개를 끄덕이고 주머니칼을 찾았다. 그는 연장 꾸러미를 봉해 놓았던 스카치테이프를 잘랐다. 그는 마치 침낭처럼 게이지의 무덤 가장자리에 그 방수포를 펼쳐 놓고 작은 진료실에서 상처를 봉합하거나 수술하기 위해 도구들을 정리해 놓는 것과 정확히 같은 방식으로 장비들을 정돈해 놓았다.

철물점 점원이 제안했던 것처럼 렌즈에 펠트를 씌운 손전등이 여기 있었다. 그 펠트 또한 반창고 테이프로 고정시켜 놓았다. 그는 펠트 위에 1센트짜리 동전을 놓아 중간에 조그만 동그라미를 만들고 그 주위를 외과용 메스로 잘랐다. 여기에 사용해서는 안 될 손잡이가 짧은 곡괭이가 있었다. 그는 단지 비상용으로 그것을 가져왔다. 밀봉된 뚜껑과 씨름할 일도 없고, 새로 생긴 묘지라 바위를 건드릴 일도 없을 것이다. 삽, 가래, 한 발의 밧줄과 작업용 장갑이 있었다. 그는 장갑을 끼고 삽을 쥐고 시작했다.

흙이 부드러워서 파기 쉬웠다. 무덤의 모양은 잘 만들어져 있었고 그가 파내는 흙이 무덤 가장자리에 있는 흙보다 더 부드러웠다. 그의 마음은 자동적으로 이곳의 파기 쉬운 땅과 오늘 밤 모든 일이 잘 진행될 경우 나중에 그의 아들을 다시 묻게 될 돌투성이 단단한 땅을 비교하고 있었다. 그곳에서는 곡괭이가 필요할 것이다. 그러고 나서 그는 모든 생각을 중단하려고 애썼다. 방해만 될 뿐이었다.

그는 흙을 무덤 왼편의 땅으로 던졌고 규칙적인 리듬으로 작업하고 있었는데 구덩이가 점점 깊어지면서 그 리듬을 유지하기가 점점 어려워졌다. 그는 무덤 속으로 들어가 신선한 흙의 축축한 냄새, 칼 삼촌과 함께한 여름을 기억나게 하는 냄새를 맡았다.

디거,(digger, 파는 사람, 굴착기, 광부라는 뜻—옮긴이) 그는 이렇게 생각하면서 잠시 멈추고 이마에서 흐르는 땀을 닦았다. 칼 삼촌은 그것이 미국에 있는 모든 묘지의 무덤 파는 일꾼들에 대한 별명이라고 말해 줬다. 친구들은 그들을 디거라고 불렀다.

그는 다시 작업을 시작했다.

그는 딱 한 번 더 일을 중단했는데 시계를 보기 위해서였다. 12시 25분이었다. 그는 시간이 그의 주먹 사이로 기름 친 물건처럼 빠져나가는 것을 느꼈다.

40분 후에 삽이 뭔가에 부딪혀 삐걱거리는 소리가 났고 루이스의 이빨이 피가 날 정도로 윗입술을 꽉 깨물었다. 그는 손전등을 가지고 아래를 비춰 보았다. 이쪽에는 흙이 아닌 뭔가가 있었고 비스듬하게 손전등을 이리저리 비춰 보자 은회색 선이 보였다. 그것은 그레이브 라이너의 덮개였다. 루이스는 덮개의 흙을 대충 털어 내면서 너무 큰 소리가 나지 않도록 조심했다. 한밤중에 콘크리트를 긁는 삽 소리보다 더 큰 소리는 없었다.

그는 무덤 밖으로 올라가서 밧줄을 가져왔다. 그는 밧줄을 두 부분으로 나뉜 덮개 중 하나에 달린 철 고리에 꿰었다. 그는 다시 무덤을 나와 방수포를 펼쳐 놓은 후, 그 위에 누워 밧줄 끝을 쥐었다.

루이스, 바로 이거야. 이게 너의 마지막 기회야.

맞아. 이게 마지막 기회고 난 죽을힘을 다해 기회를 잡을 거야.

그는 밧줄 끝을 손에 감고 잡아당겼다. 네모난 콘크리트가 쉽게 들어 올려지면서 추축 밑에서 삐걱거리는 소리를 냈다. 그것은 단정하게 똑바로 곧추선 검은색 정사각형으로, 가로로 놓인 무덤 덮개가 아니라 수직으로 선 묘비같이 보였다.

루이스는 고리에서 밧줄을 잡아당겨 빼서 옆으로 던져 놓았다.

나머지 반쪽 덮개는 밧줄이 필요하지 않았다. 그가 그레이브 라이너 옆에서 그것을 들어 올릴 것이기 때문이다.

그는 다시 무덤으로 들어가 이미 들어 올린 시멘트 덩어리가 넘어져 그의 발가락을 짓이기거나 꽤 얇은 그 빌어먹을 물건이 깨지지 않길 바라며 조심스럽게 움직였다. 자갈들이 덜컥거리는 소리를 내며 구덩이로 떨어졌고 자갈 중 몇 개가 게이지의 관을 약하게 스치는 소리가 들렸다.

그는 허리를 구부리고 그레이브 라이너의 나머지 반쪽 덮개를 들고 위로 올렸다. 그는 덮개를 들어 올리면서 뭔가 찌그러진 차가운 것이 손가락 밑에서 느껴졌다. 그가 이 덮개의 반쪽을 세워놓고 손을 내려다보니 통통한 지렁이가 살그머니 꿈틀거리고 있었다. 메스꺼움에 숨막히는 비명을 지르면서 그는 흙으로 만든 아들의 관의 측벽에 손을 닦았다.

그런 다음 손전등을 아래로 비추었다.

그가 장례식 때 그 끔찍한 녹색 인공 잔디로 둘러싸여 무덤 위의 크롬 도금을 한 장대 위에 얹혀 있는 것을 마지막으로 본 그 관이 있었다. 이것이 바로 그가 아들에 대한 모든 희망을 묻어야 하는 보관 금고였다. 이전에 그가 품고 있던 냉혹함과 대조적으로 순수하고 아주 뜨거운 격노가 마음속에서 솟아났다. 바보! 대답은 '안 돼' 였다!

그는 가래를 더듬어 찾았다. 그는 그것을 어깨 위로 들어 올렸다가 관의 자물쇠 위로 한 번, 두 번, 세 번, 네 번 내리쳤다. 그의 입술은 분노로 일그러진 채 말려 올라갔다.

게이지, 꺼내 줄게, 내가 못할 줄 알고!

자물쇠는 첫 번째 일격에 부서져서 더 이상 칠 필요가 없었지만 그는 반복해서 내리쳤다. 열기만 하는 게 아니라 부숴 버리고 싶었다. 마침내 약간 제정신이 돌아왔고 그는 다시 내려치기 위해 가래를 들어 올리다가 멈췄다.

가랫날은 구부러진 채 긁힌 자국들이 있었다. 그는 그것을 옆으로 던져 버리고, 고무같이 느껴지는 약한 다리로 무덤 밖으로 기어 올라왔다. 그는 속이 메슥거리는 것을 느꼈고 분노는 엄습했을 때처럼 빠르게 사라져 버렸다. 그 자리에 냉혹함이 쏟아져 들어왔고 살아오면서 그렇게 외롭고 단절된 기분을 느낀 적은 처음이었다. 그는 우주선 외 활동 시간 동안 모선에서 나와, 광대한 암흑 속을 둥둥 떠다니며 빌려 온 시간으로 숨을 쉬는 우주 비행사 같은 기분이 들었다. 배터만도 이런 기분이 들었을까?

그는 궁금해졌다.

그는 이번에는 등을 땅에 대고 누워 자신을 잘 통제하고 일을 계속할 수 있을 때까지 기다렸다. 그 고무다리 같은 기분이 가시자 그는 일어나 앉았고 다시 무덤 속으로 미끄러져 내려갔다. 그는 손전등으로 자물쇠를 비춰 보고 자물쇠가 단지 부숴지기만 한 게 아니라 완전히 망가진 것을 발견했다. 그는 맹목적인 분노로 가래를 휘둘렀지만, 그가 내려친 모든 일격은 마치 안내를 받은 것처럼 정확하게 거기에 명중했다. 자물쇠 주위의 나무는 산산조각이 났다.

루이스는 손전등을 겨드랑이에 꼈다. 그는 살짝 쪼그리고 앉았다. 그는 마치 목숨을 건 공중 이인조 묘기에서 동료를 잡기 위해 공중에서 대기하고 있는 곡예사처럼 두 손을 뻗어 더듬거렸다.

그는 덮개에 있는 길게 팬 홈을 찾았고 그 속으로 손가락을 밀어 넣었다. 그는 잠시 멈춰 있다가(그것은 망설임이라고 할 수 없었다) 아들의 관을 열었다.

레이첼 크리드는 보스턴에서 포틀랜드까지 갈 수 있을 뻔했다. 거의. 시카고에서 탄 비행기는 제 시각에 출발했고 그것만도 기적이었는데, 라구아디아로 곧바로 날아가 또 다른 기적을 연출했고, 예정보다 5분 늦게 뉴욕에서 출발했다. 그 비행기는 보스턴에 있는 탑승구에 15분 늦은 밤 11시 12분에 도착했다. 그녀에게는 13분밖에 남지 않았다.

그녀는 아직 연결편 비행기를 탈 수 있었지만 로간 터미널을 순환하는 셔틀 버스가 늦었다. 레이첼은 이제 끊임없이 경미한 공포에 시달리고 있었다. 그녀는 마치 화장실 가고 싶은 사람처럼 안절부절못하면서 엄마가 빌려 준 여행 가방을 한쪽 어깨에서 다른 쪽 어깨로 고쳐 메며 버스를 기다렸다.

셔틀 버스가 11시 25분이 돼도 도착하지 않자 그녀는 달리기 시작했다. 그녀의 구두 굽은 낮았지만 달리기에 적당하진 않았다. 그녀의 한쪽 발목이 구부러지면서 통증이 일어서 그녀는 잠시 멈춰서 신발을 벗었다. 그런 다음 그녀는 팬티스타킹만 신은 맨발로 달려서 엘러게니와 이스턴 항공을 지나쳤다. 그녀는 거친 숨을 몰아쉬고 있었고 옆구리가 쑤시기 시작했다.

그녀의 숨결이 목구멍에서 뜨거워졌으며 옆구리를 쑤시는 통증은 더 격렬해졌다. 이제 그녀는 국제 터미널을 지나쳐 가고 있었으며, 거기 바로 위에 델타의 삼각형 표시가 있었다. 그녀는 문을 박차고 들어가면서 한쪽 신발을 떨어뜨릴 뻔하다가 간신히 잡았다. 11시 37분이었다.

근무 중이던 직원 두 명 중 한 명이 그녀를 올려다보았다.

"비행기 104."

레이첼이 헐떡이며 말했다.

"포틀랜드행 비행기. 출발했나요?"

그 직원이 자신의 뒤에 있는 모니터를 흘긋 보았다.

"아직 탑승구에 있다고 나와 있군요. 하지만 5분 전에 마지막으로 탑승하라는 방송을 했어요. 제가 먼저 전화를 해 놓죠. 부칠 짐은 있나요?"

"아니요."

레이첼은 헐떡거리며 말했고 눈 위로 흘러내린 땀에 젖은 머리를 쓸어 올렸다. 가슴속에서 심장이 격렬하게 뛰었다.

"그러면 제가 전화하길 기다리지 마시고 가시죠. 물론 전화는 하겠지만 그래도 빨리 뛰어가시는 게 좋겠습니다."

레이첼은 달리지 않았다. 더 이상 그럴 힘이 없었다. 하지만 최선을 다했다. 에스컬레이터는 밤이라 작동되지 않았고, 그녀는 계단을 쿵쾅거리며 뛰어 올라가며 입에서 단내가 나는 것을 느꼈다. 그녀는 보안 검문소에 도착해 놀란 여자 경비원에게 가방을 던지다시피 하고 가방이 컨베이어 벨트를 나오는 동안 주먹을 쥐었다 폈다 하면서 기다렸다. 가방이 엑스레이 칸막이에서 완전히 나오기도 전에 그녀는 가방 끈을 낚아채서 다시 달리기 시작했는데 가방이 그녀 뒤에서 휘날리며 그녀의 엉덩이를 계속 때렸다.

그녀는 달리면서 모니터 하나를 힐끔 보았다.

'104 비행편 포틀랜드 11:25 예정 31번 탑승구 탑승.'

31번 탑승구는 중앙 홀의 끝에 있었고 그녀가 달려가면서 모니터를 보는 순간 탑승이라고 단정하게 씌어진 글자가 출발로 바뀌면서 빠르게 번쩍거렸다.

좌절에 찬 신음소리가 그녀에게서 터져 나왔다. 그녀는 탑승구 구역으로 달려가서 탑승구 안내원이 104 비행편 보스턴—포틀랜드 11:25분이라고 씌어진 표지를 막 치우는 것을 봤다.

"출발했나요?"

그녀는 믿을 수 없다는 듯이 물었다.

"정말로 출발했어요?"

안내원은 그녀를 동정하는 눈빛으로 바라보았다.

"11시 40분에 제트웨이를 나갔어요. 죄송합니다, 손님. 위로가 될지 모르겠군요. 정말 힘들게 오셨는데."

그는 넓은 유리창을 가리켰다. 레이첼은 델타 표시가 그려진 크리스마스트리처럼 환하게 불을 밝힌 대형 727 여객기가 이륙을 시작하는 것을 볼 수 있었다.

"어쩜, 내가 온다고 누군가가 전화하지 않았어요?"

레이첼이 소리쳤다.

"아래층 직원이 전화했을 때 104편은 이미 유도로에 나와 있었습니다. 만일 비행기가 돌아오도록 방송했다면 그 비행기는 30번 활주로에서 꼼짝 못했을 것이고 조종사는 날 잡아먹으려고 했을 것입니다. 100명 정도 되는 승객들은 말할 필요도 없고요. 정말 죄송합니다. 4분만 일찍 오셨어도……."

그녀는 더 이상 듣지 않고 걸어 나왔다. 그녀는 보안 점검대로 반쯤 돌아왔을 때 현기증이 밀려오는 것을 느꼈다. 그녀는 또 다른 탑승구 구역으로 비틀거리며 걸어가서 그 암흑이 지나갈 때까지 앉아 있었다. 그런 다음 갈기갈기 찢긴 한쪽 스타킹 바닥에서 찌그러진 담배꽁초 하나를 떼어 냈다. 발이 더럽지만 그 딴 거 생각할 때가 아니라고 그녀는 절망적으로 생각했다.

그녀는 다시 터미널을 향해 걸어갔다.

그 경비원이 그녀를 동정 어린 눈빛으로 바라보았다.

"놓치셨나요?"

"네, 놓쳤어요."

레이첼이 말했다.

"어딜 가시는 길이었죠?"

"포틀랜드, 다음엔 뱅거예요."

"그럼, 차를 빌리는 게 어떠세요? 꼭 가야 한다면 말이죠, 그러신 거죠? 보통 때 같으면 공항 근처의 호텔에 묵으시라고 권하겠지만, 손님은 꼭 가지 않으면 안 될 사람처럼 보이는군요."

"네, 맞아요."

레이첼은 그것을 생각해 보았다.

"그래요. 그렇게 하는 것이 좋을 것 같네요, 그렇죠? 렌터카 업체에 차가 있다면 말이죠."

경비원이 웃었다.

"이런, 차야 많이 있죠. 로간 터미널에서 차를 못 구하는 경우는 안개 낄 때뿐이에요. 사실 안개가 자주 끼기는 하죠."

레이첼은 그녀의 말을 거의 듣고 있지 않았다. 그녀는 이미 마음속으로 계산하고 있었다.

그녀는 자살하는 거나 다름없는 속도로 유료 고속도로를 총알처럼 달린다고 해도 뱅거행 비행기를 타기 위해 제 시각에 포틀랜드에 도착하지 못할 것이다. 그러니 곧장 끝까지 운전해서 갈 생각을 해야 한다. 얼마나 오래? 그것은 얼마나 가야 하느냐에 달려 있다. 400킬로미터, 그것이 머릿속에 떠오른 수치였다. 아마 저드가 그렇게 말한 것 같기도 하다. 적어도 12시 25분, 어쩌면 밤 12시 30분은 돼야 그녀는 출발할 수 있을 것이다. 모두 유료 고속도로였다. 그녀는 속도위반으로 체포되지 않으면서 100킬로미터 남짓한 속도로 끝까지 갈 수 있는 확률이 높을 것이라고 생각했다. 그녀는 빠르게 그 수치를 마음속에 떠올리면서 400을 105로 나눴다. 채 네 시간은 되지 않는다. 그럼…… 우수리 없이 네 시간으로 하자. 한 번은 멈춰서 화장실에 가야 한다. 그리고 지금은 결코 잠이 안 올 것 같지만 블랙커피 한 잔은 마실 수 있도록 멈춰야 한다고 생각할 만큼 그녀는 자신의 체력을 잘 알고 있었다. 그걸 감안하더라도 그녀는 동트기 전에 러들로에 도착할 수 있었다.

곰곰이 이런 생각을 하면서 그녀는 계단으로 향했다. 차를 빌려주는 곳은 중앙 홀에서 한 층 밑에 있었다.

"행운을 빌어요, 아가씨. 몸조심하세요."

경비원이 외쳤다.

"고마워요."

레이첼이 말했다. 그녀는 자신이 행운을 받을 자격이 있다고 생각했다.

냄새가 먼저 그를 덮치면서 그는 뒤로 물러서서 구역질을 했다. 그는 무덤 가장자리에 매달려 힘겹게 숨을 몰아쉬었고 이제 참을 만하다는 생각이 들었을 때 저녁에 먹은 양 많고 맛없는 음식이 한꺼번에 올라왔다. 그는 무덤에서 멀리 떨어진 곳에서 토하고 나서 머리를 땅에 대고 헐떡거렸다. 마침내 메스꺼움이 사라졌다. 그는 이를 악물고 겨드랑이에 낀 손전등을 꺼내 열린 관 위로 비췄다.

거의 경외심에 가까운 깊은 공포가 그를 엄습했다. 이건 대개는 최악의 악몽, 즉 깨어나면 거의 기억할 수 없는 종류의 악몽에나 어울리는 두려움이었다.

게이지의 머리가 없었다.

손이 너무나 심하게 흔들려서 루이스는 양손으로 손전등을 잡아야 했고, 마치 경찰관이 목표 범위 내에서 자신의 군용 리볼버를 쥐도록 교육받는 것과 같은 식으로 손전등을 쥐고 있었다. 아직 손전등의 불빛은 이리저리 흔들리고 있었고 잠시 후에야 그는 간신히 만년필처럼 가느다란 불빛을 다시 무덤에 겨눌 수 있었다.

이럴 순 없어. 그는 자신에게 말했다. 네가 보았다고 생각하는 일은 있을 수 없는 일이라는 것을 꼭 기억해.

그는 천천히 좁다란 불빛을 게이지의 90센티미터 정도의 몸 위로 움직였다. 새 신발에서 양복바지, 작은 외투(아, 맙소사, 두 살짜리는 양복 입을 일이 있어선 안 되는 것이다), 그리고 풀어놓은 칼라 그리고…….

그의 숨 막힌 소리가 너무 격분해서 헐떡거리지조차 못하며 거칠게 새어 나왔고, 게이지의 죽음에 대한 모든 분노가 갑자기 밀려오면서, 초자연적인 것에 대한 공포와 그가 미치광이의 세계로 들어섰다는 점점 커져 가던 확신이 모두 사라졌다.

루이스는 뒷주머니를 더듬어서 손수건을 찾아 꺼냈다. 한 손으로 전등을 쥔 채, 그는 무덤 안으로 몸을 기울이면서 균형을 잃을 뻔했다. 만일 그레이브 라이너의 덮개 중 하나가 떨어진다면 틀림없이 아이의 목을 부러뜨릴 것이다. 그는 손수건을 사용해서 게이지의 얼굴에 자라나기 시작한 축축한 이끼를 부드럽게 닦아 냈다. 이끼가 너무 검어서 순간적으로 게이지의 얼굴이 사라진 줄 알았던 것이다.

이끼는 축축했지만 얼굴을 얇게 덮고 있을 뿐이었다. 그는 예상했어야 했다. 그동안 비가 왔고 그레이브 라이너는 방수가 되지 않는다. 불을 양 옆으로 비춰 보고서 루이스는 관이 얕은 웅덩이 속에 누워 있는 것을 보았다. 그 가볍고 끈적거리는 이끼 밑으로 아들의 얼굴이 보였다. 장의사는 그 끔찍한 사건 뒤에 관이 열리지 않을 것임을 알고 있었지만, 그런데도 최선을 다해 조치를 취해 놓았다. 장의사들은 거의 항상 그랬다. 아들을 바라보고 있노라니 마치 서투르게 만든 인형을 보고 있는 것 같았다. 게이지의 머리는 이상한 방향으로 불거져 있었다. 그의 눈은 닫힌 눈까풀 밑으로 깊숙이 가라앉아 있었다. 뭔가 하얀 것이 마치 선천성 색소 결핍증이 있는 혓바닥처럼 그의 입에서 삐죽이 나와 있었고, 루이스는 처음에는 장의사들이 너무 많은 방부 처리액을 써서 그럴 것이라고 생각했다. 그것은 다루기에 매우 까다로운 물질이었고 아이에게 사용할 때는 얼마나 써야 충분한지…… 또는 지나치게 많지 않은지 분간하기가 거의 불가능했다.

그러다가 그는 그것이 솜이라는 것을 깨달았다. 그는 손을 뻗어 그것을 아이의 입에서 뺐다. 게이지의 입술, 이상하게 느슨하고 너무 짙고 커 보이는 입술이 희미하지만 들을 수 있는 딱 소리를 내며 닫혔다! 그는 그 솜을 무덤에 던졌다. 그것은 이제 얕은 웅덩이에 둥둥 떠서 기분 나쁜 하얀 빛을 반사했다. 이제 게이지의 한쪽 볼은 홀쭉한 노인의 얼굴 같았다.

"게이지." 그가 속삭였다. "이제 널 꺼내 줄게, 알았지?"

그는 12시 30분에 묘지를 한 바퀴 돌아보는 관리인이든 누구든 지금은 아무도 여기에 오지 않도록 기도했다. 잡히느냐 마느냐의 문제가 아니었다. 만일 그가 여기 이 무덤 속에서 이 으스스한 작업을 하는 동안 누군가의 손전등 불빛이 그를 비추고 들어온다면 그는 구부러지고 긁힌 가래를 들고서 그 침입자의 두개골을 꿰뚫어 버릴 참이었다.

그는 게이지의 몸 아래 두 팔을 넣었다. 게이지의 몸은 한쪽에서 반대쪽으로 뼈 없는 연체 동물처럼 축 늘어졌고, 갑자기 그는 무시무시한 생각이 들었다. 그가 게이지를 들어 올릴 때 게이지의 몸이 산산조각 나 부러진 조각만 들고 있게 될 것이라는 확신이었다. 그는 그레이브 라이너 옆에 서서 조각난 게이지의 몸을 안고 비명 지를 것이다. 그리고 그렇게 해서 그는 발각될 것이다.

계속해, 이 겁쟁이야, 계속하란 말이야!

그는 악취와 축축함을 의식하면서 매일 밤 욕조에서 아이를 들어 올리던 식으로 게이지를 팔 위로 들어 올렸다. 게이지의 머리는 그의 등 중간까지 축 늘어졌다. 루이스는 게이지의 머리를 어깨에 고정시키는 꿰맨 자국들이 입을 벌린 조그만 원들을 보았다.

거친 숨을 쉬면서 악취와 아들의 비참하게 뭉개진 몸에서 느껴지는 뼈 없는 연체동물 같은 물렁물렁한 느낌 때문에 속이 뒤집힐 듯한 것을 참으며 그는 간신히 아들의 몸을 관에서 꺼냈다. 마침내 그는 무릎에 아들의 시신을 안고 무덤 가장자리에 앉아 있었고, 그의 발은 구덩이 속에서 대롱대롱 흔들렸고 얼굴엔 핏기 하나 없었으며 눈은 검은 구멍이었고, 입은 공포와 연민과 슬픔으로 떨리며 팽팽하게 말려 있었다.

"게이지."

그가 말하면서 안고 있는 아이를 가만히 얼러 주기 시작했다.

게이지의 철사처럼 생기 없는 머리카락이 루이스의 손목을 덮었다.

"게이지, 다 괜찮을 거야, 맹세하마. 게이지. 다 괜찮을 거야. 이제 끝날 거야. 오늘 밤이 바로 그 밤이야. 게이지. 사랑한다. 아빠는 너를 사랑한단다."

루이스는 아들을 얼렀다.

2시 15분이 되자 루이스는 묘지를 떠날 준비가 되었다. 시신을 다루는 것이 가장 힘들었다. 이 순간이 내부의 우주 비행사인 자신의 마음이 허공 속으로 가장 멀리 떠돌던 때인 것 같았다. 그래도 이제 쉬면서 지친 근육이 경련을 일으키고 허리가 욱신욱신 쑤시자 루이스는 돌아갈 수 있겠다고 생각했다. 왔던 길을 모두 돌아가는 것이다.

루이스는 아들의 시신을 방수포에 올려놓고 그걸로 쌌다. 그는 그것을 긴 반창고 테이프로 봉하고 밧줄을 두 개로 잘라서 양쪽 끝을 단정하게 묶었다. 한 번만 더 돌돌 만 꾸러미를 가지고 가면 그걸로 끝이다. 그는 관을 닫고 잠시 생각한 후에 다시 관을 열고 구부러진 가래를 안에 넣었다. 플래즌트뷰가 그 유물을 간직하도록 놔두자. 그의 아들은 여기 두지 않을 것이다. 그는 관을 닫고 시멘트로 만든 그레이브 라이너 덮개의 반쪽을 내려놓았다. 그는 나머지 반쪽도 그냥 떨어뜨릴까 생각했지만 부서질까 봐 두려웠다. 잠깐 고민한 끝에 그는 자신의 벨트를 철 고리에 끼워서 그것을 이용해 시멘트로 만든 사각형 뚜껑을 제자리에 조심스럽게 내려놓았다. 그런 다음 그는 삽으로 구덩이를 메우기 시작했다. 지면과 평평하게 구덩이를 메울 만큼 흙이 충분하지 않았다. 이상하게 굴곡진 무덤 모양이 사람들의 관심을 끌 수도 있었다. 혹은 아닐 수도 있었다. 관심을 끌고 나서 그냥 지나갈 수도 있었다. 오늘 밤에는 그것에 대해 생각하거나 걱정하지 않을 것이다. 아직도 일이 많이 남았다. 더 많은 힘든 일이. 그리고 그는 너무나 지쳤다.

헤이호. 자, 가자고.

"가자고."

루이스가 중얼거렸다.

바람이 나무들을 스쳐 가며 짧고 날카로운 쇠 소리를 질렀고 루이스는 불안하게 주위를 둘러보았다. 그는 삽과 아직 써야 할 곡괭이와 장갑과 손전등을 꾸러미 옆에 놓았다. 손전등을 켜고 싶은 유혹이 있었지만 그는 애써 참았다. 시신과 도구들을 남겨 두고서 왔던 길을 되돌아가 5분 후에 높은 연철 담장에 도착했다. 거기 길 맞은편 모퉁이에 그의 혼다가 주차되어 있었다.

루이스는 잠시 그것을 바라보다가 다른 방향으로 나아갔다.

이번에는 문에서 멀리 떨어져서 연철 담장을 따라 메이슨 거리에서 직각으로 방향이 틀어질 때까지 걸었다. 거기에 하수구가 있었고 루이스는 그 속을 들여다보았다. 그가 본 광경에 그는 몸서리쳤다. 그곳에는 썩어 가는 꽃다발들이 반복되는 비와 눈에 씻겨서 차곡차곡 쌓여 있었다.

하느님.

아니지, 하느님이 아니야. 이것들은 그리스도보다 훨씬 더 이전의 신을 달래기 위해 만들어진 것이야. 사람들은 시대마다 다른 이름으로 그것을 불렀지만, 내 생각엔 레이첼의 언니가 그에게 가장 완벽한 이름을 지어 줬지. 위디한 오즈의 마법사, 땅 위에 남겨진 죽은 것들의 신, 하수구에 남아 있는 썩은 꽃들의 신, 수수께끼의 신.

루이스는 마치 최면에 걸린 것처럼 그 수로를 내려다보았다. 마침내 그는 약하게 숨을 몰아쉬면서 시선을 뗐다. 의식이 돌아온 사람이 내쉬는 숨이나 마지막 열 번을 세면서 최면술사의 최면에서 깨어나는 사람이 쉬는 숨 같았다.

그는 계속 걸어갔다. 얼마 못 가서 그가 찾고 있던 것을 발견했고 그는 게이지의 장례식을 치른 바로 그날 자신이 이곳에 대한 정보를 마음속에 저장해 뒀을 것이라고 짐작했다.

여기 바람 부는 어둠 속에서 거대한 모습을 드러낸 것은 묘지의 납골당이었다.

굴착기로도 얼어붙은 땅을 팔 수 없을 만큼 추운 겨울에는 이곳에 관을 두었다. 이곳은 또한 일이 몰릴 때도 사용되었다.

가끔씩 '차가운 관습'이 그렇게 몰려들 때가 있다는 것을 루이스는 알고 있었다. 인구에 관계없이 한 지역에서 아무런 이유 없이 많은 사람들이 한꺼번에 죽는 때가 있었다.

"다 맞아떨어지게 돼 있어." 칼 삼촌이 그에게 말했다. "루, 만약 오월에 2주 정도 장례식이 한 건도 없으면, 11월 한두 주 정도는 장례식을 열 번 치르게 되리라는 것을 예상할 수 있지. 11월은 아주 드물고 크리스마스 전후에도 결코 없어. 사람들은 항상 이때 사람이 많이 죽을 거라고 생각하지만. 크리스마스 우울증에 관한 말은 다 헛소리라고. 아무 장의사나 붙잡고 물어봐. 대부분의 사람들은 크리스마스 때는 정말 행복해 하고 그래서 살고 싶어해. 그래서 그들은 살지. 우리들이 바빠지는 건 주로 2월이야. 독감이 노인들을 잡아가고 물론 폐렴도 있지. 하지만 그게 다가 아니야. 마치 미친 사람처럼 1년이나 1년 반 동안 암과 싸운 사람들이 있어. 그러고 나서 그 악명 높은 2월이 찾아오면 그들은 지치고 암이 그런 사람들을 그냥 깔개처럼 말아 버리지. 1월 31일에는 소강상태에 있으면서 마치 병세가 호전된 것처럼 느끼곤 해. 2월 24일이 되면 그들은 묻혀. 2월에 사람들은 심장마비를 일으키고, 뇌졸중을 일으키고, 신장이 말을 듣지 않게 되는 거야. 2월은 안 좋은 달이야. 사람들은 2월에 지쳐. 우리 업계에서는 그것에 익숙해져 있어. 하지만 그러고 나선, 어떤 이유에선지 똑같은 일이 6월이나 10월에 일어나. 8월은 절대 아니야. 8월엔 별로 장례식이 없어. 가스 본관이 폭발하거나 시내버스가 다리에서 굴러 떨어지지 않는 한 8월에는 결코 납골당이 채워지지 않아. 하지만 2월에는 관들을 3층으로 쌓아 두고, 그 빌어먹을 아파트를 빌리기 전에 빨리 날씨가 풀려서 관을 묻을 수 있게 되기를 미친 듯 빌게 되지."

칼 삼촌은 웃었다. 그리고 루이스 역시 의대 강사들과도 느끼지 못하는 일종의 공범 의식을 느끼며 함께 웃었다.

납골당의 이중문은 언덕의 풀로 뒤덮인 둔덕 위에 있었는데 부풀어 오른 여인의 가슴처럼 자연스럽고 매력적인 모습이었다. 루이스가 추측하기에 자연적인 것이 아니라 인공으로 만든 이 언덕은 가장 높은 곳이 연철 담장에 있는 화살 모양의 장식 끝보다 오륙십 센티미터 정도 아래에 있었다. 담장은 제일 꼭대기에서도 언덕의 굴곡을 따라 솟아오르지 않고 원래의 높이를 그대로 유지했다.

루이스는 주변을 둘러본 후 비탈길을 기어 올라갔다. 맞은편은 텅 빈 공터였는데 전부 다해서 2000평 정도 됐다. 아니다…… 완전히 비어 있지는 않았다. 따로 떨어진 헛간처럼 부속 건물이 한 채 있었다. 아마 묘지 소유일 거야. 루이스는 생각했다. 저기가 바로 사람들이 장비를 넣어 두는 곳일 터이다.

죽 늘어선 오래된 고목나무와 단풍나무들의 움직이는 나뭇잎 사이로 가로등 불빛이 비쳤다. 이 나무들이 이곳을 메이슨 거리로부터 가리고 있었다. 루이스는 어떤 다른 움직임도 감지하지 못했다.

그는 넘어져서 또 무릎을 다칠까 두려워 엉덩이를 대고 죽 미끄러져 내려와 아들의 무덤으로 돌아갔다. 그는 돌돌 말아 놓은 방수포에 걸려 넘어질 뻔했다. 그는 한 번은 시신을 옮기기 위해, 또 한 번은 도구를 옮기기 위해 두 번 왕복해야 한다는 것을 알았다. 그는 허리를 구부리고서 아우성치는 통증에 얼굴을 찡그리며 딱

딱한 캔버스 두루마리를 팔에 안았다. 그는 그 두루마리 속에서 게이지의 몸이 이리저리 움직이는 것을 느끼며 계속 그가 미쳤다고 마음속에서 속삭이는 소리를 꿋꿋하게 무시했다.

그는 두 개의 철문이 달린 플래즌트뷰의 납골당이 있는 언덕으로 아들의 시신을 운반했다. 그 문들은 기괴하게도 차가 두 대 들어가는 차고처럼 보이게 만들어졌다. 그는 지금 밧줄도 없는 상황에서 저 가파른 언덕 위로 20킬로그램이나 되는 꾸러미를 어떻게 올릴 것인지 생각한 후 준비를 했다. 그는 뒤로 물러섰다가 비탈을 향해 달리면서 몸을 앞으로 숙여 최대한 위로 올라갈 수 있도록 했다. 그는 발밑의 짧고 매끈매끈한 풀을 밟고 미끄러지기 전에 거의 꼭대기까지 올라왔고 아래로 미끄러지기 시작하면서 캔버스 두루마리를 최대로 위쪽으로 던졌다. 그것은 거의 언덕 꼭대기에 떨어졌다. 그는 비탈길을 다시 기어 올라가서 주변을 둘러본 후, 아무도 보이지 않자 돌돌 말린 방수포를 담장에 기대어 세워 놓았다. 그런 다음 그는 나머지 물건을 가지러 돌아갔다.

그는 다시 언덕을 올라와서 장갑을 낀 후 손전등, 곡괭이 그리고 삽을 방수포 옆에 쌓아 놓았다. 그러고 나서 담장의 창살에 기대어 무릎에 손을 얹은 채 쉬었다. 레이첼이 크리스마스 선물로 준 새 디지털시계는 2시 1분을 가리키고 있었다.

그는 5분 동안 물건들을 다시 정리한 후 담장 너머로 삽을 던졌다. 그는 그것이 쿵 소리를 내며 잔디 위로 떨어지는 것을 들었다. 그는 손전등을 바지 주머니에 넣으려고 했지만 들어가지 않았다. 그는 그것을 두 개의 창살 사이로 끼워 넣고 언덕을 굴러 내려가는 소리를 들으면서 돌에 부딪혀서 깨지지 않기를 바랐다. 배낭을 가져왔더라면 좋았을 텐데 하고 아쉬워했다.

그는 재킷에 있는 호주머니에서 반창고 테이프를 꺼내서 곡괭이 자루를 캔버스 두루마리에 붙이고 테이프를 거듭 감아 곡괭이의 금속 자루와 캔버스 두루마리가 단단하게 고정되도록 했다. 그는 테이프가 끝날 때까지 그렇게 감고 난 후 빈 테이프 곽은 주머니에 넣었다. 그는 그 꾸러미를 들어서 담장 위로 올린 다음 쿵 떨어지는 부드러운 소리에 질겁했다.

이제 그는 한쪽 다리를 담장 너머로 넘긴 다음 그 화살 모양의 끝 부분 두 개를 잡은 후 다른 쪽 다리를 넘겼다. 그는 죽 미끄러져서 담장의 창살 사이에 있는 흙에 발가락을 딛고 섰다가 땅으로 넘어졌다.

그는 언덕 저편으로 가서 풀 속을 뒤졌다. 삽은 금방 찾았다. 나무 사이로 비쳐 오는 가로등 불빛을 받아 삽날에서 희미한 빛이 반사되고 있었다. 손전등을 찾기가 좀 힘들었다. 잔디 위에서 그것이 얼마나 멀리 굴러갈 수 있었을까? 그는 기어 다니면서 그 무성한 풀 속을 뒤졌고 그의 숨과 심장 박동은 무척 큰 소리를 내고 있었다.

마침내 그는 그것을 찾았다. 원래 있을 것으로 추측한 곳에서 1.5미터쯤 떨어진 곳에서 가늘고 검은 그림자를 찾아냈다. 마치 언덕이 묘지 납골당을 가리고 있는 것처럼 원래의 모양을 알아보기 힘들었다. 그는 그것을 쥐고 펠트 천을 씌운 렌즈 위로 손을 가린 채 스위치를 숨기고 있는 작은 고무 꼭지를 눌렀다. 손바닥이 잠시 환해지자 그는 그것을 껐다. 손전등은 괜찮았다.

그는 주머니칼을 사용해서 곡괭이를 캔버스 두루마리에서 떼어 냈고 도구들을 잔디 사이에 있는 나무에 갖다 놓았다.

그는 가장 큰 나무 뒤에 서서 메이슨 거리의 양쪽 길을 바라보았다. 길에는 아무도 없었다. 거리 전체에서 단 하나의 불빛을 보았는데 한 이층 방에서 나오는 사각형의 황금색 불빛이었다. 불면증에 걸린 사람이거나 환자일 것이다.

달리지는 않았지만 빠르게 움직이면서 루이스는 보도로 들어섰다. 침침한 묘지에 있다가 나오자 가로등 불빛에 무방비로 노출된 듯한 기분을 느꼈다. 뱅거에서 두 번째로 큰 묘지에서 몇 미터 떨어지지 않은 곳에서 삽과 곡괭이와 손전등을 팔에 안고 그가 여기에 서 있다. 만약 누군가가 지금 그를 본다면 너무 뻔한 추리를 하게 될 것이다.

그는 뒤꿈치에서 딸각거리는 소리를 내며 급하게 거리를 건넜다. 겨우 50미터 밑에 바로 그의 혼다 자동차가 있었다. 루이스에게는 그것이 5킬로미터처럼 보였다. 땀을 흘리며 그는 다가오는 차의 엔진에서 나오는 소리, 자신이 아닌 다른 사람의 발자국 소리, 아마도 창문이 열리는 거친 소리 같은 것을 의식하면서 차를 향해 걸었다.

그는 차에 도착해서 곡괭이와 삽을 옆에 세워 두고 열쇠를 더듬어 찾았다. 열쇠는 양쪽 주머니에 다 없었다. 그의 얼굴에서 다시 땀이 흘러내리기 시작했다. 심장이 다시 뛰기 시작했고 미쳐 날뛰려는 공포감을 억누르느라 그는 이를 악물었다.

그가 나뭇가지에서 떨어져 묘지 표지판에 무릎을 부딪히고 굴렀을 때 열쇠를 떨어뜨린 게 분명했다. 그의 열쇠는 풀밭 위 어딘가에 있을 것이고 손전등을 찾는데도 그렇게 힘들었는데 어떻게 열쇠를 찾기를 바랄 수 있단 말인가? 다 끝났다. 한 번의 불운으로 다 끝나 버렸다.

잠깐 기다려, 제기랄, 잠깐만 기다리라고. 호주머니를 다시 뒤져 봐. 잔돈이 그대로 있잖아. 잔돈이 떨어지지 않았다면 열쇠도 떨어지지 않은 거야.

이번에 그는 천천히 호주머니를 뒤지면서 잔돈을 꺼내고 심지어 빈 호주머니를 뒤집어 보기까지 했다.

열쇠는 없었다.

루이스는 차에 기대어서 이제 어째야 할지 생각했다. 다시 기어 올라가야 할 것 같았다. 아들을 있던 자리에 놔두고 손전등을 가지고 다시 기어 올라가 밤새 소득 없이 찾아 헤매는 짓을…….

그의 지친 마음이 갑자기 환해졌다.

그는 허리를 구부려 자동차 안을 들여다보았다. 점화 스위치에 그의 열쇠가 대롱대롱 매달려 있었다.

그는 나지막하게 투덜대면서 운전석으로 돌아가 차 문을 재빨리 연 후 열쇠를 꺼냈다. 마음속에서 갑자기 주먹코에 구식 모자를 쓴, 그에게는 엄격한 아버지 같은 존재였던 칼 몰든의 권위적인 목소리가 들렸다. 차를 잠가라. 열쇠를 꼭 챙기고. 착한 아이가 타락하도록 돕지 마라.

그는 차 뒤편으로 가서 짐칸을 열었다. 그는 곡괭이, 삽 그리고 손전등을 넣은 후 문을 쾅 닫았다. 보도에서 10미터 정도 내려갔을 때 그는 열쇠가 기억났다. 이번에는 짐칸 자물쇠에 열쇠를 꽂아 놓고 와 버렸다.

병신! 그는 자신을 가혹하게 야단쳤다. 이렇게 병신 짓 할 거면

이 일은 그만두는 게 좋을 거야!

그는 다시 돌아가서 열쇠를 챙겼다.

그가 게이지를 안고 메이슨 거리에 다 이르렀을 때 어딘가에서 개 한 마리가 짖기 시작했다. 단순히 짖기만 하는 게 아니었다. 그것은 소리를 길게 울리며 짖기 시작했고 '아우우우! 아우우우!' 하는 거친 소리가 거리를 채우기 시작했다.

그는 나무 뒤에 서서 다음에 무슨 일이 벌어질지 그리고 어떻게 해야 하나 당혹스러워 했다. 그는 그곳에 서서 거리 위아래로 불빛들이 모두 켜질 것이라고 예상했다.

사실 불은 단 한 개, 루이스가 서 있는 그늘 바로 맞은편에 있는 집에서 켜졌다.

잠시 후 누군가가 쉰 목소리로 소리를 질렀다.

"조용히 해, 프레드."

아우우우우우우우! 프레드가 대답했다.

"조용히 좀 하게 해, 스캘런. 아니면 경찰을 부를 거야."

루이스가 있는 거리 쪽에서 누군가가 소리를 질러서 그는 놀라 펄쩍 뛰었고 거리가 비어 있다고 생각한 게 얼마나 큰 착각이었는지 깨달았다. 주위에는 사람들이 있었고, 수백 개의 눈이 있었으며 그 개가 유일한 아군인 잠을 공격하고 있었다. 망할 놈의 프레드. 그는 생각했다. 망할 놈.

프레드는 또 다른 노래를 시작했다. 아우우 소리를 내기 시작했고 나머지 우우우 소리를 시작하기도 전에 세게 때리는 소리가 들리고 낮게 낑낑거리며 우는 소리가 났다.

희미하게 문이 쾅 닫히는 소리가 난 후 정적이 찾아왔다. 프레드의 집에서 흘러나오던 불빛은 잠시 그대로 있다가 찰깍 소리를 내며 꺼졌다.

루이스는 그늘 속에 그대로 서서 기다리고 싶은 강한 충동을 느꼈다. 물론 그 소란이 완전히 가라앉을 때까지 기다리는 것이 나을지도 몰랐다. 하지만 시간이 달음박질치고 있었다.

그는 꾸러미를 안고 거리를 건너 차로 걸어가면서 아무도 없는 것을 확인했다. 프레드는 평온을 유지했다. 그는 한 손으로 꾸러미를 잡고 열쇠를 꺼내 짐칸을 열었다.

게이지가 짐칸에 들어가지 않았다.

루이스는 꾸러미를 세로로, 가로로 그리고 비스듬히도 넣어 보았다. 자동차 짐칸이 너무 작았다. 꾸러미를 구부려서 짐칸 안에 넣을 수도 있었다. 게이지도 개의치 않으리라. 하지만 루이스는 차마 그렇게 할 수 없었다.

어서, 어서, 어서, 여기를 뜨자고. 더 이상 운을 재촉하지 말자.

하지만 그는 거기에 서서 어찌할 바를 모른 채 아무 생각도 없이 아들의 주검이 담긴 꾸러미를 안고 있었다. 그러다 그는 다가오는 차 소리를 듣고 정말 아무 생각 없이 그 꾸러미를 조수석 쪽으로 가지고 가서 문을 열고 꾸러미를 그 의자에 밀어 넣었다.

그는 문을 닫고 차 뒤편으로 뛰어가서 짐칸의 문을 쾅 닫았다. 그 차는 교차로를 바로 지나갔고 루이스는 취한 목소리들의 와 하는 환성을 들었다.

그는 운전석에 앉아서 차를 출발시키며 헤드라이트 스위치를 향해 손을 뻗었을 때 갑자기 끔찍한 생각이 들었다. 만약 게이지가 뒤를 향해 있고 무릎과 엉덩이에 있는 관절이 엉뚱한 쪽으로 구부러져 있다면? 그의 움푹 꺼진 눈이 앞 유리를 보는 게 아니라 뒤쪽 유리창을 보고 있다면?

그게 뭐가 중요해? 그의 마음은 기진맥진해서 생겨난 격한 분노를 느끼며 대답했다. 그런 생각 좀 그만두지 못하겠어? 아무 문제될 것 없어.

하지만 중요하다. 정말 중요한 일이다. 저기 있는 건 수건 더미가 아니라 게이지란 말이야!

그는 손을 뻗어 캔버스 방수포에 손을 대고 부드럽게 누르면서 그 밑에 있는 윤곽을 더듬어 보기 시작했다. 그는 그 특별한 물체가 무엇인지 판단하려고 애쓰는 장님같이 보였다. 마침내 그는 게이지의 코일 수밖에 없는 튀어나온 부위를 만졌는데 앞을 향해 있었다.

그제야 그는 차를 출발시켜 러들로로 돌아가는 25분의 드라이브를 시작할 수 있었다.

그날 새벽 한시에 저드 크랜덜의 전화가 빈집에 날카로운 소리를 내며 울리면서 그를 깨우기 시작했다. 그는 졸면서 꿈을 꾸고 있었는데 꿈속에서 그는 스물세 살이었고 B&A 철도 연결기 차고에서 조지 채핀과 르네 미쇼드와 함께 긴 의자에 앉아 있었다. 이 세 명은 수입 인지가 붙은 새로 구한 밀주인 조지아 샤거 위스키 한 병을 돌려 가며 마시고 있었는데 밖에서는 북동풍이 B&A의 철도 차량까지 포함해서 움직이는 모든 것들의 소리를 잠재우면서 거칠고 날카롭게 불고 있었다. 그래서 그들은 배가 불룩 나온 난로 주변에 앉아 위스키를 마시면서 석탄의 빨간 불빛이 흐릿한 아이징글라스 뒤에서 일렁이며 바닥에 다이아몬드 모양의 그림자를 던지는 것을 바라보고 소년들이 침대 밑에 보관해 두는 시시한 보물들처럼 남자들이 수년 동안 마음속에 간직한 이야기들, 오늘 밤 같은 밤들을 위해 그들이 남겨 뒀던 이야기들을 하고 있었다. 난로의 불빛처럼 이 이야기들은 한가운데에 빨간 불빛이 있고 바람이 그 주변을 휘감고 있는 어두운 이야기들이었다. 그는 스물세 살이었고 노마는 원기왕성하게 살아 있었다. 비록 지금은 잠자리에 들었겠지만. 그녀는 이런 험악한 밤에 그가 집에 돌아올 것이라고 생각하지 않았을 것이다. 르네 미쇼드는 벅스포트에 있는 한 유대인 행상에 대해 말하고 있었는데 그는…….

그때 바로 전화벨이 울리기 시작했고 그는 소스라쳐 의자에서 일어나다가 뻐근한 목 때문에 움찔하면서 마치 돌멩이처럼 흉하고 무거운 것이 자신 속으로 떨어지는 것을 느꼈다. 그것은 스물세 살과 여든세 살 간의 세월, 즉 육십 년의 세월이 그에게 한 번에 떨어지는 것이라고 그는 생각했다. 그리고 그 생각에 뒤이어 다른 생각이 들었다. 넌 자고 있었던 거야, 녀석. 이 철도는 달릴 수 없어…… 오늘 밤은.

그는 일어나서 역시 뻐근해져 있던 허리를 꼿꼿이 세우며 전화를 받으러 갔다.

레이첼이었다.

"저드? 루이스는 집에 왔나요?"

"아니." 저드가 말했다. "레이첼, 어디요? 아까보다 가깝게 들리는데."

"가까운 곳에 있어요."

레이첼이 말했다. 더 가깝게 들리긴 했지만 전화선에서 어렴풋이 윙윙거리는 소리가 났다. 그것은 이곳과 그녀가 어디에 있든 그곳 사이에 있는 바람 소리였다. 오늘 밤은 바람이 거칠었다. 이 소리는 항상 저드에게 죽은 자들의 목소리, 모두가 한숨짓는 소리, 아마 알아듣기엔 조금 멀리 떨어진 곳에서 부르는 노랫소리를 생각나게 했다.

"전 메인 유료 고속도로에 있는 비드포드 휴게소에 있어요."

"비드포드!"

"시카고에 그대로 있을 수 없었어요. 그것이 나도 사로잡기 시작했어요. 엘리를 사로잡은 것이 무엇인지 모르겠지만 나에게도 손길을 미치기 시작했어요. 그리고 당신도 그걸 느끼고 있군요. 목소리에서 느껴져요."

"그랬군."

그는 담뱃갑에서 체스터필드 한 개비를 꺼내 입 가장자리에 물었다. 그는 나무 성냥을 탁 쳐서 켜고는 손이 떨리면서 성냥불이 가물거리는 것을 보았다. 그의 손은 떨린 적이 없었다, 이 악몽이 시작되기 전에는. 밖에서는 어두운 바람이 세차게 불었다. 그 바람은 이 집을 손에 넣고 흔들고 있었다.

힘이 커지고 있는 거야. 느낄 수 있어.

그의 늙은 뼈에 희미한 공포가 서렸다. 마치 실유리같이 가늘고 깨지기 쉬운 공포가.

"저드, 제발 무슨 일이 일어나고 있는지 말해 줘요."

그는 그녀도 알 권리가, 알 필요가 있다고 생각했다. 그리고 그녀에게 얘기할 생각이었다. 결국에는 그녀에게 모든 이야기를 해 줄 것이다. 그는 그녀에게 고리 하나하나가 어떻게 사슬로 연결됐는지 보여 줄 것이다. 노마의 심장마비, 고양이의 죽음, '거기에 누군가 사람을 묻은 적이 있나요?' 라는 루이스의 질문, 게이지의 죽음…… 그리고 루이스가 지금 어떤 고리를 만들고 있는지는 신만이 아실 것이다. 결국 그는 그녀에게 말할 것이다. 하지만 전화로는 아니다.

"레이첼, 어떻게 비행기가 아니라 고속도로에 있는 거요?"

그녀는 어떻게 보스턴에서 비행기 연결 편을 놓쳤는지 설명했다.

"에이비스 차량을 빌리긴 했지만 제가 생각한 시각에 도착하지는 못할 것 같아요. 난 로간에서 유료 고속도로로 넘어오면서 잠깐 헤맸고 이제 겨우 메인이에요. 날이 새기 전까지는 그곳에 도착하지 못할 거예요. 하지만 저드…… 제발, 제발 무슨 일이 일어나고 있는 건지 말해 줘요. 전 너무 무서운데 왜 무서운지 이유도 모르고 있어요."

"레이첼, 내 말 들어요. 포틀랜드로 쭉 가서 거기에서 멈춰요. 내 말 들려요? 모텔에 가서 좀……."

"저드, 전 그럴 수……."

"그리고 잠을 좀 자 둬요. 초조해 하지 마요, 레이첼. 오늘 밤 여기에서 무슨 일이 일어날 수도 있고 그렇지 않을 수도 있어요. 만약 무슨 일이, 내가 생각하는 그 일이 일어난다면 당신은 여기 있고 싶지 않을 거요. 내가 처리할 수 있어요. 지금 일어나는 일은 내 책임이니 내가 책임을 지는 게 낫소. 만일 아무 일도 일어나지 않고 당신이 오늘 오후에 여기 도착하면 그걸로 좋은 거요. 내 생각엔 루이스가 당신을 보면 무척 기뻐할 겁니다."

"난 오늘 밤 잠을 잘 수 없어요, 저드."

"잘 수 있소."

자신도 레이첼처럼 생각했던 것을 떠올리며 그가 말했다. 빌어먹을, 베드로도 예수 그리스도가 잡혀가던 날 밤 같은 생각을 했을 것이다. 보초 근무를 서면서 잠을 잔 것이다.

"그래요, 잘 수 있어요, 레이첼. 만약 당신이 그 망할 놈의 렌터카를 운전하고 가다 졸아서 도로 밖으로 나가떨어져 죽으면 루이스는 어떻게 하라는 거요? 그리고 엘리는?"

"무슨 일이 일어나고 있는지 말해 줘요! 저드, 내게 얘기해 준다면 당신 말을 듣겠어요. 전 알아야 해요!"

"러들로에 도착하면 여기로 와요." 저드가 말했다. "당신 집이 아니라. 여기로 먼저 와요. 내가 아는 모든 것을 말하겠소, 레이첼. 그리고 내가 루이스를 지켜보겠소."

"말해 줘요."

그녀가 말했다.

"아니요, 부인. 전화로는 안 돼요. 말 안 할 거요, 레이첼. 할 수 없어요. 지금 가요. 포틀랜드로 가서 거기서 쉬구려."

저드의 제안을 고려해 보면서 대화가 오랫동안 멈추었다.

결국 그녀가 말했다.

"알겠어요. 당신 말이 맞는 것 같군요, 저드. 그럼, 한 가지만 말해 줘요. 사태가 얼마나 나쁜지만 얘기해 주세요."

"내가 처리할 수 있어요."

저드가 침착하게 말했다.

"나빠질 대로 나빠지긴 했소."

밖에 차의 헤드라이트가 나타나더니 천천히 움직였다. 저드는 반쯤 서서 바라보다가 그 차가 크리드 가를 지나면서 속도를 높여 시야에서 사라지자 다시 앉았다.

"알겠어요." 그녀가 말했다. "나도 짐작했어요. 남아 있는 거리가 마치 머리 위에 돌덩어리를 올려놓은 것 같긴 했어요."

"그 머리 위의 돌덩이는 내려놔요, 부인." 저드가 말했다. "제발, 내일을 위해 몸을 좀 아껴 둬요. 여기 일은 다 잘될 거요."

"모두 얘기해 준다고 약속하신 거죠?"

"그래요. 맥주 한 잔 마시면서 모두 이야기해 주리다."

"그럼, 끊겠어요. 일단은요."

그녀가 말했다.

"그래요, 일단 끊어요."

저드가 동의했다.

"내일 봐요, 레이첼."

그녀가 다른 말을 하기도 전에 저드는 전화를 끊었다.

그는 약장에 카페인 알약이 있는 것을 알았지만 찾을 수 없었다. 그는 섭섭했지만 남은 맥주를 냉장고에 넣고 블랙커피 한 잔으로 만족하기로 했다. 그는 커피를 창가로 가져가 다시 앉아 홀짝거리고 마시면서 밖을 바라보았다.

커피와 레이첼과 나눈 대화가 그를 45분 정도 깨어 있게 했지만 그 다음엔 다시 고개를 끄덕거리기 시작했다.

보초 근무 서면서 자면 안 되지, 늙은이. 그것이 널 마음대로 하도록 내버려 두고 있는 거야. 넌 뭔가를 샀고 이제 그에 대한 대가를 치러야 해. 그러니 보초 근무를 서면서 자면 안 돼.

그는 다시 졸고 있는 자신을 발견하고 깜짝 놀라 잠에서 깨서, 갑작스럽게 자신의 얼굴을 귀가 울릴 때까지 손으로 이쪽저쪽 마구 때렸다. 이제 그의 마음속에 있던 공포, 그 비밀의 장소에 침입했던 암행의 방문객이 깨어났다.

그것이 나를 잠들게 하고 있어…… 최면을 걸고 있어…… 뭔가가. 내가 깨어 있기를 바라지 않아. 그가 곧 돌아올 거니까. 그래. 그게 느껴져. 그것은 내가 방해가 되지 않기를 바라고 있군.

"안 돼."

그가 엄하게 말했다.

"절대 안 돼, 내 말 들려? 내가 이걸 멈출 거야. 이건 도가 지나쳐."

바람이 처마 밑에서 흐느껴 울었고 도로 맞은편에 있는 나무들은 최면을 걸듯 나뭇잎을 흔들고 있었다. 그의 마음은 다시 그날 밤 차량 연결기 차고의 난로 주위로 돌아갔다. 그 차고는 지금 브루어에 있는 에바트 가구 상점 자리에 있었다. 그와 조지와 르네 미쇼드는 그날 밤 이야기하면서 밤을 지새웠고 지금은 그가 유일하게 살아 있는 사람이었다. 르네는 1939년 폭풍이 몰아치는 밤 두 개의 유개 화차 사이에서 압사했고 조지 채핀은 바로 작년에 심장마비로 죽었다. 그 많은 사람들 중 그만 홀로 남겨졌고 사람이 늙으면 어리석어진다. 그 어리석음은 때에 따라 친절이란 가면을 쓰기도 하고 자존심이란 가면을 쓰기도 한다. 오래된 비밀을 말하고 다음 세대에 비밀을 전하고 오래된 잔에서 새 잔으로 붓고…… .

그래서 이 유대인 행상이 와서 말하길 "당신이 한번도 본 적 없는 물건을 가지고 왔다오. 이 엽서들은 그냥 처녀들이 수영복 입은 것처럼 보이지만 일단 젖은 수건으로 문질러 보면……."

저드의 고개가 끄덕거렸다. 그의 턱이 천천히 부드럽게 가슴에 자리를 잡았다.

"홀딱 벗고 있다니까! 하지만 일단 이게 또 마르면, 옷이 다시 보이지. 그리고 이거 말고도 또 다른 게……."

르네는 그 차고에서 몸을 앞으로 숙이고 싱글싱글 웃으면서 이야기하고 있었고 저드는 병을 쥐고 있었다. 그는 병이 느껴졌고 그의 손은 병을 감싸 쥐고 있었다.

재떨이에 있는 담배의 담뱃재가 점점 더 길어졌다. 결국 그것은 재떨이 안쪽으로 기울면서 다 타 버렸고, 마치 룬 문자처럼 재가 말쑥하게 돌돌 말려 있었다.

저드는 잠이 들었다.

그리고 40분쯤 지난 후 밖에서 미등이 번뜩이더니 루이스가 진입로로 자신의 혼다 자동차를 몰고 돌아와서 차고에 넣었을 때, 저드는 로마 병사들이 예수라는 이름의 부랑자를 끌고 갈 때 베드로가 일어나지 않았던 것처럼 그 소리를 듣지도 뒤척이지도 잠에서 깨지도 않았다.

루이스는 부엌 서랍에서 새 반창고 테이프를 찾았고 차고 구석에는 작년 겨울에 산 스노타이어 옆에 밧줄 한 타래가 있었다. 그는 테이프로 삽과 곡괭이를 함께 묶어서 하나의 단정한 꾸러미로 만들었고 밧줄을 이용해서 대충 삼각건 비슷한 것을 만들었다.

삼각건은 연장을 위한 것이다. 게이지는 품에 안을 것이다.

그는 그 삼각건을 자신의 등에 묶고 다시 차의 조수석을 열어서 꾸러미를 꺼냈다. 게이지는 처치보다 훨씬 무거웠다. 그가 아들을 미크맥 매장지로 데려갈 때쯤이면 아마 기어가고 있을지도 몰랐다. 그리고 그는 아직도 파야 할 무덤이 있었다. 돌투성이의 딱딱한 흙과 싸워 가면서.

글쎄, 그는 그럭저럭 해낼 것이다. 어떻게든.

루이스 크리드는 차고에서 나와 팔꿈치로 스위치를 끄기 위해 잠깐 멈췄다가 아스팔트 길이 끝나고 풀이 난 그곳을 바라보며 한동안 서 있었다. 눈앞의 어둠 속에서도 그는 애완동물 묘지로 이어지는 길을 잘 볼 수 있었다. 짧은 풀이 난 그 길은 일종의 발광현상처럼 빛나고 있었다.

바람이 손가락으로 그의 머리카락을 밀었다 잡아당겼다 했고, 잠시 동안 어둠에 대한 오래되고 아이 같은 공포가 밀려와서 그는 약하고 작고 공포에 질린 기분이 들었다. 정말 이 주검을 팔에 안고 숲 속으로 들어가서, 바람이 걸어 다니는 나무들 밑을 지나 암흑 속을 다닐 것인가? 이 시간에 혼자서?

생각하지 마. 그냥 해치우는 거야.

루이스는 걷기 시작했다.

20분 후 애완동물 묘지에 도착했을 때 그는 기진맥진해서 팔다리를 떨었고 무릎에 돌돌 만 방수포 덩어리를 걸친 채 쓰러져서 헐떡거렸다. 그는 거기에서 다시 20분을 쉬면서 잠들 뻔했고 너무 지친 나머지 두려움도 사라진 것 같았다.

마침내 그는 다시 일어섰지만 자신이 나무 올가미를 정말로 올라갈 수 있을 것이라고는 생각하지 않았고 단지 멍하게 노력은 해야 한다고 생각했다. 팔에 든 꾸러미의 무게는 20킬로그램이 아니라 90킬로그램은 되는 것처럼 느껴졌다.

하지만 전에 일어났던 일이 다시 일어났다. 그것은 마치 꿈이 갑자기 생생하게 기억나는 것과 같았다. 아니, 기억하는 것이 아니라 재현하는 것이었다. 그가 첫 번째 쓰러진 나무 몸통에 발을 올려놓았을 때 그 기묘한 감각이 다시 그에게 몰려왔는데 그 기분은 마치 환희 같았다. 당장 피곤함이 사라지진 않았지만 참을 만해졌다…… 실제 별로 중요하지 않게 되었다.

나를 따라오기만 하면 돼. 나를 따라오기만 하고 아래는 보지 마, 루이스. 망설이지 말고 내려다보지도 마. 난 길을 알고 있지만 빠르고 확실하게 가야만 해.

빠르고 확실하게, 그렇지…… 저드가 벌침을 뽑았던 식으로.

내가 길을 알고 있어.

하지만 루이스는 길이 오직 하나라고 생각했다. 그 길이 지나가도록 해 주든 해 주지 않든. 전에 한 번 그는 나무 올가미를 혼자서 올라가려고 한 적이 있었는데 그러질 못했다. 이번에는 저드가 그에게 길을 가르쳐 준 그날 밤처럼 빠르고 확실하게 그 위로 올라왔다.

위만 보았다. 아래는 보지 않았다. 캔버스에 싼 아들의 시신을 팔에 안고서. 바람이 그 비밀 통로와 방을 그의 머리에 흘려 넣었다가 튕긴 다음 반대 방향으로 빼내 갈 때까지 위로 올라갔다.

그는 정상에 잠시 서 있다가 층계를 내려가는 것처럼 재빨리 내려갔다. 곡괭이와 삽이 그의 등 뒤에서 덜컥거리며 둔중한 소리를 냈다. 1분도 채 되기 전에 그는 습기 많고 침엽으로 깔린 그 길 위에 서 있었는데 그 뒤의 나무 올가미는 묘지의 담장보다 더 높이 솟아 있었다.

그는 아들과 함께 그 길을 따라 올라가면서 나무에서 신음하는 바람소리를 들었다. 이제 더 이상 그 소리가 두렵지 않았다. 그날 밤의 일이 거의 끝나 가고 있었다.

레이첼 크리드는 먼지 막는 안경을 쓰고 8번 출구, 오른쪽으로 직진하면 포틀랜드 웨스트브룩이라고 씌어진 표지판을 지나쳐 출구 램프를 향해 에이비스의 시베트(시보레 사의 소형차—옮긴이)를 몰았다. 그녀는 밤하늘을 배경으로 서 있는 녹색 할러데이 인 표지판을 똑똑히 볼 수 있었다. 침대, 잠. 이 끊임없이 고문하는 원인 모를 긴장의 끝. 또한 지금은 더 이상 없는 아이를 향한 그녀의 슬픈 공허감의 끝…… 최소한 잠시 동안만이라도. 이 슬픔은 마치 큰 이빨을 뽑아낸 것과 같다는 것을 그녀는 알아차렸다. 처음에는 감각이 없지만, 심지어 그 무감각 속에서도 고통이 마치 꼬리를 휘두르는 고양이처럼 도사리고 있다는 것을, 고통이 일기를 기다리고 있다는 것을 알았다. 그리고 진통제의 약 기운이 가시면, 오, 맙소사, 절대 실망하지 않을 것이다.

그는 엘리에게 경고하기 위해 왔다고 말했다…… 하지만 그는 끼어들 수 없다고도 했어. 그는 자신이 아빠 가까이에 있었다고 말했다. 왜냐하면 그의 영혼이 이탈할 때 그들이 함께 있었기 때문에.

저드는 알고 있지만 말을 하지 않을 것이다. 무슨 일이 벌어지고 있어. 뭔가. 하지만 그게 뭐지?

자살? 자살인가? 루이스는 그럴 사람이 아니야. 믿을 수 없어. 하지만 그는 뭔가에 대해 거짓말하고 있었어. 눈에 나타나 있었어…… 이런, 제기랄. 거짓말하는 게 뻔히 보였는데, 마치 그는 내가 알아차리길 바라는 것처럼…… 알아차려서 그걸 멈추게 해주기를 바랐는데…… 왜냐하면 그 자신도 두려워서…… 너무 두려워서 말이야.

두려워? 루이스는 결코 두려워하지 않아!

갑자기 그녀가 시베트의 운전대를 급하게 왼쪽으로 꺾었기 때문에 그 차는 갑작스럽게 끼익 하는 소형차 특유의 바퀴 소리를 내면서 반응했다. 잠깐 동안 그녀는 차가 뒤집힐 줄 알았다. 하지만 그것은 뒤집히지 않았고, 그녀는 다시 북쪽을 향해 8번 출구와 위안을 주는 할러데이 인 표지판을 지나쳐 계속 달렸다. 새로운 표지판이 반사되는 페인트를 기괴하게 번쩍이면서 시야에 들어왔다. 다음 출구 12번 도로 컴버랜드 컴버랜드 센터 예루살렘의 땅 팔머스 팔머스 포사이드. 예루살렘의 땅, 그녀는 막연하게 생각했다. 참 이상한 이름이야. 왠지 좋은 이름이 아니야…… 예루살렘에 와서 잠들라.

하지만 오늘 밤 그녀는 잠을 자지 않을 것이다. 저드의 충고에도 불구하고 그녀는 이제 곧장 운전해서 가기로 했다. 저드는 뭐가 잘못되었는지 알고 있었고 그걸 중단시키겠다고 그녀에게 약속했지만 그는 여든 살이 넘었고 바로 석 달 전에 부인을 잃었다. 그녀는 저드에게 믿고 맡길 수 없었다. 그녀는 루이스가 그녀를 집에서 몰아내다시피 했던 것과 같은 행동을 하도록 놔두지 말았어야 했다. 하지만 그녀는 게이지의 죽음으로 약해져 있었다. 게이지의 즉석 사진을 가지고 다니던 엘리와 그 아이의 초췌한 얼굴…… 그것은 토네이도나 푸른 하늘에서 갑자기 급강하한 폭격기의 공격을 받고 살아남은 아이의 얼굴이었다. 그녀의 마음에 불러일으킨 비통함과 그녀가 원하는 위안을 주지 않아서, 또는 그녀가 그를 위로하도록 놔두지 않아서 루이스를 맹렬히 증오하고 싶었던 어두운 밤들도 있었지만 그녀는 루이스를 증오할 수 없었다. 그녀는 아직도 그를 너무나 사랑했고 그의 얼굴은 너무 창백했고…… 잔뜩 경계하는 얼굴이었다.

시베트의 속도계 바늘은 단지 시속 95킬로미터를 조금 넘는 곳에 멈춰 있었다. 1분에 1킬로미터. 2시간 25분 후에는 러들로에 도착할 것이다. 그래도 동트기 전에 도착할 수 있었다.

그녀는 라디오를 손으로 더듬어 찾아서 켜고 포틀랜드에서 하는 로큰롤 방송을 찾았다. 그녀는 소리를 크게 높여 따라 부르면서 깨어 있으려고 노력했다. 그 방송은 희미해지기 시작하다가 삼십 분 후에 꺼졌기 때문에, 오거스타 방송으로 채널을 바꾸고 창문을 내려 산란한 밤바람이 들어오게 했다.

그녀는 과연 이 밤이 끝나기나 할지 궁금해졌다.

루이스는 다시 꿈을 꿨고 꿈에 사로잡혀 있었다. 한 번씩 그는 내려다보면서 자신이 운반하고 있는 것이 초록색 봉투에 담긴 몸뚱어리가 아니라 방수포에 싸인 시신이라는 것을 확인했다. 그는 처치를 가지고 저드가 그를 그곳에 데려간 다음 날 아침, 일어나자마자 그가 전날 했던 일을 간신히 기억해 낼 수 있었던 것을 기억했다. 하지만 지금은 그 느낌이 얼마나 생생했는지, 감각 하나하나가 얼마나 살아 있는 것처럼 느껴졌는지, 그것들이 어떤 식으로 마치 살아 있고 그와 텔레파시로 교감하는 것처럼 손을 뻗어와 숲을 어루만졌는지 기억했다.

그는 그 길을 따라 오르락내리락하면서 15번 도로처럼 넓어 보였던 그곳을 다시 발견했다. 그곳은 그가 안고 있는 꾸러미의 머리와 발이 덤불에 엉키지 않도록 그가 샛길로 방향을 바꿔야 할 때까지 좁아졌고, 또한 그곳은 오솔길이 대성당 천장 모양으로 서 있는 나무들 사이로 꼬불꼬불 이어져 있었다. 그는 송진의 강한 향을 맡을 수 있었고 발밑으로는 솔잎이 자박자박 밟히는 소리를 들을 수 있었다. 실제 소리가 들린다기보다 느낌으로 알게 되는 그런 것이었다.

마침내 그 길은 아래로 가파르게 꾸준히 기울기 시작했다. 잠시 후 한쪽 발이 첨벙거리며 얕은 물에 들어서서 발밑의 진창에 빠졌다…… 저드의 말이 맞다면 유사에 들어온 것이리라. 루이스는 아래를 내려다보고 갈대와 잎이 너무 넓어서 열대 식물로 착각할 정도인 키 작고 못생긴 덤불 사이에 물이 고여 있는 것을 발견했다. 그는 그날 밤 불빛이 더 밝았던 것을 기억했다. 전깃불에 가까웠다.

'이 다음 지점은 나무 올가미가 쓰러져 있는 곳과 같아. 침착하게 여유를 갖고 걸어야 해. 나를 따라오기만 하고 아래를 보지 마.'

그래, 맞아…… 그건 그렇고, 전에 메인에서 이렇게 생긴 식물을 본 적 있어? 메인이나 다른 곳에서? 도대체 저것들은 뭐야?

'신경 쓰지 마, 루이스. 그냥…… 가.'

그는 다시 걸으면서 축축하고 질펀한 덤불을 바라보다가 첫 번째 풀숲을 발견하고 나서는 앞만 바라보며 풀이 무성한 한 둔덕에서 다음 둔덕으로 무작정 걸었다. '믿음은 중력을 자명한 것으로 받아들인다.' 그는 생각했다. 그것은 대학의 신학이나 철학 강좌에서 배운 것이 아니라 그의 고등학교 물리 선생님이 학기가 끝나갈 즈음 던진 말이었다…… 루이스가 절대 잊은 적이 없는 말이었다.

그는 죽은 자를 살려 내는 미크맥 매장지의 능력을 받아들였고 아래를 내려다보거나 뒤돌아보지 않으면서 그의 아들을 안고 신의 작은 늪으로 걸어가고 있었다. 이 질퍽질퍽한 땅바닥은 그들이 가을이 끝날 무렵 왔을 때보다 훨씬 더 시끄러운 소리가 났다. 갈대숲에서 청개구리들이 계속 노래를 불렀고 그 떼지어 부르는 날카로운 노랫소리가 루이스에게는 낯설고 불쾌하게 들렸다. 가끔씩 개구리 한 마리가 굵직하고 탄력적인 코맹맹이 소리를 목구멍 깊은 곳에서 냈다. 신의 작은 늪으로 스무 발짝쯤 걸어갔을 때 그는 어떤 형체의 공중 공격을 받았다…… 박쥐였을 것이다.

땅 안개가 그를 휘감기 시작했다. 처음에는 신발에서 시작해 정강이로 올라오더니 마침내 빛나는 하얀 캡슐로 그를 에워쌌다. 빛은 점점 밝아지는 듯했고 그 약동하는 광채는 낯선 심장 박동 같았다. 그는 통합된 힘으로서, 실질적인 존재로서…… 그리고 지각 있는 존재로서 자연의 실체를 이렇게 강하게 느껴 본 적이 없었다. 늪은 살아 있었지만 음악 소리 때문이 아니었다. 그 생기의 느낌이나 특징을 설명해 보라는 질문을 받는다면 그는 대답할 수 없었을 것이다. 그는 그것이 가능성들로 가득 차 있고 힘으로 짜여 있다는 것만 알았을 뿐이다. 그 안에서 루이스는 매우 작아지고 죽을 수밖에 없는 자신의 유한한 존재를 느꼈다.

그러고 나서 한 소리가 들렸는데 루이스는 전에도 그 소리가 들렸다는 것을 기억했다. 칠면조 울음소리 같은 높은 웃음소리가 곧 흐느낌으로 변했다. 한동안 침묵이 이어지다가 다시 그 웃음소리가 들렸는데 이번에는 정신병자의 비명소리같이 날카롭게 울려 루이스의 피를 얼어붙게 만들었다. 안개는 꿈꾸듯 그의 주변을 감돌았다. 웃음소리가 희미해지면서 단지 윙윙거리는 바람 소리가 들렸지만 소리만 들릴 뿐 아무것도 느껴지지 않았다. 물론 그렇지는 않았다. 이곳은 지면상에서 지질학적으로 일종의 컵 같은 부분이 틀림없었다. 만약 바람이 이곳을 통과할 수 있었다면 안개를 발기발기 찢어 놓았을 것이다…… 루이스는 그 사이로 드러났을 어떤 것을 보고 싶어했을지 확신할 수 없었다.

'아마 사람의 목소리 비슷한 것을 듣게 되겠지만, 그건 프로스펙트를 향해 가는 남쪽의 아비새 소리일 뿐이야. 그 소리가 여기까지 들리는 거야. 웃기지.'

"아비새."

루이스는 말하면서 그것이 갈라지고 모골이 송연해지는 자신의 목소리라는 것을 간신히 알아차렸다. 하지만 그의 목소리는 즐겁게 들렸다. 하느님, 그를 도와주소서! 그는 정말 즐거운 것 같았다.

그는 잠시 주저한 후 다시 걸었다. 잠시 멈춘 것에 대해 질책이라도 하는 것처럼. 그의 한쪽 발이 다음 풀숲에서 미끄러졌고 신발을 잃어버릴 뻔했지만 얕은 물 아래 발목을 잡아당기는 걸쭉한 진흙 속에서 발을 빼냈다.

그 목소리(만일 그것이 목소리였다면)가 다시 들렸고 이번에는 왼쪽에서 들렸다. 잠시 후 그 소리는 그의 뒤에서 났지만(바로 뒤에서 난 것 같았는데 루이스가 뒤를 돌아보면 30센티미터도 떨어지지 않은 곳에서 피에 흠뻑 젖은 그것이 이빨을 드러내고 눈을 번뜩이며 서 있을 것 같았다) 이번에는 멈추지 않았다. 그는 똑바로 앞만 쳐다보면서 계속 걸었다.

갑자기 안개가 빛을 잃었고 루이스는 눈앞 허공에 그를 흘겨보면서 끽끽거리는 얼굴 하나가 걸려 있는 것을 보았다. 그 눈은 중국 전통 회화에서 볼 수 있는 눈처럼 비스듬히 기울어진 짙은 노란색이 감도는 회색 눈으로 푹 꺼져서 번뜩였다. 입은 활짝 벌리고 있었다. 아랫입술은 뒤집혀 흑갈색으로 얼룩진 이빨이 드러나 있었는데 이가 삭아서 거의 혹처럼 보였다. 하지만 루이스가 놀란 것은 귀였다. 그것은 귀가 아니라 구부러진 뿔…… 악마의 뿔 같은 것이 아니라 숫양의 뿔이었다.

이 무시무시한 떠다니는 머리는 말을 하고 웃는 듯이 보였다.

그것의 입술이 달싹거렸지만 뒤집어진 아랫입술은 결코 제자리로 돌아오지 않았다. 입술에 있는 혈관들이 불길하게 고동쳤다.

마치 숨을 쉬고 살아 있는 것처럼 콧구멍이 너울거리면서 하얀 김을 뿜어냈다.

루이스가 가까이 다가가자 떠다니는 머리에서 혀가 축 늘어졌다. 그것은 길고 끝이 뾰족하며 더러운 황색이었다. 혀는 껍질이 떨어져 나가는 비늘로 덮여 있었으며 루이스가 지켜보자 그 비늘 중 하나가 맨홀 뚜껑처럼 뒤집히더니 하얀 벌레가 기어 나왔다. 그 혓바닥 끝이 원래는 목젖이 있어야 할 곳 어딘가 허공 속을 느릿하게 스치고 지나갔다…… 그것은 웃고 있었다.

그는 게이지를 가까이 당겨 보호하려는 것처럼 꼭 안고 뒷걸음치다가 발이 휘청거리며 풀이 무성한 덤불 속에서 미끄러지기 시작했다.

'너는 선원들이 푸 라이트라고 부르는 성 엘모의 불을 볼지도 몰라. 그건 희한한 모양을 만들 수 있지만 아무것도 아니야. 네 앞에 그 불이 나타나 널 괴롭히거든 그냥 눈을 돌려 버려.'

머릿속에서 들려오는 저드의 목소리로 그는 어느 정도 평정을 찾았다. 그는 다시 앞을 향해 단호하게 움직이기 시작했고 처음에는 비틀거렸지만 균형을 되찾았다. 그는 뒤돌아보지 않았고, 만약 그것이 안개와 그의 마음이 만들어 낸 형상이 아니라 얼굴이라면 그 얼굴은 항상 같은 간격을 두고 그의 뒤에 있는 것 같았다. 그리고 몇 초 또는 몇 분 후에 그것은 떠다니는 안개 속으로 희미해져 버렸다.

그것은 도깨비불이 아니었어.

당연히 아니었다. 이곳은 정령들로 가득 차 있었다. 이곳은 정령들로 음침해져 있었다. 주변을 돌아보면 사람을 미쳐 날뛰게 만들 만한 뭔가가 있었다. 그는 그것에 대해 생각하지 않기로 했다. 생각할 필요가 없었다. 전혀 생각할 필요가…….

뭔가가 다가오고 있었다.

루이스는 멈춰 서서 그 소리를 들었다…… 무자비하게 다가오는 그 소리를. 그의 턱을 지탱하고 있던 모든 힘줄들이 힘을 놓아 버리면서 입이 떡 벌어졌다.

그것은 그가 생전 들어 보지 못한 소리였다. 살아 있는 것의 소리였고 아주 큰 소리였다. 그 소리는 근처 어딘가에서 점점 가까이 다가왔고 나뭇가지들이 뚝뚝 부러졌다. 상상하기 힘든 발밑에서 작은 나무들이 부러지며 탁탁 소리가 났다. 루이스의 발밑에 있는 젤리 같은 땅이 공진을 일으키며 흔들리기 시작했다. 그는 자신이 신음하고 있다는 것을 깨달았다.

(오 하느님, 오 하느님, 저 안개를 헤치고 오는 것이 도대체 뭐란 말입니까?)

그는 한 번 더 게이지를 가슴에 꼭 끌어안았다. 그는 청개구리와 개구리들이 조용해진 것을, 축축하고 습한 공기가 마치 뜨듯한 상한 돼지고기처럼 이 세상 것 같지 않은 악취를 풍기고 있음을 깨달았다.

무엇인지 알 수 없었지만 그것은 거대했다.

루이스의 당황하고 공포에 질린 얼굴이 마치 발사된 로켓의 탄도를 쳐다보는 남자처럼 점점 더 위를 향해 기울었다. 그것은 그를 향해 쿵쿵거리며 다가오고 있었고 근처 어딘가에서 나뭇가지가 아니라 나무 몸통 전체가 서서히 쓰러지는 소리가 들렸다.

루이스는 뭔가를 보았다.

안개는 잠시 칙칙한 푸른빛 도는 회색으로 얼룩졌지만 이 윤곽이 번져서 형체가 분명하지 않은 투명한 무늬는 15미터가 넘었다. 그것은 그림자도 아니고 형체가 없는 유령도 아니었다. 그는 그것이 지나갈 때 공기가 움직이는 것을 느꼈고 그것이 발을 디디면서 매머드처럼 거대하게 쿵쿵거리는 것을 느꼈고 그것이 움직이면서 진흙이 빨려 들어가는 것을 느낄 수 있었다.

잠시 동안 그는 머리 높은 곳에서 두 개의 노란색 불꽃을 봤다고 생각했다. 눈처럼 보이는 불꽃을.

그러다가 그 소리는 멀어지기 시작했다. 그것이 사라질 때 청개구리 한 마리가 망설이듯 소리를 질렀다. 또 다른 한 마리가 거기에 응답했다. 세 번째 놈이 대화에 끼어들었다. 네 번째 놈이 가세해서 토론하기 시작했다. 다섯째와 여섯째가 모여 청개구리 회합을 열었다. 그것이 앞으로 나아가면서 내는 소리는 이제 북쪽을 향하고 있었다. 느리긴 했지만 흔들림 없이 앞으로 나아가고 있었다. 아마 그 점이 최악이었을 것이다. 지각을 가지고 앞으로 나아가고 있다는 점이. 소리는 작아지다가…… 더 작아지다가…… 사라졌다.

마침내 루이스는 다시 움직이기 시작했다. 그의 어깨와 허리는 고문이라도 당한 것처럼 고통스럽게 굳어 있었다. 목에서 발목까지 땀범벅이 되어 있었다. 그해에 처음 알에서 나와 배가 고픈 모기 떼가 그를 발견하고 늦은 간식을 즐기기 시작했다.

웬디고, 맙소사, 그것은 웬디고였어…… 북쪽으로 향하던 놈, 너를 만져서 식인종으로 만들어 버릴 수 있는 놈. 바로 그놈이었어. 방금 웬디고가 겨우 50미터 떨어진 곳에서 널 지나친 거야.

그는 자신에게 어리석은 생각을 하지 말고 저드처럼 행동하고 애완동물 공동묘지를 넘어섰을 때 보이거나 들리는 것에 대해 생각하지 말라고 말했다. 그것들은 모두 아비새이고, 성 엘모의 불이고, 뉴욕 양키스의 구원 투수 연습장의 회원들이라고 말했다. 그것들은 이승과 저승 사이에서 도약하고, 기어 다니고, 미끄러지고, 비틀거리며 걷는 생물만 아니면 무엇이 되었든 상관없다. 거기에 하느님이, 일요일 아침이, 눈부시게 빛나는 하얀 중백의(성직자나 성가대원이 입는 소매가 넓은 옷—옮긴이)를 입은 미소 짓는 주교 교회원이 있게 하여라…… 다만 우주의 빛이 닿지 않는 쪽의 이 어둡고 질척거리는 공포만은 없게 하여라.

그는 아들과 계속 걸었고 발밑의 땅은 다시 단단해지기 시작했다. 잠시 후 그는 나무 올가미에 도착했는데 마치 거인의 가정부가 떨어뜨린 깃털 먼지떨이처럼 희미해지는 안개 속에서 나무의 위 줄기 부분이 보였다.

나무는 쪼개져 있었는데(산산조각 나 있었다) 갓 쪼개진 자리의 노란빛이 감도는 흰색의 나무 펄프에서 수액이 흘러나왔고 루이스가 그 나무를 넘어가면서 만져 보자 따뜻했다. 그 나무의 맞은편에는 무서우리만치 움푹 들어간 자리가 있었고 노간주나무와 월계수 덤불이 밟혀 땅속 깊이 묻혀 있었지만, 루이스는 그것이 발자국이라고 믿고 싶지 않았다. 그 나무를 기어 올라가 그 위에 올라서서 그런 발자국 형상이 있었는지 뒤돌아볼 수도 있었지만 그는 그렇게 하지 않았다. 피부는 차갑고 입속은 뜨겁고 건조하며 심장이 달음박질치는 상태로 계속 걸었다.

발밑에서 질척거리던 진흙길이 곧 끝났다. 잠시 동안 다시 솔잎의 희미하게 바삭거리는 소리가 났다. 그 다음은 돌길이었다. 거의 다 왔다.

지면은 더 빨리 올라가기 시작했다. 그의 정강이가 돌출된 돌에 고통스럽게 까졌다. 하지만 이것은 그냥 돌이 아니었다. 그는 엉성하게 한 손을 뻗어서 그것을 만져 보았다. 무감각해져 있던 팔꿈치의 피부가 잠시 비명을 질렀다.

'여기 계단이 있어. 돌을 깎아 만든 계단이야. 나만 따라와. 꼭대기에 올라가면 다 온 거야.'

그는 계단을 올라가기 시작했고 흥분이 다시 밀려와 피곤함을 사그라뜨렸다…… 최소한 조금은 사그라졌다. 냉기 속으로 올라가면서 그의 마음은 계단 수를 세고 있었고, 멈추지 않고 흐르는 바람의 강으로 다시 올라가는 동안 더 강해진 바람 때문에 그의 옷이 물결쳤고 게이지를 싼 캔버스 방수포 조각은 높은 곳에 달린 돛처럼 흔들리며 날카로운 소리를 냈다.

그는 다시 한번 고개를 위로 젖혀 별들이 광대하게 펼쳐져 있는 모습을 바라보았다. 그가 알아볼 수 있는 별자리는 하나도 없었고 마음이 심란해져서 딴 곳으로 눈길을 돌렸다. 그의 옆에는 거칠고 갈라지고 홈이 패어 금방 가루가 될 것 같은 돌벽이 있었는데 한쪽은 돛단배 모양을 하고 있었고, 한쪽은 오소리 모양을 하고 있었으며, 또 다른 쪽은 두건을 쓴 찡그린 남자 얼굴 모양이었다. 돌을 깎아 만든 계단만 매끄러웠다.

루이스는 꼭대기로 올라가서 머리를 숙이고 몸을 흔들면서 격렬하게 숨을 몰아쉬었다. 폐는 잔인하게 두들겨 맞은 바람 주머니 같이 느껴졌고 옆구리에는 큰 가시가 박힌 것 같았다.

바람은 무용수처럼 그의 머릿속을 헤집고 달리면서 그의 귀에 대고 용처럼 고함을 질러 댔다.

오늘 밤은 더 밝았다. 그때는 날이 흐렸던가 아니면 그가 살펴보지 않았나? 그건 중요하지 않았다. 하지만 그는 볼 수 있었고 그것은 다시 한번 소름이 그의 등줄기를 타고 내려가도록 하기에 충분했다.

그곳은 애완동물 공동묘지와 똑같았다.

물론 알고 있잖아. 그가 한때는 돌로 쌓아 올린 기념비였던 돌무더기를 뜯어보고 있는 동안 그의 마음이 속삭였다. 동심원이 아니라 회오리 모양이라는 걸 넌 알고 있었어, 아니면 알고 있었어야만 했어.

그랬다. 차가운 별빛과, 별과 별 사이 암흑의 거리를 바라보며 위를 향해 있는 이곳 바위 탁자 위에 노인네들이 '수많은 손들' 이라고 불렀을 사람들에 의해 만들어진 거대한 소용돌이가 있었다. 하지만 루이스가 본 것은 진정한 돌 기념비가 아니었다. 각각의 돌무더기는 그 밑에 묻힌 것이 생명을 되찾은 듯이…… 그래서 땅을 후비고 나온 것처럼 벌어져 있었다. 하지만 돌들은 분명한 소용돌이 모양을 하고 땅에 널려 있었다.

누군가 이것을 공중에서 본 적이 있었을까? 루이스는 막연히 궁금해졌고 남아메리카의 어떤 인디언 부족이 만들어 놓은 사막 그림을 생각했다. 만약 누군가 이것을 공중에서 봤다면 어떤 생각을 했을지 궁금하군.

그는 무릎을 꿇고 안도의 한숨을 쉬면서 게이지를 땅에 내려놓았다.

마침내 의식이 돌아오기 시작했다. 그는 주머니칼을 사용해서 등에 메고 있던 곡괭이와 삽을 고정시킨 테이프를 잘랐다. 그것들은 쨍강 소리를 내며 땅에 떨어졌다. 루이스는 몸을 돌려 큰 대자로 누워서 한동안 멍하니 별들을 바라보았다.

숲 속에 있던 그것은 뭐였을까? 루이스, 루이스, 넌 정말 그 괴물이 출연하는 연극의 절정에서 어떤 좋은 결과가 나올 거라고 생각하는 거냐?

하지만 지금은 손을 떼기에 너무 늦었고 그도 그것을 알고 있었다.

그는 혼잣말을 했다. 게다가 잘될지도 몰라. 위험을 무릅쓰지 않고는 어떤 것도 얻을 수 없고 위험이 없다면 사랑도 없을지 모르지. 나에겐 아직도 가방이 있어. 아래층에 있는 가방 말고 우리 집 욕실 높은 선반에 있는 가방, 노마가 심장마비를 일으키던 밤에 저드에게 가져오라고 시켰던 가방 말이야. 거기엔 주사기가 있고…… 만약 무슨 일이 생기면…… 뭔가 나쁜 일이 생기면…… 나 말고 다른 사람은 알아선 안 돼.

그가 더듬으며 삽을 찾는 동안 그의 생각은 점점 희미해지면서 분명치 않은, 웅얼거리는 기도로 바뀌었다…… 루이스는 여전히 무릎을 꿇은 채 땅을 파기 시작했다. 삽을 내리꽂을 때마다 그는 마치 자신의 칼 위로 쓰러지는 로마 병사처럼 삽자루 위로 허물어졌다. 하지만 조금씩 구덩이가 형태를 갖추면서 깊어지기 시작했다. 그는 돌들을 손으로 후벼 파냈다. 파낸 돌 대부분은 점점 커지는 흙더미와 함께 옆으로 밀쳤다. 하지만 돌 몇 개는 남겨 두었다.

돌 기념비를 위해.

레이첼은 얼얼해질 때까지 자신의 뺨을 때렸지만 여전히 꾸벅꾸벅 졸고 있었다. 그녀는 이제 피츠필드에 있었고 유료 고속도로를 혼자 독차지하고 있었다. 한 번은 소스라치게 놀라 완전히 잠이 깨었고 그때 순간적으로 차갑고 갈망하는 불길처럼 반짝거리는 수십 개의 무자비한 은백색 눈들이 그녀를 바라보고 있는 것 같았다.

다음 순간 그 눈들은 가드레일 말뚝에 있는 작은 반사경들로 변했다. 시베트는 차선을 벗어나 갓길 깊숙이 들어와 있었다.

그녀가 운전대를 다시 왼쪽으로 꺾자 타이어에서 끼익 소리가 났고 그녀는 차의 오른쪽 첫 번째 범퍼에서 가드레일 말뚝을 스칠 때 나는 탁 소리가 났다고 생각했다. 가슴에서 심장이 뛰었고 늑골 사이에서 너무 심하게 쿵쿵거리기 시작했기 때문에 그녀는 심장이 뛰는 것에 맞춰 눈앞의 얼룩이 커졌다 작아졌다 하는 것이 보였다. 하지만 잠시 후 그녀는 이 위기일발의 사건이 있었는데도, 두려움을 느끼면서도, 라디오에서 로버트 고든이 「레드 핫」을 소리치고 있는데도 또 졸았다.

정신 나간 편집증 환자 같은 생각이 떠올랐다. "편집증, 바로 그거야." 그녀는 로큰롤 음악이 울려 퍼지는 가운데 중얼거렸다. 그녀는 웃으려고 했지만 그럴 수 없었다. 그 생각은 계속 머물러 있었고, 밤의 정점에서 그것은 일종의 섬뜩한 신빙성이 있었다. 그녀는 자신이 거대한 새총의 고무 밴드 안으로 달려가는 만화 속의 인물처럼 느껴지기 시작했다. 그 불쌍한 남자는 앞으로 가려고 하지만 동작은 점점 힘들어지고 마침내 고무 밴드의 위치 에너지는 달리려고 하는 그의 에너지와 같아진다…… 관성이…… 뭐더라? 기초 물리학에서…… 뭔가가 그녀를 잡아 두려고 한다…… 너 이 일에서 손떼…… 그리고 잠들어 있는 시신은 계속 잠들어 있으려 한다…… 예를 들면, 게이지 같은…… 하지만 일단 움직이기 시작하면…….

이번에는 타이어에서 나는 비명소리가 더 컸고 더 아슬아슬한 일이 벌어졌다. 한동안 가드레일 케이블을 따라 달리는 시베트의 끼익거리는 소리가 났고 페인트가 긁혀 떨어지면서 반짝거리는 금속이 드러났으며 잠시 동안 운전대가 말을 듣지 않았다. 레이첼은 브레이크를 밟으면서 흐느껴 울었다. 그녀는 이번에는 잠이 들었다. 졸고 있던 게 아니라 시간당 95킬로미터로 달리면서 잠들었고 꿈꾸고 있었다. 가드레일이 없었다면…… 아니, 고가도로의 기둥이었다면…….

그녀는 차를 길가에 대고 세운 다음 손으로 얼굴을 감싸고 당황하고 겁에 질려 울음을 터트렸다.

'뭔가가 그와 나를 떼어놓으려 하고 있어.'

다시 통제력을 찾았다고 생각했을 때 그녀는 다시 운전하기 시작했다. 소형차의 운전대는 손상된 것 같지 않았지만 내일 차를 반환할 때 에이비스 사가 그녀에게 몇 가지 심각한 질문을 하리라는 짐작이 들었다.

'신경 쓰지 마. 한 번에 하나씩 처리하는 거야. 커피를 좀 마셔야겠어. 우선 그게 할 일이야.'

피츠필드 출구가 나타나자 그녀는 그곳으로 갔다. 도로를 1.5킬로미터쯤 가자 밝은 나트륨 등불 빛과 디젤 엔진이 끊임없이 요란하게 으르렁거리는 곳에 도착했다. 그녀는 차를 세우고 기름을 채운 후("누군가 차 옆구리에 멋지게 한 방 먹였군." 주유소 직원이 거의 감탄하는 목소리로 말했다) 식용유 냄새, 달걀 프라이…… 그리고 기쁘게도 진한 커피 향이 물씬 풍기는 간이식당에 들어섰다.

레이첼은 설탕을 듬뿍 넣은 블랙커피를 마치 약을 먹는 것처럼 잇따라 세 잔이나 마셨다. 트럭 운전사 몇몇이 카운터나 칸막이 좌석에 앉아서 여 종업원들과 농담을 하고 있었는데 그 여자들은 모두 새벽까지 형광등 불빛 아래 일하느라 피곤에 지친 간호사들 같이 보였다.

레이첼은 계산을 하고 나서 밖으로 나와 시베트를 주차해 놓은 곳으로 갔다. 차는 시동이 걸리지 않았다. 열쇠를 돌리자 선륜통에서 건조하게 딸각거리는 소리가 났지만 그뿐이었다.

그녀는 두 주먹으로 천천히 운전대를 힘없이 치기 시작했다. 뭔가가 그녀를 막고 있었다. 주행 거리가 8000킬로미터도 되지 않는 새 차가 이렇게 멈출 리 없지만 어쨌든 차는 움직이지 않았다. 어떤 연유에선지 차는 멈추었고 아직 집에서 80킬로미터나 떨어진 여기 이 피츠필드에서 그녀는 오도가도 못하게 된 것이다.

그녀는 대형 트럭에서 규칙적으로 나는 윙윙 소리를 듣고 있다가 갑자기 아들을 죽인 트럭이 이 트럭들 중 하나일 거란 불길한 확신이 생겼다…… 트럭은 윙윙거리는 것이 아니라 껄껄 웃고 있었다.

레이첼은 고개를 숙이고 울기 시작했다.

루이스는 뭔가에 걸려 그대로 땅에 넘어졌다. 잠시 동안 그는 일어설 수 없을 것 같아 그냥 누워서 그의 뒤 어딘가에 있는 작은 신의 늪에서 나오는 청개구리들의 합창을 들으며 몸에서 통증과 고통이 함께 아우성치는 것을 느꼈다. 그는 잠들 때까지 그냥 거기에 누워 있을 것이다. 아니면 죽을 때까지. 아마 후자일 것이다.

그는 캔버스 꾸러미를 그가 판 구덩이에 밀어 넣고, 맨손으로 파낸 흙을 그 구덩이에 채웠던 것을 기억할 수 있었다. 그리고 아랫부분을 넓게 하고 위로 갈수록 뾰족하게 돌무더기를 쌓은 것도 기억나는 것 같았다.

그 다음부터 지금까지는 기억나는 게 별로 없었다. 그는 분명히 그 층계를 내려왔다. 그렇지 않다면 여기 있을 리 없었다…… 그렇다면 여기는 어디인가? 주변을 돌아보면서 그는 나무 올가미에서 그리 멀지 않은 크고 오래된 소나무들이 있는 작은 숲 중 하나라는 걸 알아차렸다. 의식도 없이 작은 신의 늪을 거쳐 그 길을 다시 돌아올 수 있었단 말인가? 가능하다고 생각했다. 그럴 수도 있다.

이제 올 만큼 왔어. 여기서 자야겠어.

하지만 그 생각, 믿을 수 없을 정도로 편안함을 주는 그 생각 때문에 그는 일어서서 다시 가기 시작했다. 이곳에 남아 있으면 그것이 그를 찾아낼지도 몰랐기 때문이다…… 그것이 지금 이 순간 숲 속에서 그를 찾고 있을지 몰랐다.

그는 손바닥으로 자신의 얼굴을 박박 문지르다가…… 피가 묻은 것을 보고 바보같이 놀랐다…… 어느 틈엔가 코피를 흘린 것이다.

"누가 신경이나 쓴데?"

그는 쉰 목소리로 냉담하게 중얼거리며 곡괭이와 삽을 다시 발견할 때까지 주변을 샅샅이 찾았다.

10분 후 그의 눈앞에 나무 올가미가 흐릿하게 나타났다. 루이스는 거기를 기어 올라가면서 계속 비틀거렸지만 거의 다 내려올 때까지 넘어지지 않았다. 그러다가 발치를 내려다보자 금세 나뭇가지 하나가 부러졌고('내려다보면 안 돼.' 저드가 말했다) 또 다른 가지 하나가 떨어지면서 그의 발이 앞으로 미끄러져 쿵 소리를 내며 옆으로 넘어졌다. 바람이 그를 세게 치고 지나갔다.

오늘 밤 넘어진 곳이 두 번째 공동묘지가 아니라면 미치고 환장할 거야…… 묘지가 하나만 더 있었어도 사람 잡겠군.

그는 다시 삽과 곡괭이를 찾아 주변을 더듬다가 결국 찾았다. 한동안 그는 별빛에 드러난 곳을 여기저기 둘러보았다. 근처에는 스머키의 무덤이 있었다. 그는 말 잘 듣는 고양이였다. 루이스는 기진맥진해서 생각했다. 그리고 트럭시 고속도로에서 죽다. 바람은 여전히 세게 불어오고 있었고 그는 금속 조각에서 희미하게 나는 팅팅팅 소리를 들을 수 있었다. 아마 그것은 예전에는 델몬트 깡통이었는데 슬픔에 잠긴 애완동물 주인이 아빠의 금속 가위를 가지고 힘겹게 잘라 망치로 평평하게 펴서 말뚝에다 못으로 박아 놓은 것일 터이다. 그리고 그 소리는 다시 공포를 불러왔다. 그는 너무 지쳐 있어서 그것을 아플 때의 맥박 정도로밖에 느낄 수 없었다. 그는 해낸 것이다. 어둠 속에서 규칙적으로 흘러나오는 팅팅팅 소리가 그에게 다른 어떤 것보다도 더 절실하게 그 사실을 일깨워 주었다.

그는 애완동물 공동묘지를 걸어 나오면서, 1965년 3월 1일에 죽은 우리의 토끼 마르타의 무덤을 지나쳐서 패튼 제독의 무덤 근처까지 왔다. 그는 폴리네시아의 영원한 휴식의 장소를 표시한 울퉁불퉁한 나무판자를 넘어왔다. 그 금속성 소리는 더 커졌고 그는 잠시 멈춰 서서 아래를 내려다보았다. 땅 속에 박아 놓은 조금 기울어진 판자 위에 조그만 직사각형의 금속 조각이 있었고 별빛에 이런 글귀가 보였다. '우리의 햄스터 링고 1964~65.' 바로 이 깡통 조각이 애완동물 묘지의 무지개 모양 입구에 있는 판자 위에서 계속 소리를 내고 있었던 것이다. 루이스는 아래로 손을 뻗어 깡통 조각을 다시 구부려 놓다가…… 머리 가죽이 오싹해지면서 얼어붙는 공포를 느꼈다.

뭔가가 저쪽에서 움직이고 있었다. 뭔가가 나무 올가미 저편에서 움직이고 있었다.

그가 들은 소리는 은밀한 소리, 솔잎이 비밀스럽게 바삭거리는 소리, 나뭇가지의 메마르게 부서지는 소리, 덤불이 서걱거리며 나는 소리였다. 그 소리는 소나무 사이를 살랑거리며 불어오는 바람소리에 거의 묻혀 버렸다.

"게이지?"

루이스가 쉰 목소리로 불렀다.

자신이 어둠 속에 서서 죽은 아들을 부르고 있다는 사실을 자각하자 머리 가죽이 쭈뼛해지고 머리털이 곤두섰다. 그는 마치 지독한 고열의 감기에 걸린 것처럼 속수무책으로 끊임없이 덜덜 떨었다.

"게이지?"

그 소리가 잦아들었다.

아직은 아냐, 너무 일러. 어떻게 알 수 있냐고 묻지 마, 하지만 난 알아. 저기 있는 건 게이지가 아냐. 그건…… 다른 거야.

그는 갑자기 엘리가 그에게 한 말이 생각났다. '그가 '나사로야…… 나오너라…….' 라고 말했는데 나사로의 이름을 부르지 않았다면 무덤에 있는 사람들이 모두 나왔을 것이기 때문이래요.'

나무 올가미 저편에서 다시 소리가 들리기 시작했다. 장벽의 저편에서. 하지만 그 소리는 완전히 바람 속으로 사라지지 않았다. 마치 눈먼 어떤 것이 오래된 본능으로 그를 몰래 따라오고 있는 것 같았다. 지나치게 자극을 받은 그의 머릿속에서 끔찍하고 역겨운 그림이 그려졌다. 거대한 두더지, 하늘을 날기보다 덤불을 헤치면서 펄럭거리는 거대한 박쥐 한 마리.

그는 유령처럼 희번덕거리며 어둠 속에 희미한 흉터 같은 그 나무 올가미 쪽으로 등을 돌리지 않은 채 뒷걸음쳐서 애완동물 공동묘지를 나와 오솔길까지 내려왔다. 그리고 서둘러 마지막으로 힘을 내서 숲 속에서 집 뒤 들판까지 1.5킬로미터가 안 되는 거리를 달렸다.

루이스는 차고 안에 삽과 곡괭이를 아무렇게나 던져 놓고 진입로 입구에 잠시 서서 먼저 그가 왔던 길을 바라본 후 하늘을 보았다. 시간은 새벽 4시 25분이었고 얼마 있으면 곧 날이 샐 것 같았다. 빛은 대서양을 4분의 3은 횡단했겠지만 여기 러들로에서는 밤이 쉽사리 물러가려 하지 않았다. 바람이 끊임없이 불어왔다.

그는 차고 벽을 더듬어 안으로 들어가 뒷문을 열고 집으로 들어갔다. 그는 불을 켜지 않고 부엌으로 가서 부엌과 식당 사이에 있는 작은 욕실로 들어갔다. 욕실의 불을 켜자 그의 눈에 처음 들어

온 것은 변기 탱크 위에 동그랗게 꼬리를 말고 앉아서 흐릿한 황록색 눈으로 그를 바라보는 처치였다.

"처치. 누가 널 밖에 내놓은 줄 알았는데."

처치는 변기 탱크 위에서 그를 바라보기만 했다. 그랬다. 누군가가 처치를 내놓았다. 루이스 자신이 그렇게 했다. 그는 아주 분명하게 기억하고 있었다. 지하실 창문의 유리를 끼우고 나서 이제 다 해결했다고 말했던 걸 분명히 기억하는 것처럼. 하지만 그가 지금까지 정확히 누구를 속이고 있었나? 처치가 들어오고 싶을 때면 들어왔다. 처치는 이제 예전과 다르니까.

그건 중요하지 않았다. 이 음울하고 힘든 일을 마친 직후엔 어떤 것도 중요하지 않았다. 그는 마치 조지 로메로의 영화에 나오는 얼빠져 비틀거리며 걸어 다니는 좀비들이나 T. S. 엘리엇의 시에서 도망쳐 나온 어떤 것처럼 자신이 인간 이하의 존재로 느껴졌다. 난 작은 신의 늪을 가로질러 미크맥 매장지까지 부랴부랴 날아가는 한 쌍의 털북숭이 집게발이었어야 했어. 그는 생각하며 메마른 웃음을 터트렸다.

"머릿속이 지푸라기로 꽉 찼단다, 처치."

그가 쉰 목소리로 말했다. 그는 셔츠를 벗고 있었다.

"그게 나야, 너도 그걸 믿는 게 좋을 거야."

셔츠를 벗자 왼쪽에서 흉곽을 따라 반쯤 올라간 곳에 멋들어지게 멍이 하나 생겨 있었고 바지를 걷어 올리자 비석에 부딪힌 무릎이 풍선처럼 부어 있었다. 무릎은 이미 탁하고 검붉은 멍이 들어 있었고 그는 무릎을 구부리는 것을 그만두는 순간부터 마치 시멘트에 담근 것처럼 굳어지면서 쉽게 풀리지 않고 아플 것이라고 생각했다. 그것은 이제 남은 생애 동안 비 오는 날이면 그에게 말을 걸어 올 것같이 보이는 상처였다.

루이스는 위로받고 싶어서 손을 뻗어 처치를 쓰다듬으려 했지만 처치는 둔중하고 취한 것처럼 비틀거리는 몸짓으로 변기 탱크에서 펄쩍 뛰어내려 다른 곳을 찾아 나가 버렸다. 나가면서 처치는 그 멍한 누런 눈으로 그를 한번 쳐다봤다.

약장에는 벤게이(진통 소염제 크림—옮긴이)가 하나 있었다. 루이스는 변기 의자를 내리고 그 위에 앉아서 다친 무릎에 약을 발랐다. 그런 다음 엉성한 동작으로 허리 부분에 벤게이를 발라 문질렀다.

그러고 나서 그는 욕실을 나와 거실로 들어갔다. 그는 복도 불을 켜고 계단 밑에 서서 잠시 멍하니 주위를 둘러보았다. 모든 것이 얼마나 낯설어 보이는지! 크리스마스 전날 그가 레이첼에게 사파이어를 준 게 바로 지금 그가 서 있는 자리에서였다. 사파이어는 그의 가운 호주머니에 들어 있었다. 여기 이 의자에서 루이스는 노마가 심장마비로 죽은 다음 죽음에 관해 엘리에게 최선을 다해 설명했다. 결국에는 자신도 받아들일 수 없었던 죽음에 관한 사실들. 크리스마스트리는 한쪽 구석에 서 있었고 루이스에게는 초현실적인 까마귀로 보이는 엘리의 미술 공작용 색판지로 만든 칠면조가 창문에 스카치테이프로 붙여져 있었다. 그보다 훨씬 전에 이 방은 중서부에서 거의 미국 대륙의 반을 돌아 트럭에 실려 온 이삿짐 상자에 담긴 가족들의 물건을 빼고 텅 비어 있었다. 그는 상자에 담아 놓고 보니 그의 가족과 그들의 이름과 습관을 전혀 모르는 냉혹한 외부 세계 사이의 작은 방벽이라 할 수 있는 가족의 물건들이 아주 하찮게 보인다는 생각을 했던 기억이 났다.

모든 것이 얼마나 낯설어 보였는지 몰랐다…… 그리고 메인 대학이나 러들로나 저드와 노마 크랜덜 또는 그중 어떤 것이든 한번도 들어 본 적이 없기를 얼마나 바랐는지 몰랐다.

그는 이층으로 올라가서 욕실 위에 있는 발판을 내리고 그 위에 올라서서 약장 꼭대기에 있는 검은색 작은 가방을 내렸다. 그는 가방을 부부 침실로 가져가서 침대에 앉아 뒤적거리기 시작했다. 거기에는 만약을 대비한 주사기가 들어 있었고 수술 테이프와 수술 가위 사이에 깔끔하게 종이로 싸 놓은 매우 치명적인 약물이 들어 있는 앰플이 몇 개 있었다.

만일의 경우를 위해.

루이스는 가방을 닫아 침대 옆에 두었다. 그는 머리 위의 불을 끄고 머리를 손으로 받치고 누웠다. 여기 이렇게 누워서 쉬고 있노라니 더없이 황홀했다. 그의 생각은 다시 디즈니 월드로 향했다. 그는 아무 무늬도 없는 하얀 제복을 입고 유료 관객들을 겁주지 않으면서 구조 차량이라는 것이 표나지 않도록 겉에 미키마우스 로고가 그려진 하얀 밴을 몰고 있는 자신을 보았다.

게이지가 그의 옆에 앉아 있었는데 얼굴은 짙게 그을려 있었고 눈의 푸르스름한 흰자위로 그가 얼마나 건강한지 알 수 있었다. 바로 왼쪽에는 구피가 한 남자 아이와 악수하고 있었다. 아이는 신나서 어쩔 줄 몰라 했다. 이쪽에서는 곰돌이 푸가 바지 정장을 입은 두 명의 할머니들과 포즈를 취하면서 웃고 있는 또 다른 할머니가 사진을 찍도록 기다리고 있었다. 이쪽에는 한껏 멋을 부린 여자 아이가 소리 지르고 있었다.

"사랑해, 티거! 사랑해, 티거."

그와 그의 아들은 순찰을 돌고 있었다. 그와 그의 아들은 이 마법 나라의 파수꾼으로서 영리하게 빨간색 회전등을 가린 흰색 밴을 타고 이곳을 끊임없이 돌았다. 이들은 골칫거리를 찾아 돌아다니는 것은 아니었지만 일단 일이 터지면 대처할 준비를 하고 있었다. 순전히 기쁨만을 위해 존재하는 이런 곳에도 위험이 도사리고 있다는 것은 부인할 수 없었다. 중심가에서 웃으며 필름을 사고 있는 남자가 심장마비가 와서 가슴을 움켜쥘 수도 있고, 임신한 여자가 놀이 기구를 탄 후 계단을 내려오다가 갑자기 산기를 느낄 수도 있고, 잡지 표지 모델처럼 예쁜 십 대 소녀가 갑자기 간질 발작을 일으키며 쿵 쓰러지고 뇌의 신호가 한꺼번에 방출되면서 그 구두가 시멘트 위에서 갈지자로 흔들릴 수도 있다. 일사병과 열사병과 뇌졸중이 있고 찌는 듯이 무더운 올랜도의 여름 오후가 절정에 이르면 번개가 칠 수도 있다. 심지어 위디한 오즈의 마법사가 여기 이 마법 왕국으로 들어가는 모노레일의 출구 근처를 걸어 다니거나 날아다니는 아기 코끼리 덤보 중 한 마리에 타고 그 냉혹하고 흐릿한 눈으로 아래를 내려다보고 있을지 몰랐다. 여기에서 루이스와 게이지는 그를 구피나 미키나 티거나 유명한 도널드 덕처럼 놀이 공원의 명사 중 하나로 여겼다. 그는 명사였지만 아무도 그와 사진을 찍고 싶어하지 않았고 아무도 그를 가족에게 소개하고 싶어하지 않았다. 루이스와 게이지는 그의 정체를 알고 있었다. 그들은 얼마 전 뉴잉글랜드에서 만난 적이 있었다. 그는 당신이 공깃돌을 삼키다가 질식하기를, 드라이클리닝 봉투 속에서 숨막혀 죽기를, 어디에나 있는 스위치 판이나 비어 있는 전기 소켓을 잘못 건드리는 치명적인 실수를 해서 지글지글 굽혀 죽기를 기다리고 있었다. 죽음은 땅콩 봉지 속에, 스테이크 한 조각 속에, 두 번째 담뱃갑 속에 도사리고 있었다. 그는 항상 주변에 있으면서 생과 사 사이에 있는 모든 검문소를 감시했다. 더러운 주사 바늘, 독을 품은 딱정벌레, 땅에 떨어진 전기가 통하는 전선, 산불. 아무것도 모르는 어린아이들을 혼잡한 교차로로 몰아내 버리는 질주하는 롤러스케이트. 샤워하기 위해 욕조에 들어가면 오즈는 거기에도 있었다…… 친구와의 샤워. 비행기를 타면 오즈가 탑승권을 받았다. 그는 당신이 마시는 물속에, 먹는 음식 속에 있었다. 거기 누구요? 두려움에 질린 그대가 혼자 어둠 속에서 소리를 지르면 돌아오는 것은 그의 대답이다. 무서워하지 마, 나라고. 안녕, 잘 지냈어? 넌 대장암이 걸렸구나, 참 안됐다. 유감이야, 정말 유감이야. 패혈증! 백혈병! 아테롬성 동맥경화! 관상동맥 혈전! 뇌염! 골수염! 헤이호, 가자고! 칼을 들고 문가에 서 있는 마약 중독자! 한밤중에 걸려 온 전화! 노스캐롤라이나의 어떤 접속도로에서 트럭이 전복되어 화공 약품이 유출될 수도 있지! 한 손 가득 움켜쥔 알약. 우적우적 씹어 먹으라고. 질식한 후 손톱 밑에 남는 그 특이한 파란색…… 살려는 몸부림으로 심지어 손톱 밑의 살아 있는 세포들에 남아 있는 산소까지 모두 빨아들이는 뇌. 안녕, 여러분. 난 위디한 오즈의 마법사지만 원한다면 그냥 오즈라고 불러도 돼…… 어때, 우린 오랜 친구잖아. 조그만 울혈성 심장마비나 뇌혈전 같은 거 하나 주려고 들렀어. 오래는 못 있어. 아이를 거꾸로 낳는 산모 한 명을 손봐야 하고 그런 다음 오마하에선 가스 흡입 작업을 좀 해야 해.

그리고 그 가느다란 목소리가 소리를 지르겠지. "사랑해, 티거! 사랑해, 난 널 믿어, 티거! 난 널 항상 사랑하고 믿을 거야. 난 나이를 먹지 않을 거고 내 마음속에 살아 있는 오즈는 네브래스카 출신의 그 친절한 사기꾼 한 명이야. 사랑해……."

우리는 순찰을 돈다…… 내 아들과 나…… 왜냐하면 가장 중요한 것은 전쟁이나 성행위가 아니라 위디한 오즈의 마법사에 대한 역겹고 고귀하고 희망 없는 전쟁이기 때문이다. 그와 나, 우리는 이 청명한 플로리다 하늘 아래 흰색 밴을 타고 순찰을 돈다. 그리고 빨간 회전등은 가려져 있지만 필요한 때를 대비해 그 자리에 있지…… 남자의 마음의 토양은 돌보다 더 단단하기 때문에 우리 말고는 아무도 그걸 알 필요가 없다. 남자는 자신이 키울 수 있는 것을 키우고…… 그리고 보살피지.

이렇게 산란하고 반쯤 꿈꾸는 듯한 생각을 하면서 루이스는 현실과의 접속을 한 줄 한 줄 끊으며 잠에 빠져들었다. 마침내 모든 생각이 정지하고 격심한 피로가 이끄는 대로 어둡고 꿈 없는 무의식 속으로 끌려 들어갔다.

동쪽 하늘에서 동트기 직전 계단에서 발자국 소리가 났다. 그 소리는 느리고 서툴렀지만 결의가 실린 소리였다. 복도의 어둠 속에 그림자 하나가 움직였다. 그와 함께 냄새가 따라왔다. 지독한 악취였다. 깊은 잠에 빠진 루이스도 웅얼거리면서 냄새로부터 고개를 돌렸다. 규칙적인 숨소리가 들렸다.

그 형체는 부부 침실 앞에 잠시 움직이지 않고 서 있다가 안으로 들어왔다. 루이스는 베개에 얼굴을 파묻고 있었다. 하얀 손이 뻗어 와 침대 옆에 있는 검은색 의사 가방을 열면서 딸각 소리가 났다.

안에 든 물건들이 움직이면서 낮게 짤랑거리는 소리가 났다.

그 손은 가방 속을 뒤져 약과 앰플과 주사기를 아무 관심 없이 밀쳐 냈다. 이제 그 손이 뭔가를 발견하고는 그것을 높이 치켜들었다. 희미한 새벽빛을 받아 무엇인가가 은빛으로 빛났다.

그 그림자는 방을 나갔다.

이에 예수께서 다시 속으로 통분히 여기시며 무덤에 가시니 무덤이 굴이라 돌로막았거늘
예수께서 가라사대 "돌을 옮겨 놓으라." 하시니
그 죽은 자의 누이 마르다가 가로되 "주여 죽은 지가 나흘이 되었으매 벌써 냄새가 나나이다."
……이 말씀을 하시고 큰 소리로 "나사로야 나오너라." 부르시니
죽은 자가 수족을 베로 동인 채 나오는데 그 얼굴은 수건에 싸였더라.
예수께서 가라사대 "풀어놓아 다니게 하라." 하시니라.

—「요한복음」

"방금 그 생각이 떠올랐어요. 왜 전에는 그 생각을 못했을까?"
그녀가 신경질적으로 말했다.
"무슨 생각?"
그가 묻자 그녀가 재빨리 대답했다.
"남은 두 개의 소원. 우린 소원 하나만 말했잖아요."
"그걸로 충분하지 않았어?" 그는 단호하게 말했다.
"아니에요." 그녀는 의기양양하게 소리 질렀다.
"우린 소원을 하나 더 빌 거예요. 가서 빨리 그걸 가져와요.
그리고 우리 아들을 살려 달라고 빌어요."

—W.W. 제이콥스, 「원숭이의 발」 중에서

3부
위대한 오즈의 마법사

저드 크랜덜은 갑자기 몸을 부르르 떨며 잠을 깼고 의자에서 떨어질 뻔했다. 자신이 얼마나 오래 잤는지 알 수 없었다. 15분일 수도 있고 세 시간일 수도 있었다. 그는 시계를 보고 5시 5분인 것을 알았다. 방 안에 있는 모든 것이 미묘하게 어긋나 있다는 느낌이 들었고 앉은 채 잤기 때문에 허리가 쑤시기 시작했다.

'이 어리석은 늙은이야, 네가 무슨 짓을 했는지 좀 봐!'

하지만 그는 잘 알고 있었다. 마음속으로 그는 더 잘 알고 있었다. 단지 자신의 잘못만이 아니라는 것을. 그는 보초를 서다가 그냥 잠든 것이 아니었다. 누군가가 그를 잠들게 한 것이다.

이 생각에 그는 겁에 질렸지만 정작 그를 놀랜 것은 다른 것이었다. 뭐 때문에 잠이 깬 거지? 그는 어떤 소리가 났다는 느낌을 받았다. 어떤 소리냐면…….

그는 숨을 죽이고 그의 심장이 종이처럼 펄럭거리는 소리 말고 다른 소리를 듣기 위해 귀를 기울였다.

소리가 났다…… 그를 깨운 소리와 같은 소리는 아니었지만 소리가 났다. 경첩이 희미하게 삐걱거리는 소리였다.

저드는 이 집에서 나는 모든 소리를 알고 있었다. 마룻바닥의 어떤 부분이 삐걱거리는지, 층계의 몇 번째 계단에서 소리가 나는지, 어젯밤처럼 바람이 취한 듯 세게 불 때는 어떤 홈통에서 울리는 소리가 나는지 알고 있었다. 그는 이 소리를 너무나 잘 알고 있었다. 포치와 정면 홀을 연결하는 무거운 앞문이 막 열렸던 것이다. 그리고 이 정보를 가지고 추정해 본 결과 그는 자신을 깨웠던 소리를 알 수 있었다. 그것은 포치와 정면 복도를 잇는 망을 친 문의 용수철이 천천히 늘어나는 소리였다.

"루이스?"

그는 아무 기대 없이 불렀다. 거기에 있는 것은 루이스가 아니었다. 거기에 있는 것이 무엇이든 그것은 늙은이의 자존심과 허영심을 벌하기 위해 보내진 것이었다.

발자국이 천천히 거실을 향해 복도를 질러오고 있었다.

"루이스?"

그는 다시 부르려고 했지만 실제로 나온 소리는 희미하게 목쉰 소리뿐이었는데 그것은 이제 그 밤의 끝에 자신의 집으로 들어온 것의 냄새를 맡았기 때문이다. 그것은 더럽고 저속한 냄새였다…… 독을 품은 간석지의 냄새였다.

그는 어둠 속에 드러난 형체들(노마의 옷장, 화장대, 장롱)을 구별할 수 있었지만 자세히는 볼 수 없었다. 그는 오줌을 지리기 시작한 다리로 일어서려고 애쓰면서 시간이 필요하다고, 준비할 시간도 없이 다시 그것과 대면하기에 그는 너무 늙었다고 마음속으로 비명 지르고 있었다. 티미 배터만만으로도 그것은 충분히 추악했고 그때 그는 젊었다.

문이 열리면서 그림자들이 들어왔다. 그중 한 그림자가 다른 그림자보다 뚜렷하게 보였다.

제기랄, 저 썩는 냄새.

어둠 속에서 질질 끌리는 발소리.

"게이지?"

저드는 결국 일어섰다. 곁눈질로 그는 짐 빔 재떨이에 담뱃재가 둥그렇게 말려 있는 것을 보았다.

"게이지, 너……?"

소름 끼치는 고양이 울음소리가 들렸고 일순간 저드의 뼈가 하얗게 얼어붙었다. 그것은 무덤에서 돌아온 루이스의 아들이 아니라 무서운 괴물이었다.

아니다. 그것도 아니었다.

그것은 처치였다. 복도 문가에 웅크리고 앉아 울고 있었다. 고양이의 눈이 더러운 등불처럼 번쩍거렸다. 그러고 나서 그 눈은 방향을 돌려 고양이와 함께 온 것을 뚫어지게 바라보았다.

저드는 생각을 정리하고 지독한 냄새에 맞서 이성을 찾으려고 애쓰며 뒤로 물러섰다. 오, 여기는 너무 춥다. 그것이 들어오면서 냉기까지 함께 가져왔어.

저드의 몸이 불안하게 흔들리기 시작했는데 고양이가 그를 휘감고 서 있었기 때문이다. 고양이는 가르랑거리고 있었다. 저드는 그것을 발로 차 몰아내 버렸다. 처치는 이빨을 드러내고 그에게 쉿쉿거렸다.

'생각해! 제발 생각해, 이 늙은이야. 아직도 그렇게 늦은 건 아니야. 그렇게 늦지 않았어……. 그것이 돌아왔지만 다시 죽일 수 있어. 네가 할 수만 있다면…… 네가 생각만 할 수 있다면.'

그는 부엌을 향해 조금씩 뒷걸음치기 시작했고 갑자기 개수대 옆에 있는 도구 서랍이 생각났다. 그 서랍에는 고기 써는 식칼이 들어 있었다.

그는 마른 정강이로 부엌으로 통하는 문을 걷어찬 후 밀어서 열었다. 그의 집에 들어온 그것은 아직 형체가 불분명했지만 저드는 그것이 숨쉬는 소리를 들을 수 있었다. 그는 하얀 손 하나가 앞뒤로 왔다 갔다 하는 것을 봤고 그 손에 뭔가가 있는 것을 봤지만 뭔지 알 수 없었다. 그가 부엌에 들어올 때 문이 반동으로 되돌아왔고 저드는 마침내 등을 돌리고 그 서랍을 향해 달렸다. 그는 서랍을 왈칵 잡아당겨 열었고 식칼의 닳은 단단한 나무 손잡이를 발견했다. 그는 그 손잡이를 재빠르게 움켜쥐고 문을 향해 돌아섰다. 그는 심지어 앞으로 두세 발짝 나아가기조차 했다. 조금 용기가 생겼다.

'기억해, 그것은 아이가 아냐. 네가 그것의 정체를 간파한 것을 알아차리면 비명을 지를지도 몰라. 울 수도 있어. 하지만 속으면 안 돼. 이미 넌 너무 많이 속았어, 늙은이. 이게 마지막 기회야.'

다시 문이 열렸지만 처음에는 고양이만 들어왔다. 저드의 눈이 잠시 동안 고양이를 따라가다가 다시 위를 향했다.

부엌은 동향이었고 아침의 뿌옇고 희미한 첫 햇살이 창문을 통해 들어왔다. 빛은 충분했다. 충분하고도 남았다.

게이지 크리드가 장례식 때 입혀 주었던 옷을 입고 들어왔다. 양복의 어깨와 옷깃에서 이끼가 자라나 있었다. 이끼 때문에 하얀 셔츠가 엉망이었다. 그의 가는 금발 머리는 진흙으로 딱딱하게 굳어 있었다. 한쪽 눈은 벽을 바라보았다. 그 눈은 벽 대신 무시무시한 집중력으로 허공을 바라보았다. 다른 쪽 눈은 저드를 응시하고 있었다.

게이지는 그를 보며 히죽 웃었다.

"안녕, 저드."

그는 아기 같았지만 완벽하게 알아들을 수 있는 목소리로 말했다.

"난 네 그 썩고 냄새 나는 영혼을 지옥으로 보내 주려고 왔어. 넌 전에 나를 한 번 엿 먹였지. 내가 조만간 돌아와서 널 엿 먹일 거라고 생각한 적 없나?"

저드는 식칼을 높이 들었다.

"네 정체가 무엇이든 한번 덤벼 봐. 누가 누굴 엿 먹이는지 해 보자고."

"노마도 죽었고 널 위해 울어 줄 사람은 아무도 없어." 게이지가 말했다. "그녀는 정말 싸구려 갈보였지. 그녀는 네 친구 놈들 모두랑 놀아났어, 저드. 그녀는 그놈들이 뒤에서 하도록 했어. 그렇게 하는 걸 제일 좋아했거든. 지금은 지옥에서 불타고 있지, 그 관절염이랑 같이. 내가 거기에서 그녀를 봤거든, 저드. 내가 봤다니까."

그것은 저드 앞으로 두 발짝 나오면서 닳은 리놀륨 장판 위에 진흙투성이 발자국을 남겼다. 그는 마치 저드와 악수하려는 듯이 한 손을 내밀었다. 다른 손은 등 뒤에서 감아쥐고 있었다.

"잘 들어, 저드."

그것이 속삭였다…… 그런 다음 입을 크게 벌리고 조그맣고 뽀얀 이를 드러냈다. 입술은 움직이지 않았지만 노마의 목소리가 흘러나왔다.

"난 널 비웃었어! 우리 모두 널 비웃었어! 우리가 얼마나 널 비웃었는지……."

"그만해."

그의 손에서 식칼이 덜덜 흔들렸다.

"우리 침대에서 그 짓을 했어. 허크랑 나 말이야. 난 조지와도 하고 네 친구 놈들 모두랑 했어. 난 너의 계집질을 알고 있었지만 넌 갈보랑 결혼한 걸 모르고 있었지. 우리가 얼마나 웃었는지 몰라, 저드! 우리는 함께 뒹굴면서 비웃었어……."

"그만!"

저드가 비명을 질렀다. 그는 더러운 장례식 정장을 입고 있는 조그맣고 흔들거리는 것에 덤벼들었고 바로 그때 고양이가 웅크리고 앉아 있던 나무토막 밑 그늘에서 화살처럼 돌진했다. 그것은 쉿쉿 소리를 내면서 귀를 머리 뒤로 바짝 젖히고 날렵하게 저드의 다리를 걸어 넘어뜨렸다. 식칼이 그의 손에서 날아갔다. 식칼은 울퉁불퉁하고 색 바랜 장판 위로 미끄러지면서 빙그르르 돌더니 손잡이와 칼날의 위치가 바뀌었다. 그것은 약하게 쨍 소리를 내며 판자 밑을 스치고 나서 냉장고 밑으로 들어가 버렸다.

저드는 자신이 또다시 속았다는 것을 깨달았다. 이제 유일한 위안이 있다면 이것이 마지막이라는 것이다. 고양이는 저드의 다리 위에서 입을 벌리고 눈을 번뜩이면서 끓는 찻주전자처럼 씩씩거렸다. 그리고 게이지가 즐거운 듯 사악한 미소를 띤 채 그 위에 올라타고 가장자리가 빨간 둥근 달 모양의 눈으로 그를 바라보고 있었다. 그의 등 뒤에서 오른손이 나오며 저드는 그가 들어왔을 때 감추고 있던 것이 루이스의 검은 가방에서 나온 메스라는 것을 알았다.

"오, 하느님."

저드는 오른손을 들어 그 공격을 피해 보려고 했다. 그리고 환영이 보였다. 그가 실성한 것이 분명했다. 그 메스가 그의 양손 위를 동시에 찔렀기 때문이다. 그러고 나서 뭔가 따뜻한 것이 그의 얼굴 위로 뚝뚝 떨어졌고 그는 깨달았다.

"널 엿 먹여 줄 거야, 늙은이!"

그 게이지같이 생긴 것이 킬킬거리면서 독을 품은 숨결을 그의 얼굴에 불었다.

"널 엿 먹여 줄 거야, 난 너희 모두를 엿 먹여 주겠어…… 난…… 원해!"

저드는 두 손을 휘둘러 게이지의 손목을 잡았다. 그의 손에서 피부가 껍질처럼 벗겨져 나가기 시작했다.

메스가 그의 손에서 휙 빠져나가면서 세로로 긴 상처가 났다.

"난…… 그걸…… 원해!"

메스가 다시 내려왔다.

그리고 한 번 더.

또 한 번 더.

"부인, 이제 해 보세요."

트럭 운전사가 말했다. 그는 레이첼이 몰던 렌터카의 엔진 보닛 안쪽을 들여다보고 있었다.

레이첼은 시동을 걸었다. 시베트의 엔진이 으르렁거리며 살아났다. 트럭 운전사가 쾅 소리를 내며 보닛을 닫고 창문 쪽으로 걸어오면서 파랗고 커다란 손수건에 손을 닦았다. 그는 인상 좋고 불그스레한 얼굴을 한 남자였다. 다이사트 휴게소 모자를 뒤로 삐딱하게 쓰고 있었다.

"고마워요."

레이첼은 막 울음을 터트릴 것 같은 목소리로 말했다.

"정말 어떻게 해야 할지 몰랐는데."

"이런, 애라도 고칠 수 있는 건데요." 운전사가 말했다. "하지만 좀 이상해요. 이런 새 차에서 저런 게 말썽을 부리는 걸 본 적이 없거든요."

"왜요? 뭐가 잘못된 거죠?"

"배터리 케이블 중 하나가 빠져 있었어요. 누가 손댄 건 아니겠죠, 그렇죠?"

"아뇨."

레이첼은 대답하면서 다시 한번 그 거대한 새총의 고무 밴드 속으로 던져진 듯한 느낌을 받았다.

"내 짐작엔 운전하면서 흔들려 떨어진 것이 분명해요. 하지만 케이블 때문에 고생하는 일은 이제 없을 거예요. 내가 단단하게 조여 놨으니."

"사례를 좀 해도 될까요?"

그녀가 수줍게 물었다.

트럭 운전사는 너털웃음을 터트렸다.

"괜찮아요, 부인. 우린 도로의 흑기사잖아요, 안 그래요?"

그녀가 미소를 지었다.

"그럼…… 고마워요."

"천만에요."

그는 이런 새벽에 어울리지 않는 미소를 활짝 지어 보였다.

레이첼도 미소로 답하고 나서 조심스럽게 주차장을 나와 지선 도로로 들어섰다. 그녀는 차가 오는지 양쪽을 살폈고 5분 후 그녀는 다시 유료 고속도로로 나와 북쪽을 향했다. 커피는 생각한 것보다 훨씬 더 도움이 됐다. 그녀는 이제 조금도 졸리지 않았고 완전히 잠이 깼으며 그녀의 눈은 문손잡이만큼이나 커져 있었다. 자신이 누군가의 조종을 받고 있다는 불안한 느낌이 그녀를 다시 엄습했다. 그렇게 배터리 케이블이 단자에서 빠진다는 것은…….

그래서 그녀의 발을 묶어 놓고 그동안…….

그녀는 불안하게 웃었다. 그동안 뭘 한다는 거야?

돌이킬 수 없는 일이 일어나도록.

그건 바보 같았다. 말도 안 된다. 그렇지만 레이첼은 작은 차를 더 빨리 몰기 시작했다.

다섯시, 저드가 친한 의사 친구인 루이스 크리드의 검은 가방에서 훔쳐 낸 메스를 피하려고 몸부림칠 때, 그녀의 딸이 자비롭게도 기억할 수 없는 끔찍한 악몽에 붙들려 비명 지르다가 깨어 침대에서 벌떡 일어나 앉을 때, 레이첼은 유료 고속도로를 나와 그녀의 아들의 관에 삽 한 자루만 달랑 들어 있는 묘지에서 가까운 해먼드 거리 출구를 달렸고 뱅거—브루어 다리를 건넜다. 5시 15분, 그녀는 15번 도로에서 러들로로 향하고 있었다.

레이첼은 저드의 집으로 곧장 가기로 했다. 그녀는 최소한 자신이 한 약속은 지킬 것이다. 진입로에 시빅은 보이지 않았다. 그녀는 시빅이 차고에 있을지도 모른다고 생각했지만 집은 고요히 잠든, 텅 빈 것 같은 분위기를 풍기고 있었다. 직감에 따르면 루이스가 집에 있을 것 같지 않았다.

레이첼은 저드의 픽업트럭 뒤에 차를 주차하고 시베트에서 나와 조심스럽게 주위를 둘러보았다. 잔디는 잔뜩 이슬을 머금은 채 맑은 아침 햇살을 받아 반짝였다. 어딘가에서 새가 지저귀다가 조용해졌다. 어렸을 때 특별히 할 일도 없는데 새벽에 잠이 깨 홀로 있던 적이 몇 번 있었는데 그때 그녀는 고독했지만 들뜬 기분, 그러니까 새로운 시작과 일상의 연속이라는 역설적인 기분을 느꼈다. 오늘 아침엔 그렇게 좋은 기분은 전혀 들지 않았다. 끔찍했던 지난 24시간과 최근에 아들을 잃은 슬픔 탓으로만 돌리기에 도저히 떨쳐 버릴 수 없는 불편한 느낌이 있었다.

그녀는 포치 계단을 올라가 앞문에 달려 있는 구식 벨을 사용하려고 했다. 그녀는 루이스와 함께 이 집을 방문한 첫날부터 이 벨에 매혹되었다. 그 벨을 시계 방향으로 돌리면 시대에 뒤처지긴 했지만 유쾌한 음악 소리가 크게 울려 나왔다.

그녀는 그것을 향해 손을 뻗다가 우연히 현관 바닥을 보고 얼굴을 찡그렸다. 깔개에 진흙투성이 발자국이 있었다. 주변을 둘러보고 그녀는 이 발자국이 앞에서부터 죽 이어진 것을 보았다. 매우 작은 발자국. 아이 발자국처럼 보였다. 그녀는 밤새 운전을 했고 비는 오지 않았다. 바람은 불었지만 비는 내리지 않았다.

그녀는 그 발자국을 오랫동안, 지나치게 오랫동안 보고 있다가 벨을 울리려고 억지로 손을 들었다. 그녀는 그것을 잡았다…… 그리고 다시 손이 떨어졌다.

난 기대하고 있는 거야, 그것뿐이야. 이 정적 속에서 벨 소리가 울리기를 기대하고 있는 거야. 저드는 자고 있을 것이고 벨이 울리면 깜짝 놀라서 깰 텐데…….

하지만 그녀가 두려워하는 것은 그것이 아니었다. 그녀는 깨어 있기가 너무 힘들다는 것을 깨달았을 때부터 심각하고 산만한 불안에 시달리고 있었지만 이 날카로운 공포는 새로웠고 이 조그만 발자국들하고만 관련 있는 것이었다. 발자국은…….

그녀의 마음이 이 생각을 멈추려고 애썼지만 마음은 너무 지쳐 있었고 너무 느렸다.

……게이지의 발 크기야.

제발, 그만해. 그만두지 못해?

그녀는 손을 뻗어 벨을 돌렸다.

그 소리는 그녀가 기억하는 것보다 컸지만 음악적이지는 않았다. 그것은 정적 속에서 거칠게 숨막히는 소리를 질렀다. 그녀는 놀라 펄쩍 뛰면서 우습지도 않은데 불안한 웃음을 터트렸다. 그녀는 저드의 발자국 소리를 기다렸지만 그 소리는 들리지 않았다. 계속해서 침묵만 흘렀고 마음속으로 나비 모양의 벨을 다시 돌려야 하나 고민하고 있는데 문 안쪽에서 소리가 들렸다. 그녀가 전혀 예상하지 못한 소리였다.

야옹! 야옹! 야옹!

"처치?"

그녀가 깜짝 놀라고 당황해서 물었다. 그녀는 몸을 앞으로 굽혔지만 안을 볼 수 없었다. 문의 유리창은 깔끔하게 하얀 커튼으로 가려져 있었다. 노마가 만든 것이었다.

"처치, 안에 있니?"

야옹!

레이첼은 문을 열어 보았다. 잠겨 있지 않았다. 고양이는 복도에서 발 옆으로 단정하게 꼬리를 말고 앉아 있었다. 고양이의 털은 짙은 색 줄무늬가 져 있었다. 진흙이겠지, 레이첼은 이렇게 생각했고 처치의 수염에 매달린 물방울이 붉다는 것을 알아차렸다.

고양이는 한쪽 발을 들어 그것을 핥기 시작했지만 레이첼에게서 눈을 떼지 않았다.

"저드?"

이제 정말 두려움에 질린 그녀가 소리를 질렀다. 그녀는 문 안으로 들어섰다.

아무런 대답도 돌아오지 않았고 사방은 고요하기만 했다.

레이첼은 생각하려고 애썼지만 갑자기 그녀의 언니 젤다의 영상이 마음속으로 기어 들어오면서 생각을 흐려 버렸다. 그녀의 손이 어떻게 꼬여 있었는지. 화가 날 때면 가끔씩 어떻게 벽에 머리를 찧었는지. 그 자리에 있는 벽지는 모두 찢어지고 그 밑의 회반죽도 모두 부서졌다. 지금은 젤다를 생각할 때가 아니었다. 저드가 잘못되었을 수도 있다. 그가 넘어진 것이 아닐까? 그는 노인이다.

그걸 생각해. 어릴 때 꾼 꿈 생각 말고. 벽장문이 열리면서 까만 얼굴의 무시무시하게 웃고 있는 젤다가 너에게 덤벼드는 꿈 생각 말고. 욕조에 누워 있을 때 배수로에서 젤다가 너를 쳐다보고 있는 꿈 생각 말고. 지하실 난방로 뒤에 젤다가 숨어 있는 꿈 생각 말고…….

처치가 입을 열어 날카로운 이빨을 드러낸 채 다시 야옹 하고 울었다.

루이스가 옳았어. 처치에게 중성화 수술을 하지 말았어야 했어. 그 이후로 계속 이상했어. 하지만 루이스는 중성화 수술을 하면 모든 공격적 본능이 사라질 거라고 했거든. 어쨌든 그 말은 틀렸어. 처치는 아직도 사냥을 하잖아. 처치는…….

처치가 다시 야옹 하고 소리 지른 후 몸을 돌려 층계를 뛰어 올라갔다.

"저드?"

그녀가 다시 불렀다.

"거기 위에 있어요?"

야옹! 처치는 마치 그 사실을 확인해 주는 것처럼 층계 위에서 울더니 복도 쪽으로 사라져 버렸다.

처치는 어떻게 들어왔을까? 저드가 들여보내 줬나? 왜?

레이첼은 양쪽 발을 번갈아 들었다 놨다 하며 어찌할 바를 몰랐다. 가장 불길한 것은 이 모든 것이 마치…… 계획된 것처럼 보인다는 것이었다. 누군가 그녀가 여기 있기를 바라고…….

위층에서 낮고 고통으로 가득 찬 신음소리가 들렸다…… 저드의 목소리, 저드의 목소리였다. 저드가 욕실에서 미끄러졌거나 발이 걸려 넘어졌을 거야. 다리가 부러졌거나 엉덩이를 삐끗했을지도 몰라. 노인은 뼈가 약하니까. 그런데 넌 도대체 여기서 뭘 하고 있는 거야? 여기 서서 화장실에 가고 싶은 사람처럼 안절부절못하면서. 처치에게 피가 묻어 있었어, 피가. 저드가 다쳤는데 넌 그냥 여기 서 있구나! 도대체 뭐가 잘못된 거야?

"저드!"

다시 신음소리가 들렸고 그녀는 층계를 뛰어 올라갔다.

그녀는 이층에 와 본 적이 없었고 복도에 하나밖에 없는 창문은 서쪽으로 강을 향하고 있어서 아직 어두웠다. 복도는 계단 옆에서 집 뒤로 죽 넓게 뻗어 있고 벚나무 난간은 우아하게 번쩍거렸다. 벽에는 아크로폴리스의 사진이 걸려 있었고…….

(그건 젤다야. 오랜 세월 동안 너를 노리고 있었고 이제 그녀의 때가 온 거야. 오른쪽 문이 열리면 등이 구부러지고 배배 꼬인 젤다가 오줌 지린내와 죽음의 냄새를 풍기면서 나올 거야. 그건 젤다야. 때가 왔어. 결국 그녀가 널 잡은 거야.)

낮은 신음소리가 오른쪽으로 두 번째 문 뒤에서 났다.

레이첼은 그 문을 향해 걷기 시작했고 마룻바닥에 그녀의 높은 굽이 닿으면서 삐걱거리는 소리가 났다. 마치 뒤틀린 곳, 시간이나 공간이 뒤틀린 것이 아니라 크기가 뒤틀린 곳에 들어선 것 같았다. 그녀가 줄어들고 있었다. 아크로폴리스 사진은 점점 더 높은 곳에 떠 있었고 세공 유리로 만든 문손잡이는 곧 눈높이가 될 것이다. 그녀의 손이 그것을 향해 뻗었고…… 문을 만지기도 전에 문이 제꺽 열렸다.

젤다가 거기에 서 있었다.

그녀의 등은 굽고 뒤틀려 있었고 몸은 지나치게 기형적이어서 키가 50센티미터도 채 안 되는 난쟁이였다. 그리고 어쩐 일인지 그녀는 게이지를 묻을 때 입혔던 옷을 입고 있었다. 하지만 그것은 젤다가 맞았다. 실성해서 날뛰며 빛나던 그녀의 눈. 그녀의 얼굴은 입술연지 같은 보라색이었다. 젤다가 소리를 지르고 있었다.

"마침내 널 잡으러 왔어, 레이첼. 난 너의 등을 나처럼 비틀어 놓을 것이고 넌 절대 침대 밖으로 나올 수 없어. 다시는 침대 밖으로 나올 수 없어!"

처치가 그녀의 한쪽 어깨에 올라앉아 있었고 젤다의 얼굴이 돌아가면서 바뀌자 레이첼은 소용돌이치는 끔찍한 공포 속에서 그것이 젤다가 아니라는 것을 알았다. 어떻게 그녀가 이렇게 어리석은 실수를 할 수 있었을까? 그것은 게이지였다. 게이지의 얼굴은 까만 것이 아니라 더러웠고 피로 얼룩져 있었다. 게이지의 얼굴은 퉁퉁 불어 있었는데 마치 그가 심하게 다친 후에 누군가가 그를 모아서 거칠게 한구석에 쑤셔 박은 것 같은 모습이었다.

그녀는 게이지의 이름을 소리쳐 부르면서 두 팔을 벌렸다. 그는 뛰어가 그녀에게 올라가 안기면서 한쪽 손을 내내 등 뒤에 감추고 있었는데 마치 누군가의 목초지에서 뽑은 꽃다발을 숨기고 있는 것 같았다.

"나 엄마 주려고 뭘 가지고 왔어요, 엄마!"

그가 소리를 질렀다.

"엄마 주려고 뭘 가지고 왔어요, 엄마 주려고 뭘 가지고 왔어요, 엄마 주려고 뭘 가지고 왔어요!"

루이스 크리드는 눈 위로 가득 쏟아지는 햇살을 받으며 잠에서 깼다. 그는 일어나려고 하다가 등을 쿡쿡 쑤시는 통증에 얼굴을 찡그렸다. 통증이 지독했다. 그는 베개 위에 쓰러져서 자신을 내려다보았다. 아직도 옷을 입은 채였다. 제기랄.

그는 한동안 거기에 누워 있다가 근육 하나하나가 쑤시는 것을 참으며 일어났다.

"빌어먹을."

그는 중얼거렸다. 몇 초 간 약하지만 감지할 수 있을 정도로 방이 시소를 타고 있었다. 그의 등은 마치 치통을 앓는 것처럼 욱신거렸고 머리를 돌리자 목에 있는 힘줄이 모두 녹슨 띠톱의 날로 바뀐 것처럼 뻐근했다. 하지만 가장 상태가 안 좋은 것은 무릎이었다. 소염제 크림은 아무 도움이 되지 않았다. 그는 빌어먹을 코티존(관절염에 특효인 부신 피질 호르몬—옮긴이) 주사를 무릎에 한 방 놨어야 했다. 그의 바지는 퉁퉁 부어오른 무릎 주위에 팽팽하게 달라붙어 있었다. 마치 그 밑에 풍선이 있는 것처럼 보였다.

"제대로 한 방 먹었군." 그는 중얼거렸다. "맙소사, 이게 뭐야."

그는 침대 가장자리에 앉기 위해 아주 천천히 허리를 구부렸다. 입술은 너무 꽉 다물어서 하얗게 되어 있었다. 그런 다음 그는 무릎을 조금씩 굽히면서 통증이 얼마나 심한지 살폈고 상태가 얼마나 나쁜지 보았다. 혹시…….

게이지! 게이지가 돌아왔나?

게이지 생각에 그는 통증에도 불구하고 벌떡 일어섰다. 그는 맷 딜런의 오랜 친구 체스터처럼 비틀거리며 방을 걸어갔다. 그는 문을 나와 복도를 가로질러 게이지의 방으로 갔다. 하지만 그 방은 비어 있었다. 그는 절뚝거리면서 엘리의 방으로 갔지만 역시 비어 있었고 다른 빈방으로 가 보았다. 고속도로 쪽을 향한 그 방 역시 비어 있었다. 하지만…….

길 건너에 낯선 차가 한 대 있었다. 저드의 차 뒤에 주차되어 있었다.

그래서 어쩌라고?

낯선 차 한 대가 저기 있으면 골칫거리가 될 수도 있다. 그래서 어쩌라고?

그는 커튼을 옆으로 밀고 그 차를 자세히 살펴보았다. 그것은 푸른색 소형차로 시베트였다. 그리고 그 차 지붕에 꼬리를 말고 잠들어 있는 것은 분명 처치였다.

그는 커튼을 다시 제자리에 놓기 전에 오랫동안 차를 바라보았다. 저드에게 누가 왔나 보지, 그것뿐이야…… 그래서 어쩌라고? 그리고 게이지에게 무슨 일이 일어난 것이 아닌가 걱정하기에 지금은 너무 일렀다. 처치는 오후 한시가 다 돼서 돌아왔고 지금은 겨우 아침 아홉시였다. 화창한 5월 아침 아홉시인 것이다. 그는 아래층으로 내려가 커피를 만들고 뜨거운 수건을 준비해 무릎에 대고 있으면 되는 것이다…….

그런데 처치가 저 차 지붕에서 뭘 하고 있는 거야?

"이런, 그만 좀 해."

그는 소리 내어 말하고 절뚝거리면서 복도를 다시 걸어갔다. 고양이들은 아무 데서나 잔다. 그것이 야생동물의 본성이다.

처치가 더 이상 도로를 건너지 않는다는 것만 빼고, 기억나?

"잊어버려."

그는 중얼거리면서 계단을 반쯤 내려가다가 멈췄다(그는 비스듬하게 계단을 내려가고 있었다). 혼잣말을 하는 것은 좋은 일이 아니었다. 그것은…….

어젯밤 숲 속에 있었던 것은 뭘까?

그 생각이 불쑥 떠오르면서, 무릎을 돌려 침대에서 내려오다가 느낀 통증 때문에 그랬던 것처럼 그는 입술을 꽉 다물었다. 그는 어젯밤 숲 속에 있었던 그것에 대한 꿈을 꿨다. 디즈니 월드에 대한 꿈이 자연스럽게 그 꿈과 섞이면서 너무나 쉽사리 무시무시한 꿈속으로 빠져들었다. 그는 그것이 자신을 만져서 여태까지 꾸었던 좋은 꿈을 모두 망쳐 놓고 모든 선의를 오염시키는 꿈을 꾸었다. 그것은 웬디고였고 그를 식인종으로 만들었을 뿐 아니라 식인종의 아버지로 만들었다. 꿈속에서 그는 애완동물 공동묘지에 있었지만 혼자가 아니었다. 빌과 티미 배터만이 거기에 있었다. 저드도 있었는데 죽은 것처럼 창백한 얼굴로 스폿이 매고 있는 천으로 만든 끈을 쥐고 있었다. 레스터 모간도 차를 견인하는 사슬에 묶인 황소 핸래티와 같이 있었다. 핸래티는 옆으로 누워서 그 멍하고 약에 취한 듯한 흥분된 눈으로 주위를 둘러보고 있었다. 그리고 어찌된 일인지 레이첼도 거기 있었는데 아마 저녁 식탁에서 사고가 있었던 모양이다. 토마토케첩이나 크랜베리 젤리 접시를 엎었는지 드레스에 빨간 얼룩이 군데군데 튀어 있었다.

그러고 나서 나무 올가미 뒤에서 파충류처럼 갈라진 노란 피부에 커다란 덮개를 씌운 안개등처럼 보이는 눈을 하고 귀는 보통 귀가 아니라 꼬부라진 거대한 뿔인 웬디고가, 마치 여인의 몸을 빌려 태어난 도마뱀같이 생긴 야수가 엄청난 높이로 솟아올랐다.

웬디고는 사람들이 목을 세우고 그것을 보려 하자 뿔 모양의 손톱이 긴 손가락을 들어 그들 모두를 가리켰다.

"그만."

루이스는 중얼거렸고 자신의 목소리에 소름이 끼쳤다. 그는 부엌으로 가서 여느 때처럼 아침을 만들기로 결정했다. 기분을 좋게 만드는 콜레스테롤 덩어리인 독신 남자의 아침을. 양쪽에 가늘게 썬 버뮤다 양파 조각과 마요네즈를 바른 달걀 프라이 샌드위치 두 개. 그는 땀 냄새와 더럽고 불쾌한 냄새를 풍겼지만 샤워는 나중에 하기로 했다. 지금은 옷 벗는 것조차 무지하게 힘든 일이었고 무릎이 빠져나올 수 있게 가방에서 메스를 꺼내 바지를 잘라야 할 것 같아 걱정스러웠다. 훌륭한 도구를 다루는 방법치고는 지랄 같았지만 집 안에는 그 두꺼운 청바지 천을 잘라 낼 만한 칼이 없었고 레이첼의 재봉 가위도 소용없을 것이 뻔했다.

하지만 먼저 아침 식사를 하자.

그리고 그는 거실을 가로질러 정면 입구로 돌아가 저드의 진입로에 있는 푸른색 소형차를 살펴보았다. 차에는 이슬이 맺혀 있었는데 한동안 그곳에 있었다는 말이 된다. 처치는 여전히 지붕 위에 있었지만 자고 있지는 않았다. 그는 추한 황록색 눈으로 루이스를 똑바로 쳐다보고 있는 것처럼 보였다.

루이스는 누군가를 몰래 쳐다보다 들킨 사람처럼 재빨리 뒤로 물러섰다.

그는 부엌으로 가서 덜컥거리며 프라이팬을 꺼내 가스레인지에 올려놓고 냉장고에서 달걀을 가져왔다. 부엌은 환하고 상쾌했다. 그는 휘파람을 불며 아침의 상쾌한 기분을 느껴 보려 했지만 휘파람을 불 수 없었다. 모든 것이 괜찮아 보였지만 실은 그렇지 않았다. 텅 빈 집은 무서웠고 어젯밤 일이 계속 그를 압박해 왔다. 모든 게 잘못되어 있었다. 그는 그림자가 감돌고 있는 것을 느꼈고 두려웠다.

그는 절뚝거리며 화장실에 가서 아스피린 두 알을 오렌지 주스와 함께 마셨다. 가스레인지로 힘겹게 돌아오고 있을 때 전화벨이 울렸다.

받지 마, 나쁜 소식이니까 받으면 안 돼. 그건 모퉁이를 돌아 암흑 속으로 사라지는 끈의 끝자락이고 그 끈의 끝에 뭐가 있는지 보고 싶지 않아, 루이스. 넌 정말 그걸 보고 싶어하지 않는다고. 그러니 받지 마. 달려, 당장 달려가. 차고에 있는 차를 타고 도망가 버려. 하지만 저 전화만은 받지 마.

그는 방을 가로질러 가 전화를 받으며 예전에 그랬던 것처럼 드라이어 위에 한 손을 올려놓고 있었다. 전화를 건 사람은 어윈이었고 어윈이 "여보세요."라고 말하는 순간에 루이스는 부엌을 가로지른 진흙 범벅의 자그마한 발자국을 보았다. 순간 그의 심장이 가슴속에서 얼어붙는 것 같았고 머릿속에서 눈동자가 부풀어 올라 당장이라도 튀어나올 것 같았다. 바로 그 순간 거울을 볼 수 있다면 17세기 정신 병동 그림에서 튀어나온 얼굴이 보였을 거라고 생각했다. 그것은 게이지의 발자국이었다. 게이지가 여기 있었어. 어젯밤에 여기 있었다. 그럼 지금은 어디 있단 말인가?

"어윈이네, 루이스…… 루이스? 거기 있나? 여보세요?"

"안녕하세요, 어윈."

그가 말했고 그는 이미 어윈이 뭘 말하려고 하는지 알고 있었다. 그는 푸른색 차의 의미를 깨달았다. 그는 모든 것을 이해했다. 그 끈…… 어둠 속으로 사라지던 그 끈…… 그는 지금 끈을 양손으로 번갈아 쥐면서 그것을 따라 빠르게 움직이고 있었다. 아, 그 끝에 뭐가 있는지 보기 전에 그것을 놓을 수만 있다면! 하지만 그것은 그의 끈이었다. 그가 만든 끈이었다.

"잠시 전화가 끊긴 줄 알았네."

골드만이 말하고 있었다.

"아닙니다, 전화기가 손에서 미끄러졌어요."

루이스가 말했다. 그의 목소리는 이제 침착했다.

"어젯밤, 레이첼이 집에 잘 도착했나?"

"아, 그럼요."

그 파란 차, 지붕에 처치가 앉아 있는 차, 너무나 조용한 그 차를 생각하며 루이스가 말했다. 그의 눈은 마룻바닥에 있는 진흙 발자국을 따라가고 있었다.

"개와 통화를 좀 해야겠네. 지금 당장. 아일린에 관한 일일세."

골드만이 말했다.

"엘리요? 엘리가 왜요?"

"내 생각에 정말 레이첼하고……."

"레이첼은 지금 여기 없어요."

루이스가 거칠게 말했다.

"빵과 우유를 사러 가게에 갔어요. 엘리가 어때서요? 빨리요, 어원."

"엘리를 병원에 데려갔네."

골드만이 마지못해 말했다.

"그 아이가 악몽을 꿨어. 그것도 시리즈로 꿨다네. 히스테리를 부리는데 도무지 제정신이 들어야 말이지. 그 아인……."

"진정제를 놨나요?"

"뭐라고?"

"진정제요."

루이스가 조바심이 나서 말했다.

"병원에서 진정제를 놔줬나요?"

"음, 그랬지. 알약을 하나 먹였더니 다시 잠들었어."

"무슨 말을 하던가요? 뭐 때문에 그렇게 놀란 거죠?"

그는 손가락 마디가 하얘지도록 전화를 움켜쥐고 있었다.

어윈 골드만의 침묵…… 아주 오랜 침묵이었다. 이번에도 재촉하고 싶었지만 루이스는 참았다.

마침내 어윈이 말했다.

"그게 아주 도리를 겁에 질리게 했다네. 그 아이는 끊임없이 얘기를 늘어놓다가…… 결국은 너무 크게 울어서 무슨 얘긴지 알 수 없었다네. 도리도 거의…… 자네도 알 걸세."

"뭐라고 하던가요?"

"엘리는 오즈의 마법사가 엄마를 죽였다고 말했어. 하지만 그런 식으로 말한 건 아니고. 그 아이는…… 그 아이는 위디한 오즈의 마벗사라고 했어. 우리 딸이 그걸 그런 식으로 발음했지. 우리 딸 젤다 말일세. 루이스, 나도 이 질문은 레이첼에게 해야 한다는 걸 알고 있네. 그렇지만 도대체 엘리에게 젤다와 젤다가 어떻게 죽었는지 얼마나 이야기해 준 건가?"

루이스는 눈을 감았다. 세상이 그의 발밑에서 부드럽게 흔들리고 있었으며 골드만의 목소리는 마치 두꺼운 안개를 헤치고 나오는 잃어버린 목소리 같았다.

사람 목소리 같은 소리가 들리겠지만 그건 프로스펙트를 향해 남쪽으로 날아가는 아비새 소리일 뿐이야. 소리가 울리는 거지.

"루이스, 듣고 있나?"

"엘리가 괜찮을까요?"

루이스가 물었다. 자신의 목소리가 너무 멀게 들렸다.

"엘리는 괜찮겠어요? 예후는 어떻다고 하던가요?"

"장례식 때 받은 충격이 이제 나타난 것이라고 하네." 골드만이 말했다. "내 주치의가 왔었네. 래스럽이라고. 좋은 사람이지. 엘리가 열이 있는데 오늘 오후에 깨어나면 기억을 못할 수도 있다고 했네. 하지만 레이첼이 꼭 와야 할 것 같아. 루이스, 난 두렵네. 자네도 와 줬으면 좋겠네."

루이스는 대답하지 않았다. '신은 세상 만물을 바라보신다.' 라고 제임스 왕이 말했지. 하지만 루이스는 그보다 더 미천한 존재였고 그의 눈은 지금 진흙 발자국을 보고 있었다.

"루이스, 게이지는 죽었네." 골드만이 말하고 있었다. "자네와 레이첼 모두 그걸 받아들이는 것이 얼마나 힘든지 나도 아네. 하지만 자네 딸은 살아 있고 자네를 필요로 하네."

그래요, 난 그걸 받아들이겠어요. 당신은 어리석은 노인네일지 모르지만, 어원, 1965년 4월, 그날 당신의 두 딸에게 일어난 악몽이 당신에게 분별이란 걸 가르친 것 같군요. 엘리는 내가 필요하지만 난 갈 수 없어요. 왜냐하면 유감스럽게도, 너무나 유감스럽게도 내 손이 아이 엄마의 피로 더럽혀졌으니까요.

루이스는 그 손을 바라보았다. 루이스는 손톱 밑의 흙을 보았는데 그 흙은 부엌 바닥에 있는 발자국의 흙과 너무 흡사했다.

"알겠습니다." 그가 말했다. "무슨 말인지 알겠어요. 최대한 빨리 갈게요, 어윈. 가능하면 오늘 밤에. 고맙습니다."

"우린 최선을 다했네." 어윈이 말했다. "우린 너무 늙었나 봐. 루이스, 어쩌면 우린 항상 그랬는지 모르지."

"엘리가 다른 말은 안 하던가요?" 루이스가 물었다.

어윈의 대답에 루이스의 가슴속에서 장례식 종이 울려 퍼지는 것 같았다.

"많이했지. 하지만 내가 알아들은 다른 말은 이것뿐이네. '파스코가 너무 늦었다고 했어요.'"

그는 전화를 끊고 멍하니 가스레인지로 가서 아침을 다시 만들어야 하나 치워야 하나 어느 것을 해야 할지 몰라 고민했다. 그러곤 부엌 한가운데를 지나가다가 갑자기 현기증이 몰려오고 눈앞이 희미해지면서 서서히 혼절했다. 아주 오랜 시간이 걸린 것처럼 느껴졌기 때문에 '서서히 혼절했다.'란 말이 적절했다. 두꺼운 구름 속으로 쓰러지는 것 같았다. 그것은 마치 그가 몸을 계속 뒤집고 공중회전을 하고 두어 번 갈지자로 움직이다가 이멜만 턴(비행기가 반 공중회전을 한 후 반횡전(半橫轉)해서 정상적인 수평 상태로 돌아가는 것—옮긴이)을 한 것 같았다. 그러다가 다친 무릎을 바닥에 부딪히면서 번개를 맞은 것 같은 고통이 머리를 치고 올라와 그는 고통에 찬 신음소리를 내뱉었다. 잠시 동안 그는 몸을 구부리고 있을 수밖에 없었고 눈물이 나기 시작했다.

마침내 그는 다시 몸을 일으키고 비틀거리면서 그 자리에 섰다.

하지만 머릿속은 다시 맑아졌다. 대단했어. 안 그래?

도망치고 싶은 충동이 마지막으로 그 어느 때보다 강하게 밀려왔다. 그는 호주머니 속에 불거져 있는 마음에 위안에 되는 차 열쇠를 느끼고 있었다. 그는 차를 몰고 시카고로 갈 것이다. 엘리를 데리고 거기서 다시 어딘가로 떠난다. 물론 그때쯤이면 골드만은 뭔가 잘못됐다는 것을, 뭔가 아주 크게 잘못됐다는 것을 알게 되겠지만, 어쨌든 그는 엘리를 데려갈 것이다…… 필요하다면 유괴를 해서라도.

그러다가 불거진 열쇠에서 그의 손이 떨어졌다. 그 충동을 사라지게 한 것은 마음속에 있는 허망함, 죄의식, 절망 또는 지독한 피로가 아니었다. 그것은 부엌 바닥에 있는 진흙 발자국이었다. 마음속에서 그는 그 발자국이 온 나라에 족적을 남기는 것을 볼 수 있었다. 처음엔 일리노이 다음엔 플로리다, 필요하면 전 세계를 돌아다닐 것이다. 네가 산 것은 네 것이 되고 네 것은 결국 네게로 돌아오는 법이야.

그가 문을 열면 예전의 게이지를 본뜬, 실성한 서투른 모조품에 지나지 않는 게이지가 홀쭉한 볼에 싱긋 웃으면서 투명한 파란 눈이 멍한 노란색으로 변해 버린 채 서 있는 날이 올 것이다. 아니면 엘리가 아침에 샤워하려고 목욕탕 문을 열면 욕조 안에 온몸이 그 애가 죽었던 사고로 생긴 희미해진 흉터와 부기투성이에다 깨끗하지만 무덤 냄새를 풍기는 게이지가 앉아 있는 모습을 보게 될 것이다.

그럼, 그날이 오고말고…… 그는 손톱만큼도 그것을 의심하지 않았다.

"어떻게 내가 그렇게 어리석을 수 있었지?"

그는 빈방에 대고 혼자서 크게 소리쳤다.

"어떻게?"

어리석음이 아니라 슬픔이야, 루이스. 차이가 있지…… 작지만 결정적인 차이가…… 슬픔은 그 매장지가 계속 살아갈 수 있게 해 주는 배터리인 거야. 저드는 힘이 계속 커지고 있다고 했는데 그가 옳았어. 넌 이제 그 힘의 일부야. 그건 너의 슬픔을 먹고 크는 거야…… 아니야, 그것 이상이지. 그것은 네 슬픔을 두 배, 세 배로 증폭시켜 결국 절정까지 치닫게 했어. 그리고 그건 슬픔만 먹고 크는 게 아니야. 제정신도 빼앗아 가지. 그건 제정신을 먹어. 문제라면 받아들일 수 없었다는 것뿐이야, 흔히 있는 일이지. 그것이 아들뿐 아니라 네 아내를 희생시켰고 확신하건대 가장 좋은 친구까지 희생시켰어. 바로 그거야. 한밤중에 대문을 두드리는 것이 물러가기를 너무 늦게 바라면 뭐가 찾아오는지 알겠어. 그건 완전한 암흑이야.

난 이제 자살할 거야. 그는 생각했다. 이미 예견된 일이었어, 안 그래? 가방에 도구도 있어. 그것은 모든 것을 계획했어. 처음부터 모든 것을 계획했던 거야. 그 매장진지 웬디고인지가 말이야. 그것이 우리 고양이를 도로로 밀어냈고 우리 게이지도 도로로 밀어냈을 테고 레이첼을 집으로 데려왔어. 그것이 원하는 때에 딱 맞춰서 말이지. 당연히 난 자살해야 해…… 그리고 그러고 싶어.

하지만 먼저 문제를 해결해야 한다. 안 그래?

그래, 그래야 해.

해결해야 할 게이지 문제가 있었다. 게이지가 아직도 저 밖에 있다. 어딘가에.

그는 식당에 있는 발자국을 따라 거실로 가서 다시 계단을 올라갔다. 층계에 난 발자국은 뭉개져 있었는데 좀 전에 루이스가 발자국을 보지 못한 채 그것을 밟고 내려왔기 때문이다. 발자국은 화장실로 이어졌다. 게이지가 여기 있었군. 루이스는 이상한 듯이 생각했다. 바로 여기 있었어. 그러고 나서 루이스는 그의 진찰 가방이 열려 있는 것을 보았다.

그가 언제나 조심스럽게 정리해 놓았던 가방 속의 내용물들은 지금 뒤죽박죽되어 있었다. 하지만 곧 그는 메스가 사라진 것을 알아채고 손으로 얼굴을 감싸고는 그 자세로 한동안 앉아 있었다. 그의 목에서 희미한 절망적인 신음소리가 흘러나왔다.

마침내 그는 다시 가방을 열고 안을 뒤지기 시작했다.

다시 아래층.

식료품 저장실 문이 열리는 소리가 났다. 찬장 문이 열린 후 쾅 닫히는 소리가 들렸다. 깡통 따개의 윙윙거리면서 돌아가는 소리. 마지막으로 차고 문이 열렸다 닫히는 소리. 그러고 나서 그 집은 오월의 햇살 아래 텅 빈 채 서 있었다. 마치 작년 8월 그날에 새로운 사람들이 이사 오기를 기다리며 텅 빈 채 서 있었던 것처럼…… 마치 미래의 어느 날 새로운 사람들이 도착하기를 기다리는 것처럼. 아마 아이가 없는(하지만 희망과 계획을 가진) 젊은 부부일 것이다. 몬다비 포도주와 뢰벤브로이 맥주를 좋아하는 똑똑한 젊은 부부일 것이다. 남편은 노스이스트 은행의 신용 대출 담당 부서를 관리하고 있을 것이고 부인은 치과 위생사 자격증을 가지고 있거나 3년 정도의 검안사 조수 경력을 보유하고 있을 것이다. 남편은 벽난로에 불을 지피기 위해 장작을 팰 것이고 아내는 허리 위까지 올라오는 코듀로이 바지를 입고 빈턴 부인의 들판을 산책하면서 탁자를 장식하기 위해 11월의 가을꽃을 따겠지. 머리는 하나로 묶어 올리고 회색 하늘 아래 가장 눈부신 존재지만 머리 위에 거대한 독수리 연이 날고 있다는 것은 전혀 알아차리지 못할 것이다. 그들은 미신 따위를 믿지 않는 것을 축하하고 저택의 내력에도 불구하고 영악하게 헐값에 이 집을 살 수 있었던 것을 축하할 것이다. 친구들에게 이 집을 거저나 다름없이 샀다고 자랑하며 다락방에 나오는 유령들에 대한 농담을 하면서 몬다비 포도주나 뢰벤브로이 맥주를 또 한 잔 마실 것이고 백개먼(주사위 놀이—옮긴이)이나 밀 본(게임의 일종—옮긴이)을 할 것이다.

그리고 그들에게는 개가 한 마리 있을 것이다.

루이스는 갓길에 서서 화학 비료를 실은 오링코 트럭이 경적을 울리며 지나가길 기다렸다가 길을 건너 저드의 집으로 갔다. 등 뒤 서쪽으로 그림자가 따라오고 있었다. 그는 한 손에 뚜껑을 딴 고양이 사료 깡통 하나를 들고 있었다.

처치는 그가 길을 건너는 것을 보고는 일어나 앉아 경계하는 눈으로 바라보았다.

"안녕, 처치."

그가 말하면서 조용한 집을 찬찬히 둘러보았다.

"좀 먹을래?"

그는 먹이 깡통을 차 트렁크 위에 내려놓고 처치가 지붕에서 가볍게 뛰어 내려와 먹기 시작하는 것을 보았다. 루이스는 재킷 주머니에 손을 집어넣었다. 처치는 그를 보고 마치 그의 마음을 읽은 것처럼 긴장했다. 루이스는 미소를 지으면서 차에서 몇 걸음 떨어졌다. 처치는 다시 먹이를 먹기 시작했고 루이스는 호주머니에서 주사기를 꺼냈다. 그는 주사기를 싸고 있던 종이를 벗기고 그 안에 75밀리그램의 아편을 집어넣었다. 그는 약병을 다시 호주머니에 집어넣고 처치에게 다가갔고 처치는 또다시 미심쩍게 주위를 돌아보았다. 루이스는 고양이에게 미소 지으며 말했다. "자, 어서 먹어, 처치. 헤이호, 어서 가자고, 알았어?"

루이스는 고양이를 쓰다듬으면서 그 등이 활처럼 굽는 것을 느꼈고 처치가 다시 먹기 시작했을 때 고양이의 냄새 나는 배 주위를 잡고 주사 바늘을 엉덩이 깊숙이 찔러 넣었다.

처치는 그의 손 안에서 감전된 것처럼 버둥거렸고 그에 대항해 몸부림치며 침을 뱉고 발톱으로 할퀴었지만 루이스는 처치를 끝까지 놓지 않고 주사 바늘을 밀어 넣었다. 주사 바늘을 다 밀어 넣고 나서야 그는 고양이를 놔주었다. 고양이는 차에서 뛰어내려 찻주전자처럼 쉿쉿 소리를 내며 거칠고 사악한 황록색 눈동자를 치켜떴다. 고양이가 껑충 뛰자 엉덩이에 매달린 바늘과 주사기가 대롱거리다가 떨어져서 부서졌다. 루이스는 무감동하게 바라보았다. 약과 주사기는 충분했다.

처치는 도로 쪽으로 가다가 마치 뭔가가 생각난 것처럼 다시 집으로 몸을 돌렸다. 그것은 반쯤 걸어오다가 취한 것처럼 몸을 떨기 시작했다. 처치는 계단에 도착해서 첫 번째 계단을 오르다가 떨어졌다. 그것은 현관 계단 아래 맨땅에 누워 약하게 숨을 쉬었다.

루이스는 시베트 안을 들여다보았다. 돌처럼 굳어 버린 자신의 심장보다 더 강한 확신이 필요했다면 그것은 차 안에 있었다. 차 시트에 놓인 레이첼의 지갑, 레이첼의 스카프, 델타 항공사 폴더에서 쏟아져 나온 여러 장의 비행기 표들.

그가 다시 몸을 돌려 현관으로 가기 시작하자 처치는 빠르게 퍼덕거리는 몸부림을 멈췄다. 처치는 죽었다. 다시 한번.

루이스는 그것을 넘어 현관 계단을 오르기 시작했다.

"게이지?"

집 정면 복도는 시원했다. 시원하고 어두웠다. 루이스의 한마디는 마치 깊은 우물 속에 돌멩이 하나가 떨어진 것처럼 정적 속으로 떨어졌다. 루이스가 또 한마디를 던졌다.

"게이지?"

아무런 대답이 없었다. 심지어 거실 시계의 똑딱거리는 소리조차 멈췄다. 오늘 아침에는 태엽을 감아 줄 사람이 없었다.

하지만 바닥에는 발자국이 나 있었다.

루이스는 거실로 갔다. 거실은 오래전에 다 타 버린 텁텁한 담배 냄새가 났다. 그는 창가에 있는 저드의 의자를 보았다. 의자는 저드가 서둘러 일어난 것처럼 삐딱하게 밀쳐져 있었다. 창턱에 있는 재떨이에는 단정하게 말린 담뱃재가 있었다.

저드는 여기 앉아서 지켜보고 있었던 거야. 뭘 보고 있었던 거지? 물론 나지, 내가 집에 오길 기다리고 있었던 거지. 날 놓치고 말았지만. 결국 놓쳐 버렸지만.

루이스는 한 줄로 똑바로 서 있는 맥주 깡통 네 개를 보았다. 그를 재우기에 충분한 양은 아니었지만 화장실에 가기 위해 자리를 떠야 했던 모양이다. 아무리 그랬다고 해도 완전히 우연이라고 하기에는 좀 이상했다.

발자국은 창가에 있는 의자로 다가갔다. 사람 발자국 사이에 몇 개의 희미한, 유령 같은 고양이 발자국이 보였다. 마치 처치가 게이지의 작은 신발이 남긴 무덤 흙 위를 걸어 다닌 것처럼 보였다. 그 다음 발자국은 부엌으로 통하는 회전문을 향했다.

쿵쿵거리는 가슴을 안고 그는 발자국을 따라갔다.

그는 문을 홱 열어젖히고 저드의 벌어진 발, 그의 낡은 녹색 작업 바지, 그의 줄무늬 무명 셔츠를 보았다. 노인은 말라 가는 흥건한 피 속에 대자로 쭉 뻗어 있었다.

루이스는 시야를 가리려는 것처럼 손을 얼굴로 가져갔다. 하지만 그럴 수 없었다. 그는 저드의 눈을, 그를 비난하는 듯한 눈을, 어쩌면 이런 일을 자초한 자신을 비난하는 듯한 부릅뜬 눈을 보았다.

하지만 그가 정말 그랬을까? 그는 궁금했다. 그가 정말 이 일을 자초했을까?

저드는 스태니 B.에게서 이야기를 들었을 뿐이고, 스태니 B.는 자신의 아버지에게서, 스태니 B.의 아버지는 프랭클린 피어스가 현직 대통령이던 시절, 인디언들과 거래한 마지막 상인이자 북쪽 나라에서 온 프랑스 인이었던 자신의 아버지에게서 그 이야기를 들었다.

"오, 저드. 정말 죄송해요."

그가 속삭였다.

저드의 공허한 눈이 그를 바라보고 있었다.

"정말 죄송해요."

루이스는 거듭 말했다.

그의 발은 저절로 움직이는 듯했고 루이스의 마음속은 갑자기 지난 추수감사절로 돌아갔다. 그와 저드가 처치를 애완동물 공동묘지 건너편에 묻었던 밤이 아니라 노마가 차린 칠면조 요리를 먹던 저녁으로 돌아갔다. 모두가 웃고 떠들며 그와 저드는 맥주를 마시고 노마는 포도주를 마셨다. 노마는 지금 그가 들고 있는 흰색 아마포 식탁보를 서랍 아래 칸에서 꺼내 식탁에 깔고 백랍 촛대로 그것을 고정시켜 놓았다. 그동안 그는…….

루이스는 그 식탁보가 저드의 시신 위로 추락하는 낙하산처럼 나풀거리며 떨어져 저드의 얼굴을 자비롭게 덮는 것을 바라보았다. 식탁보가 덮이자마자 아주 진하고 어두운 주홍색 장미 꽃잎들이 생겨나 하얀 식탁보를 얼룩지게 했다.

"죄송해요."

그는 세 번째로 말했다.

"정말 죄……."

다음 순간 머리 위에서 뭔가가 움직였고 긁히는 소리가 났고 단어가 입술 사이에서 끊어졌다. 그 소리는 부드럽고 은밀했지만 의도적으로 나는 소리였다. 그랬다. 그는 확신했다. 그 소리는 그가 들으라고 낸 소리였다.

손이 떨리려고 하는 것을 그는 억지로 진정시켰다. 그는 줄무늬 식탁보가 깔린 식탁으로 가서 호주머니에 손을 넣었다. 그는 주사기 세 대를 꺼내 포장지를 벗기고 그것들을 가지런히 한 줄로 늘어놓았다. 그는 세 개의 약병을 꺼내 각각의 주사기에 말이나 황소까지 죽일 수 있는 분량의 아편을 채웠다. 그는 그것들을 다시 호주머니에 넣었다.

그는 부엌을 나와서 거실을 가로질러 계단 밑에 섰다.

"게이지?"

위층 어둠 속 어딘가에서 낄낄거리는 웃음소리가 들렸다. 그 차갑고 음산한 웃음소리에 등의 피부가 욱신욱신 쑤셨다.

그는 계단을 올라갔다.

층계 꼭대기까지 꽤 길었다. 그는 유죄가 입증된 남자가 손을 뒤로 묶인 채 자신이 더 이상 숨쉴 수 없을 때 오줌을 싸리라는 것을 알면서 교수대를 향해 긴 (또는 무척 짧은) 발판을 올라가고 있는 모습을 상상할 수 있었다.

그는 마침내 층계 끝에 도착해서 한쪽 손을 호주머니에 넣고 벽을 바라보고만 있었다. 이런 식으로 얼마나 오래 서 있었던가? 알 수 없었다. 그는 조금씩 자신이 정신을 놓고 있음을 알았다. 그것은 실제적인 감각이었고 현실이었다. 그것은 흥미로웠다. 그는 혹독한 눈보라 속에서 얼음을 지나치게 많이 머금은 나무가 쓰러지기 직전 이런 느낌(나무가 느낄 줄 안다면)을 가질 거라고 상상했다. 그것은 흥미로웠다…… 어떤 면에선 즐거웠다.

"게이지, 아빠랑 플로리다에 가야지?"

다시 낄낄거리는 소리.

루이스가 몸을 돌리자 한때 자신이 입으로 장미를 물어 바쳤던 아내가 복도 저편에 죽어 누워 있는 광경과 마주쳤다. 그녀의 다리도 저드의 다리처럼 벌어져 있었다. 그녀의 등과 머리는 벽에 기대어 구부러져 있었다. 그녀는 마치 침대에서 책을 읽다가 잠든 여인처럼 보였다.

그는 그녀를 향해 걸어갔다.

여보, 안녕. 그는 생각했다. 집에 왔구려.

피가 벽지에 제멋대로 마구 튀어 있었다. 그녀는 난자당해 있었다. 그의 메스가 이런 일을 저지른 것이다.

문득 그는 그녀를 보았다. 실제로 그녀를 보았고 비명을 지르기 시작했다.

그의 비명소리가 이제는 망자들만 살아서 걸어 다니는 집에 메아리치며 날카롭게 울려 퍼지기 시작했다. 눈이 튀어나오고, 얼굴이 창백하게 질리고, 머리카락이 곤두선 채 그는 비명을 질렀다. 그 목소리는 지옥의 종소리처럼 부어 오른 목구멍에서 울려 나왔고 그 날카로운 소리는 사랑이 아니라 제정신의 종말을 알리는 소리였다. 그의 마음속에서 모든 무시무시한 영상들이 한꺼번에 풀려났다. 대학 진료소 바닥에서 죽어 가는 빅터 파스코, 수염에 녹색 비닐 조각을 붙이고 돌아온 처치, 피가 가득 고인 채 도로에 뒹굴고 있던 게이지의 모자, 하지만 무엇보다 작은 신의 늪 근처에서 본 그것, 나무를 넘어뜨리고 지나가던 그것, 노란 눈의 그것, 바로 웬디고의 영상이 가장 강렬했다. 북쪽 나라의 야수이자 그것이 손을 대면 말로 표현할 수 없는 온갖 욕망을 일깨우는, 죽은 것이었다.

레이첼은 살해당하기만 한 것이 아니었다.

뭔가가…… 뭔가가 그녀를 유린했다.

(딸각!)

딸각 소리가 그의 머릿속에서 울렸다. 그 소리는 퓨즈가 녹아서 타 버리는 소리였고, 번개가 곧장 내리치는 소리였고, 문이 열리는 소리였다.

그는 멍하니 시선을 들었다. 그의 목구멍에서는 비명소리가 아직도 들썩였다. 마침내 게이지가 있었다. 입은 피로 얼룩져 있고 턱에서는 피가 뚝뚝 떨어졌으며 입술은 말려 올라가 악마 같은 미소를 짓고 있었다.

그는 한 손에 루이스의 메스를 들고 있었다.

그가 메스를 내리치자 루이스는 아무 현실적인 생각 없이 물러섰다. 메스는 휙 소리를 내며 그를 스쳤고 게이지는 비틀거렸다. 게이지도 처치처럼 동작이 어색한 것 같았다. 루이스는 게이지의 발을 걷어차 넘어뜨렸다. 게이지는 꼴사납게 넘어졌고 루이스는 그가 일어나기 전에 양 다리를 벌리고 그의 위에 올라타면서 메스를 쥔 손을 무릎으로 꽉 눌렀다.

"안 돼."

그의 밑에 있는 것이 헐떡거리며 말했다. 그것의 얼굴이 뒤틀리면서 괴로워했다. 그것의 눈은 사악했고 어리석은 증오심에 물들어 벌레처럼 보였다.

"안 돼, 안 돼, 안 돼……."

루이스는 피하 주사기 한 개를 손으로 움켜쥐고 꺼냈다. 서둘러야 했다. 그의 밑에 깔린 것은 마치 기름 두른 생선 같았고 아무리 손을 세게 누른다 해도 그것은 메스를 놓지 않을 것이다. 그리고 그 얼굴은 루이스가 들여다보는 동안에도 물결치며 변했다. 그것은 죽어서 눈을 부릅뜬 저드의 얼굴이었고 아무 생각 없이 눈알을 굴리는 찌그러지고 망가진 파스코의 얼굴이었다. 또한 그것은 거울처럼 루이스의 무시무시하게 창백하고 정신 나간 얼굴이기도 했다. 그것은 또 변했고 이번에는 숲 속에 있는 정체불명의 야수의 얼굴이 되었다. 생기 없는 누런 눈, 길고 뾰쪽하게 양쪽으로 갈라진 혓바닥을 한 얼굴이 히죽 웃으며 씩씩거렸다.

"안 돼, 안 돼, 안 돼, 안 돼, 안 돼……."

그것이 밑에서 버둥거렸다. 피하 주사기가 루이스의 손에서 날아가 복도 저편으로 굴렀다. 그는 다시 하나를 더듬어 꺼내 게이지의 허리에 곧장 쑤셔 넣었다.

그것은 그의 밑에서 비명을 지르고 몸을 뻗어 두 팔을 허우적거리며 그를 밀어낼 뻔했다. 루이스는 으르렁대며 세 번째 주사기를 꺼내 게이지의 팔에 정통으로 찔러 넣고 끝까지 밀어 넣었다. 그리고 그는 일어나서 복도 뒤쪽으로 조금씩 물러섰다. 게이지는 천천히 일어나 그를 향해 비틀거리며 걸어오기 시작했다. 다섯 발자국을 걷자 손에서 메스가 떨어졌다. 메스는 날이 먼저 바닥에 떨어져 나무에 꽂혔다. 열 발자국을 걷자 그것의 눈에 서린 기묘한 노란빛이 사라지기 시작했다. 열두 발자국을 걷자 그것은 무릎을 꿇었다.

게이지는 그를 올려다보았고 한동안 루이스는 그의 아들, 그러니까 진짜 아들을 보았다. 아들의 얼굴은 불행과 고통으로 일그러져 있었다.

"아빠!"

그는 소리를 지른 후 바닥에 얼굴을 박고 쓰러졌다.

그는 한동안 그곳에 서 있다가 게이지에게 다가갔다. 속임수에 대비해 조심스럽게 움직였다. 하지만 아무런 속임수도 없었고 갑자기 손을 움켜쥐고 달려드는 일도 없었다. 그는 전문가답게 게이지의 목에 손가락을 올려놓고 맥박을 찾아서 눌렀다. 그때 그는 생애 마지막으로 의사로 돌아와 맥박을 재면서 아무것도 잡히지 않을 때까지 잡고 있었다.

마침내 그것이 죽었을 때 루이스는 일어나 천천히 복도 구석까지 어슬렁어슬렁 걸어갔다. 그는 거기 웅크리고 앉아서 몸을 공처럼 동그랗게 말고 구석에 바짝 몸을 틀어박았다. 그는 입에 엄지손가락을 집어넣으면 자신을 더 조그맣게 만들 수 있다는 것을 알고 그렇게 했다.

그는 두 시간 넘게 그 자세로 있었다…… 그리고 조금씩 사악하지만 너무나 그럴듯한 생각이 떠올랐다. 그는 입에서 엄지손가락을 빼냈다. 작게 뻥 소리가 났다. 루이스는

(헤이호 가자고)

다시 가기 시작했다.

루이스는 게이지가 숨어 있던 방 침대에서 침대보를 벗겨 복도로 가져왔다. 그는 조심스럽게 애정을 담아 아내의 시신을 침대보에 쌌다. 그는 콧노래를 부르고 있었지만 본인은 의식하지 못했다.

그는 저드의 차고에서 가솔린을 발견했다. 잔디 깎는 기계 옆 빨간 깡통에 5갤런의 가솔린이 들어 있었다. 충분하고도 남았다. 그는 저드가 여전히 추수감사절 식탁보 아래 누워 있는 부엌부터 시작했다. 그는 식탁보를 흠뻑 적신 후 여전히 가솔린 깡통을 기울인 채 거실로 가서 깔개, 소파, 잡지를 얹어 둔 선반, 의자들에 호박색 기름을 뿌렸고 거실을 나가 아래층 홀과 집 뒤쪽 침실까지 뿌렸다. 기름 냄새는 강하고 진했다.

저드의 성냥은 그가 아무 소득 없이 보초를 섰던 창가 담배 위에 있었다. 루이스는 그것을 집었다. 문 앞에서 그는 불붙인 성냥을 어깨 너머로 던지고 나왔다. 열기가 즉각적이고 맹렬하게 터져 나와 그를 움츠러들게 만들었다. 그는 문을 꽉 닫고 잠깐 포치에 서서 노마의 커튼 뒤로 주황색 불꽃이 너울거리는 것을 보았다. 그 다음 그는 포치를 가로질러 가면서 잠시 멈춰 서서 그와 저드가 여기에서 백만 년 전에 함께 마신 맥주를 기억하고는 집 안에서 부드럽게 커져 가는 불타는 소리를 들었다.

그는 밖으로 나왔다.

스티브 매스터튼은 루이스의 집 바로 앞에 있는 굽잇길에 도착하자마자 연기가 나는 것을 보았다. 루이스의 집이 아니라 길 건너편 노인의 집에서 나는 연기였다.

그가 오늘 아침 나온 것은 내내 루이스가 걱정돼서였다. 너무나 걱정되었다. 찰턴이 어제 걸려 온 레이첼의 전화에 대해 얘기해 주었고 그것을 듣자 스티브는 루이스가 어디에 있으며…… 무슨 생각을 하고 있을지 염려됐다.

그의 걱정은 막연했지만 마음속에서 꿈틀거렸다. 그는 직접 가서 아무 이상 없는지…… 지금 상황에서 최대한 아무 이상 없는지 확인해야 걱정이 가실 것 같았다.

봄이 되면서 진료소는 마치 마법에 걸린 양 환자가 없었고 서렌드라는 그에게 가 보라고 말했다. 어떤 일이 생기건 알아서 처리할 수 있다고 했다. 그래서 그는 바로 지난주에 차고에서 꺼낸 혼다 자전거에 올라타고 러들로를 향해 출발했다. 어쩌면 그는 필요 이상으로 자전거를 빨리 달리고 있었던 것 같은데 걱정 때문이었다. 걱정이 그를 갉아먹고 있었다. 그리고 걱정과 함께 자신이 너무 늦은 게 아닐까 하는 터무니없는 느낌이 떠올랐다. 물론 어리석은 생각이겠지만 그의 마음속 깊은 곳에는 지난가을 파스코 사건이 터졌을 때와 비슷한 느낌이 감돌고 있었다. 비극적인 놀라움과 납덩이처럼 무거운 환멸의 느낌이었다. 그는 결코 독실한 종교인은 아니었다. (대학 시절에 그는 두 학기 동안 무신론자 협회 회원이었지만 그의 지도 교수가 장학금을 받는 데 지장이 있을 수 있다고 (개인적으로 은밀하게) 말했기 때문에 그만뒀다.) 하지만 그는 다른 인간들처럼 흔히 예감이라고 하는 생물학적 상태나 생체 리듬에 따른 상태의 지배를 받았고, 어쩐지 파스코의 죽음이 그 다음 해 일어날 일들에 불길한 그림자를 드리우는 것 같았다. 결코 좋은 해는 아니었다. 서렌드라의 친척 두 명이 정치적인 문제로 고국에서 투옥되었다. 서렌드라는 자신이 매우 좋아했던 삼촌 한 명이 죽은 것 같다고 말했다. 서렌드라는 울었고 그 선량한 의사가 흘리는 눈물은 스티브를 두렵게 했다. 그리고 찰턴의 어머니가 유방

절제술을 받았다. 그 씩씩한 간호사는 자신의 어머니가 5년을 넘기지 못할 것이라는 비관적인 판단을 했다. 스티브 자신도 빅터 파스코의 죽음 이후 네 번의 장례식에 다녀왔다. 교통사고로 죽은 처형, 술집에서 한 내기 때문에 이상한 죽음을 맞은 사촌(그는 전봇대 끝까지 기어 올라갈 수 있다는 것을 증명하려다 감전됐다), 조부모의 죽음 그리고 물론 루이스의 어린 아들의 죽음까지.

그는 루이스를 무척 아꼈고 그가 괜찮은지 확인하고 싶었다. 루이스는 최근 끔찍한 고통을 겪었다.

연기가 몰려오는 것을 보았을 때 그에게 떠오른 첫 번째 생각은 이것이 빅터 파스코의 탓으로 돌릴 만한 또 다른 사건이라는 것이었다. 빅터 파스코는 죽어 가면서 이 평범한 사람들과 연달아 발생한 지독하게 불행한 사건 사이를 가로막고 있던 장벽을 걷어 버린 것 같았다. 하지만 이것은 어리석은 생각이었고 루이스의 집이 그걸 입증하고 있었다. 그것은 오전의 햇살 속에 균형 잡힌 흰색의 뉴잉글랜드 풍 건축물로 고요하게 서 있었다.

사람들이 노인의 집으로 달려가고 있었고, 스티브가 자전거를 타고 길을 건너서 루이스 집의 진입로에 들어설 때 어떤 남자가 노인의 집 포치로 뛰어가서 현관문을 열려다가 뒤로 물러서는 것을 보았다. 그가 그렇게 한 것은 잘한 일이었다. 잠시 후 문 한가운데에 있는 창유리가 폭발하면서 열린 틈으로 불꽃이 파도 치듯 밀려 나왔다. 만일 그 바보가 정말 문을 열었다면 그는 폭발 때문에 바다가재 구이가 됐을 것이다.

스티브는 순간적으로 루이스를 잊은 채 자전거에서 내려 킥 스탠드(자전거를 제자리에 세울 수 있도록 하는 부품—옮긴이)로 자전거를 세웠다. 그는 불이라는 그 오래된 수수께끼에 사로잡혔다. 대여섯 명쯤 되는 사람들이 모여 있었다. 저드의 잔디밭에서 서성대고 있는 영웅이 될 뻔한 남자만 빼고 나머지 사람들은 안전한 거리를 두고 있었다. 이제 포치와 집 사이에 있는 유리창들이 폭발하기 시작했다. 유리 조각들이 허공에서 춤췄다. 영웅이 될 뻔한 남자는 몸을 숙이고 유리를 피해 달렸다. 불꽃은 마치 더듬거리는 손처럼 현관 벽 안쪽으로 번지면서 하얀 페인트를 망가뜨렸다. 스티브가 지켜보는 가운데 등나무 흔들의자들 중 하나가 그을리더니 곧 불꽃으로 타올랐다.

바지직 타 들어가는 소리 가운데 영웅이 될 뻔한 남자가 새되고 엉뚱하게도 낙천적인 목소리로 소리치는 것이 들려왔다.

"다 날아가겠네, 다 날아가겠어. 저드가 안에 있었다면 벌써 죽은 목숨이겠군. 그 굴뚝의 크레오소트(물기를 막을 수 있는 유성 도료—옮긴이) 조심하라고 내가 백번도 넘게 말했구먼."

스티브가 입을 열어 건너편에 대고 소방서에 연락했는지 소리쳐 물어보려고 하는데 희미한 사이렌 소리가 들리기 시작했다. 소방차들이 많이 왔다. 소방차가 불려 왔지만 그 남자가 한 말이 옳았다. 집은 다 타들어 가고 있었다. 불꽃은 깨진 대여섯 개의 창문 틈으로 빠져나왔고 집 앞 처마는 밝은 녹색 지붕널을 배경으로 거의 투명한 불의 막이 되었다.

그는 고개를 돌렸고 그제야 루이스가 생각났다. 하지만 루이스가 여기 있었다면 길 건너편에 있는 사람들 틈에 있지 않았을까?

그때 스티브는 간신히 곁눈으로 뭔가를 볼 수 있었다.

루이스의 뜨겁게 달아오른 진입로 너머에 들판이 하나 있었다.

그 들판은 길고 완만하게 솟은 언덕으로 이어져 있었다. 큰조아재비가 여전히 푸르긴 했지만 이 5월에 이미 높이 자라 있었다. 스티브는 골프 코스의 퍼트 구역처럼 말끔하게 잔디가 깎인 길이 하나 있는 것을 발견했다. 그 길은 꼬불꼬불 구부러지면서 들판의 비탈길까지 올라가서 수평선 아래 빽빽한 초록색 숲과 만났다. 바로 거기에, 큰조아재비의 창백한 초록색과 숲의 짙고 어두운 초록색이 만나는 곳에서 뭔가가 움직이는 것을 스티브는 보았다. 흰색이 눈부시게 번득인 것 같았다. 그것은 그의 눈에 보이자마자 금방 사라졌지만, 그 짧은 순간 그가 본 것은 하얀 꾸러미를 들고 가는 남자였다.

루이스야. 그의 마음이 합리적으로 설명할 수 없는 확신에 차서 말했다. 저건 루이스야, 그리고 안 좋은 일이 일어나기 전에 어서 그에게 가 보는 게 좋을 거야. 그를 말리지 않으면 지금보다 더 나쁜 일이 일어날 수도 있어.

그는 진입로 입구에 서서 어찌할 바를 모른 채 발을 구르기만 했다. 체중이 두 발 사이를 불안하게 옮겨 다녔다.

스티브, 자식. 너 지금 무지하게 겁먹은 거지, 그렇지?

그랬다. 그는 겁이 났다. 그리고 아무 이유 없이 너무나 겁에 질렸다.

하지만 두려움 말고도 어떤 것이 있었다…… 어떤

(이끌림)

그랬다, 여기에는 이끌림이 있었다. 그 오솔길, 언덕을 따라 올라가 숲 속까지 뻗어 있는 오솔길에 뭔가가 있었다. 물론 모든 길은 어딘가로 향하게 마련이지, 안 그래? 물론 그랬다. 모든 길은 어딘가로 향하게 되어 있다.

루이스, 루이스를 잊지 마, 이 바보야! 넌 루이스를 보러 온 거잖아, 기억나? 넌 이 빌어먹을 숲을 탐험하려고 러들로에 온 게 아니야.

"거기 뭐가 있나, 랜디?"

영웅이 될 뻔한 사내가 소리 질렀다. 그의 목소리는 여전히 새되고 낙천적이었으며 잘 들렸다.

랜디의 대답은 점점 커지는 소방차 사이렌 소리에 거의 묻혀 버렸지만 완전히 묻힌 것은 아니었다.

"죽은 고양이."

"다 탔어?"

"탄 것 같지 않아. 그냥 죽은 것처럼 보여."

랜디가 대답했다.

스티브의 마음에 다시 그 단호한 목소리가 돌아왔다. 마치 길 건너편에서 들린 대화가 그가 본 것 또는 그가 보았다고 생각한 것과 관련 있는 것처럼. 그것은 루이스였다.

그는 화재를 뒤로하고 움직이기 시작했고 숲 속으로 난 길을 빠르게 걸었다. 숲의 가장자리에 도착했을 때 그는 땀을 많이 흘리고 있었고 숲의 그늘은 시원하고 상쾌했다. 소나무, 가문비나무, 나무껍질, 수액의 달콤한 향기가 풍겨 왔다.

일단 숲으로 들어서자 그는 왜 자신이 달리고 있는지, 왜 자신의 심장이 그렇게 빨리 뛰는지 알지 못한 채 전속력으로 달렸다. 그는 씩씩거리며 숨을 몰아쉬고 있었다. 그는 내리막길을 계속 전력 질주하여 달릴 수도 있었다(길은 감탄스러우리만치 뚜렷하게 나 있었다). 하지만 그는 그냥 빠른 걸음으로 애완동물 공동묘지의 입구를 표시하는 아치 앞에 도착했다. 겨드랑이 바로 밑 오른쪽 옆구리가 쿡쿡 쑤셨다.

그의 눈에 동그랗게 원을 이룬 무덤들, 평평하게 된 사각형의 깡통, 판자와 석판 조각들이 간신히 들어왔다. 그의 시선은 저 멀리 동그란 공터에서 벌어지는 이상한 광경에 고정되었다. 그의 시선은 철저하게 중력을 무시하면서 나무 올가미를 올라가고 있는 루이스에게 고정되었다. 그는 마치 최면에 걸리거나 몽유병에 걸린 사람처럼 앞을 똑바로 바라보며 가파른 계단을 하나씩 올라가고 있었다. 그의 팔에는 스티브가 좀 전에 곁눈으로 본 하얀 것이 있었다. 이렇게 가까이서 보니 그 형체는 부인할 수 없을 만큼 확실했다. 그것은 시체였다. 굽 낮은 검정 구두를 신은 한쪽 발이 비어져 나와 있었다. 스티브는 루이스가 아내의 시신을 나르고 있다는 것을 깨달았고 순간적이고 무서운 확신이 들었다.

루이스의 머리는 하얗게 세어 있었다.

"루이스!"

스티브가 소리를 질렀다.

루이스는 주저하지 않았고, 멈추지도 않았다. 루이스는 나무 올가미 꼭대기에 올라서서 다시 반대편으로 내려가기 시작했다.

떨어질 거야. 스티브는 두서없이 생각했다. 정말 엄청나게 운이 좋군. 믿을 수 없을 만큼 운이 좋아. 하지만 금방 떨어질 거야. 그리고 다리만 부러진다면…….

하지만 루이스는 떨어지지 않았다. 그가 나무 올가미 반대편으로 내려와 잠시 스티브의 시야에서 사라졌다가 다시 숲 속을 향해 걷는 것이 보였다.

"루이스!"

스티브는 다시 소리를 질렀다.

이번에는 루이스가 멈추고 뒤를 돌아보았다.

스티브는 그가 본 것에 큰 충격을 받았다. 하얗게 센 머리 외에도 루이스의 얼굴은 노인의 얼굴이었다.

처음에는 그의 얼굴에 스티브를 알아보는 기색이 없었다. 그러다가 마치 누군가가 그의 뇌 속에 조광기를 켠 것처럼 조금씩 그를 알아보기 시작했다. 루이스의 입이 실룩거렸다. 한참 후에야 스티브는 그가 미소 지으려고 애쓰고 있다는 걸 알아차렸다.

"스티브."

그는 목이 쉬고 불확실한 목소리로 말했다.

"안녕, 스티브. 그녀를 묻으려고. 내 손으로 그녀를 묻어야 해. 아마 어두워질 때까지 해야 할 거야. 거기는 돌투성이 땅이라서. 물론 날 도와줄 생각은 없겠지?"

스티브는 입을 열었지만 아무 소리도 나오지 않았다. 놀랍고 무서운데도 그는 정말 루이스를 도와주고 싶었다. 어쩐지 이 숲 속에서는 그것이 옳은 것처럼, 너무나 자연스러운 것처럼 보였다.

마침내 그는 말을 꺼낼 수 있었다. "루이스, 어떻게 된 거예요? 도대체 어떻게 된 거냐고요? 그녀는…… 그녀는 불 속에 있었던 겁니까?"

"게이지 때는 너무 오래 기다렸어." 루이스가 말했다. "내가 너무 오래 기다려서 뭔가가 그 아이 속으로 들어갔어. 하지만 레이첼은 다를 거야, 스티브. 난 알 수 있어."

그는 조금 비틀거렸고 스티브는 루이스가 제정신이 아니라는 것을 알아차렸다. 아주 분명하게 알 수 있었다. 루이스는 정신이 나갔고 너무나 지쳐 있었다. 하지만 스티브의 당혹스러운 마음엔 그가 지쳐 있다는 것이 더 중요했다.

"좀 도와주면 좋을 텐데."

루이스가 말했다.

"루이스, 도와주고 싶어도 난 저 나무 올가미 위로 올라갈 수 없어요."

"아, 할 수 있어. 자넨 할 수 있어. 그냥 차근차근 걸으면서 내려다보지만 않으면 돼. 그게 비결이야, 스티브."

그리고 그는 돌아서서, 스티브가 그의 이름을 부르는데도 숲으로 계속 나아갔다. 잠시 동안 그는 하얀 천이 나무 사이로 나풀거리는 것을 보았다. 그러고 나서 그것은 사라졌다.

그는 나무 올가미로 달려가서 아무 생각도 하지 않고 올라가기 시작했다. 처음에는 디딜 곳을 찾아 손으로 더듬으며 기어올라 가려 했지만 곧 똑바로 일어설 수 있었다. 일어서자 미치광이 같은 활력이 솟아올랐다. 그건 마치 신선한 공기를 마시는 것 같았다. 그는 해낼 수 있다고 믿었고 그는 해냈다. 빠르고 침착하게 움직이면서 그는 꼭대기에 올라섰다. 그는 한동안 흔들리는 몸으로 거기에 서서 루이스가 오솔길을 따라가는 것을 보고 있었다. 그 길은 나무 올가미 반대편에서 계속 이어졌다.

루이스가 몸을 돌려 다시 스티브를 바라보았다. 그는 피투성이 천에 싸인 자신의 아내를 팔에 안았다.

"아마 무슨 소리가 들릴 거야. 사람 목소리 같지만 그건 그냥 프로스펙트를 향해 남쪽으로 가는 아비새 소리야. 소리가 잘 들리지. 좀 웃긴 소리야."

"루이스……."

하지만 루이스는 돌아섰다.

잠시 동안 스티브는 루이스를 따라갈 뻔했다. 거의…….

그를 도와줄 수 있어. 그가 원하는 게 그것이라면…… 그리고 그를 돕고 싶기도 해, 그래. 왜냐하면 여기에는 눈에 보이지 않는 진실이 있고 그게 뭔지 알고 싶어. 그건 아주아주…… 아주 중요해 보여. 그건 비밀 같아. 수수께끼처럼.

그러다가 비스듬히 서 있는 그의 한쪽 발밑에서 가지 하나가 부러졌다. 그것은 마치 육상 경기의 시작을 알리는 총소리처럼 건조하고 먼지 낀 소리가 났다. 그 소리가 지금 그가 있는 곳과 그가 하는 행동을 자각하게 해 주었다. 공포가 그를 덮치자 그는 서툰 원을 그리며 몸을 돌렸고 균형을 잡으려고 팔을 뻗었고 그의 혀와 목구멍은 공포로 미끄러웠다. 그의 얼굴엔 잠에서 깨어 보니 자는 동안 높은 고층건물 가장자리까지 걸어왔다는 것을 알게 된 몽유병자의 당혹스러운 공포감이 어려 있었다.

그녀는 죽었어. 아무래도 루이스가 그녀를 죽인 것 같아. 루이스는 미쳤어. 완전히 미친 거야. 하지만…….

하지만 여기에는 광기보다 더 나쁜 것이 있었다…… 훨씬 더 나쁜 어떤 것이. 그것은 이 숲 속 어딘가에 자석이 있어서 그의 뇌 속에 있는 뭔가를 끌어당기는 것 같은 느낌이었다. 루이스가 레이첼을 데려가는 바로 그곳을 향해 그를 끌어당기고 있었다.

자, 저 길을 가 봐…… 저 길을 따라가서 어디로 이어지는지 봐. 너에게 보여 줄 것이 있어, 스티브리노. 레이크 포리스트의 무신론자 협회 책에서는 결코 가르쳐 주지 않는 것들 말이야.

다음 순간 그곳이 하루에 줄 양을 다 주어서 그에 대한 흥미를 잃어 버렸는지 그의 마음속에서 그 장소의 부름이 갑자기 멈췄다. 스티브는 취한 것처럼 휘청거리며 그 나무 올가미에서 밑으로 두 발짝 내려섰다. 그러자 갑자기 더 많은 가지들이 덜걱거리는 소리를 내며 무너져 내렸고 스티브의 왼쪽 발이 엉켜 있는 죽은 나뭇가지들 속에 빠졌다. 날카로운 나무 가시가 운동화 속으로 뚫고 들어와 그가 발을 빼내는 동안 살을 파고들었다. 그는 애완동물 공동묘지 쪽으로 떨어지면서 그의 배에 구멍을 낼 수도 있는 주황색 나무판을 간신히 피했다.

그는 일어나서 당혹스러운 마음으로 주변을 둘러보며 무슨 일이 일어났던 것인지 의아해 했다. 아니면 무슨 일이 일어나기는 한 건지 의아해 했다. 이미 그것은 꿈처럼 느껴지기 시작했다.

그리고 그 나무 올가미 뒤편의 깊은 숲 속에서, 너무 깊어 이렇게 밝은 날에도 짙은 초록색으로 우중충해 보이는 숲 속에서 낮게 껄껄거리는 웃음소리가 들렸다. 그 소리는 거대했다. 스티브는 도대체 어떤 종류의 동물이 그런 소리를 낼 수 있는지 상상조차 할 수 없었다.

그는 한쪽 신발은 벗겨지고 한쪽 신만 신은 채 달리면서 비명을 지르려고 했지만 그럴 수 없었다. 루이스의 집에 도착했을 때 그는 여전히 소리를 지르고 있었고 마침내 자전거를 타고 15번 도로를 달리면서도 소리를 지르려고 했다. 그는 브루어에서 달려온 소방차와 부딪칠 뻔했다. 헬멧 속의 머리카락이 곤두섰다.

오로노에 있는 자신의 아파트에 도착했을 때 그는 러들로에 갔다는 것조차 정확히 기억할 수 없었다. 그는 진료소에 전화를 걸어 아파서 결근하겠다고 하고 알약을 한 알 먹은 후 침대로 갔다.

스티브 매스터튼은 그날을 절대 기억하지 않았다…… 다만 새벽에 꾸는 아주 깊은 꿈속에서만 제외하고. 그리고 그 꿈속에서 그는 뭔가 거대한 것이 그를 스치고 지나갔다는 것을 느꼈다. 뭔가가 손을 뻗어서 그를 만지려고 하다가…… 마지막 순간에 인간의 것이 아닌 그 손을 뒤로 빼는 것을.

안개등처럼 반짝이는 거대한 노란색 눈을 가진 어떤 것.

스티브는 가끔 이런 꿈속에서 비명을 지르며 잠을 깼고 눈을 크게 뜬 채 생각했다. 넌 네가 소리를 지른다고 생각하겠지만 그건 프로스펙트를 향해 남쪽으로 가는 아비새 소리일 뿐이야. 소리가 잘 들리지. 좀 웃긴 소리야.

하지만 그는 그 생각이 뭘 의미하는지 알지 못했고 기억하지도 못했다. 다음 해에 그는 미국 대륙 한가운데 있는 세인트루이스에 직장을 잡았다.

루이스를 마지막으로 본 이후 중서부로 출발할 때까지 스티브는 한번도 러들로에 가지 않았다.

에필로그

오후 늦게 경찰이 왔다. 그들은 여러 가지 질문을 했지만 의심하는 기색은 없었다. 재는 아직도 뜨거웠다. 그것들은 아직 긁어내지 않았다. 루이스는 그들의 질문에 대답했다. 그들은 만족한 것처럼 보였다. 그들은 밖에서 이야기했고 루이스는 모자를 썼다. 그건 잘한 일이었다. 만일 그들이 루이스의 센 머리를 보았다면 질문을 더 많이했을지도 몰랐다. 그러면 낭패였을 것이다. 루이스는 원예용 장갑을 끼고 있었는데 그것도 잘한 일이었다. 그의 손은 피투성이에다 성한 곳이 없었다.

그는 그날 한밤중까지 혼자 하는 카드놀이를 했다.

뒷문이 열리는 소리를 들었을 때 그는 막 새로운 카드 패를 돌리고 있었다.

네가 사들이는 것이 네가 소유하는 것이고, 조만간 네가 소유한 것이 너에게 돌아올 거야. 루이스는 생각했다.

느리고 삐걱거리는 발자국이 다가왔을 때 그는 고개를 돌리지 않고 카드만 보고 있었다. 카드는 스페이드 퀸이었다. 그는 그 카드 위에 손을 올려놓았다.

발자국 소리는 바로 그의 뒤에서 멈췄다.

침묵.

차가운 손이 루이스의 어깨에 떨어졌다. 레이첼의 목소리는 모래가 서걱거리는, 귀에 거슬리는 소리였다.

"여보."

그것이 말했다.

〈끝〉

해설

스티븐 킹을 어떻게 읽을 것인가?

대중 문학과 본격 문학의 경계에 서 있는 작가

스티븐 킹(Stephen King, 1947~)은 흔히 공포 소설의 대가로 알려져 있고, 그래서 '호러 킹'이라고 불린다. 그러나 그가 사실은 찰스 브록든 브라운(Charles Brockden Brown)과 에드거 앨런 포(Edgar Allan Poe)로부터 시작되는 미국 고딕 소설의 면면한 전통 위에 서 있으며, 대중 작가이지만 동시에 본격 작가로서도 손색없는 진지하고 중후한 주제 의식을 가진 소설가라는 사실은 잘 알려져 있지 않다. 그런 의미에서 스티븐 킹은 대중 소설과 고급 소설 사이의 경계를 해체하는 포스트모던 시대의 대표적 작가라고 할 수 있을 것이다.

과연 2003년에 타계한 비평가 레슬리 피들러(Leslie A. Fiedler)는 스티븐 킹을 "심리적 공포의 근원을 탐색하는 작가이자 포의 진정한 후계자"라고 불렀으며, 2002년 미국의 어느 고급 서평지는 스티븐 킹이야말로 "토머스 하디, T. S. 엘리엇, J. R. R. 톨킨, 그리고 셰익스피어의 전통을 잇는 작가"라고 평했다. 스티븐 킹은 또 몇 년 전, 그해의 최우수 단편에 주는 '오 헨리 상(O. Henry Award)'을 수상했으며, 2003년에는 미국에서 가장 권위 있는 문학상으로 평가받는 '전미 도서상(National Book Award)' 재단이 '미국 문단에 탁월한 공헌을 한 공로'로 그에게 영예의 메달을 수여했다. 그리고 이로써 사실상 대중 작가 · 본격 작가 논쟁에 종지부를 찍었다. 이제 스티븐 킹은 그 상을 수상한 선배 작가들인 아서 밀러, 솔 벨로, 존 업다이크, 필립 로스, 토니 모리슨 등과 어깨를 나란히 하는 본격 작가가 되었다.

물론 여전히 스티븐 킹을 본격 작가로 인정하려 하지 않는 고급 문화주의자들과 보수주의자들은 있다. 그 대표적인 사람으로 헤럴드 블룸(Harold Bloom)이 있는데, 그는 스티븐 킹의 작품에서 "아무런 문학적 가치나 미학적 성취나 독창적 지성의 흔적을 찾을 수 없다."라고 말한다. 만일 그게 사실이라면 블룸은 시대의 변화를 잘 모르고 있거나, 비평가로서의 안목이나 감식안이 전혀 없는 셈이 된다. 그러나 사실은 그런 이유에서라기보다는, 보수주의자 블룸이 보기에 서구의 정전이나 고급 문화나 순수 문학을 인정하지 않고 문화적 · 문학적 다양성과 대중성을 추구하는 현재의 변화가 못마땅하고, 바로 그러한 맥락에서 스티븐 킹을 폄하한다고 생각하는 편이 더 정확할 것이다. 실제, 서구 정전주의자인 블룸은 얼마 전 《뉴스위크》와 가진 인터뷰에서 "오늘날 문학 연구는 문화 비평이라는 놀랄 만한 쓰레기에 장악되었다."고 개탄한 적이 있었다.

『예술의 사회사(*The Social History of Art*)』의 저자인 아르놀트 하우저(Arnold Hauser) 또한 "진지하고 까다로운 고급 예술은 불안을 야기시키고 충격과 고통을 주는 반면, 대중 예술은 불안을 진정시키고 삶 속에서 부딪히는 고통스러운 문제들을 피하게 해주며, 적극적인 자세와 긴장, 비판 및 자기반성을 자극하는 대신 소극적인 자세의 자기도취에 빠져들도록 부추긴다."라고 말하고 있다. 그러나 이러한 시각은 예술이란 지고하고 순수해야만 한다고 보았던 모더니즘적 사고와 크게 다르지 않다는 점에서 이미 상당 부분 그 유효성을 상실한 주장이라고 할 수 있다. 오늘날 문학이론은 예술이 과연 왜 불안을 야기시키고 충격과 고통을 주어야만 하는지에 대해 근본적인 의문을 제기하며, 예술이란 그와 반대로 인간에게 위로와 격려를 주어야 한다고 생각하기 때문이다(이청준 역시, 문학의 역할이란 어두운 밤 산길에서 만난 나그네에게 위로와 격려를 주는 것과도 같다고 말한다).

또 대중 예술은 적극적 비판과 자기반성 대신 소극적인 자기도취에 빠져들도록 부추긴다는 견해도(아도르노와 호르크하이머 같은 프랑크푸르트학파 역시 대중문화를 '대중 기만(mass deception)'이라고 표현했다) 사실은 대중을 무시하는 다분히 모더니즘적 시각에서 비롯된 단순화의 오류라고 할 수 있다. 오늘날 대중은 예전과 달리 비교적 높은 지적 수준에 올라 있으며 충분한 자기 비판력도 갖추고 있기 때문이다. 영국 학자 앤터니 이스트호프(Antony Easthope) 역시 『문학 연구에서 문화 연구로(*Literary into Cultural Studies*)』라는 저서에서, 고급 문학과 대중 문학의 경계란 사실 얼마나 임의적인가를 잘 보여 주고 있다. 스티븐 킹은 바로 그 경계선상에 위치해 있는 주목할 만한 작가이다.

스티븐 킹의 문학 세계 — 공포 소설들

스티븐 킹을 논하면서 가장 기본이 되는 것은, 그의 소설이 단순한 공포 소설이 아니라 사실은 포의 괴기 소설들처럼 진지하고 예술적인 주제를 탐색하고 있으며, 심지어는 순수(고급) 문학처럼 "불안을 야기시키고 충격과 고통을 주며, 적극적인 자세와 긴장, 비판 및 자기반성"까지도 자극한다는 점이다. 그리고 그 과정에서 그는 인간 심리의 원초적 두려움을 건드린다. 그리고 때로는 공포와는 별 상관 없는 것처럼 보이는 진지한 본격 소설이나, 독자와 저자의 관계 및 글쓰기 문제를 성찰한 순수 소설을 쓰기도 한다. 바로 그 점이 고등학교 영어 교사(미국의 영어 교사는 곧 영문학 교사를 의미한다) 출신의 스티븐 킹과 삼류 공포 소설 작가의 차이점이며, 그를 '미국 문단에 크게 공헌한 작가'로 인정받게 해 준 이유일 것이다.

브라이언 드 팔마 감독이 당시로서는 신인 배우였던 시시 스페이식과 존 트라볼타를 기용해 영화로 제작함으로써 더욱 화제가 된 스티븐 킹의 첫 장편 소설 『캐리(*Carrie*)』(1974)는 자신을 놀리는 학교 친구들과, 광신적이고 가학적인 어머니 사이에서 심리적 괴로움을 겪는 극도로 내성적인 백인 소녀 캐리 화이트의 이야기다. 캐리는 소심하고 착하지만 자신을 학대하는 어머니와, 자신을

'기형(畸形)'으로 취급해 조롱하는 급우들을 향해 은밀한 증오심을 키워 나간다. 그녀는 첫 생리를 겪으며 텔레파시적 염력을 갖게 되는데, 그녀의 그러한 능력은 그녀가 분노하면 할수록 더욱 강해진다.

캐리가 다니는 유원 고교는 히치콕 감독의 「사이코」에 나오는 음산한 베이츠 모텔을 연상시킨다. 캐리를 놀리던 학생들이 선생님에게 혼이 난 후, 착한 급우인 수지 스넬은 캐리를 동정해 자신의 남자 친구로 하여금 캐리를 졸업 무도회에 데리고 가게 하지만, 앙심을 품은 나쁜 급우인 크리스 하겐슨은 그 무도회에서 캐리에게 공개 망신을 주려고 음모를 꾸민다. 크리스는 남자 친구를 꼬드겨 졸업 무도회의 무대에서 캐리의 머리 위로 돼지 피가 쏟아지도록 장치하고, 이윽고 돼지 피를 뒤집어쓴 캐리는 격분해 자신의 강력한 염력으로 무도장의 사람들을 무차별 살해한다.

『캐리』는 미국의 비인간적이고 왜곡된 청교도주의적 전통(어머니)과, 그 반대편에 서 있는 천박하고 타락한 물질주의(학교 급우들)가 정상적으로 성장할 수도 있었을 사람을 어떻게 비정상적이고 파괴적으로 만드는가 극명하게 보여 주는 강력한 사회 비판 소설이다. 킹이 보는 그 두 그룹은 모두 비인간적이고 가학적이어서, 그 둘 사이에 위치한 사람의 인간성을 철저하게 왜곡하고 파괴한다. 캐리는 바로 그러한 사회적 상황의 산물이며, 그런 의미에서 미국 사회의 어두운 면이 산출해 낸 부정적 결과의 한 상징이라고 할 수 있다.

물론 미국이 만들어 낸 그러한 산물들은 프랑켄슈타인의 괴물처럼 자신의 창조자들에게 처절한 복수를 감행하고, 그러한 기형

아를 만들어 낸 사회는 자신들의 잘못에 응분의 처벌을 받게 된다. 그래서 이 소설의 결말은 파괴적이고 암울하고 처절하기까지 하다. 캐리는 바로 우리가 만들어 낸 부정적 산물이며, 스티븐 킹이 현대 사회에 던지는 엄숙한 경고장이기 때문이다.

스티븐 킹이 그 다음 해인 1975년에 출간한 『살렘스 롯(*Salem's Lot*)』은 일견 뉴잉글랜드의 한 마을에 출몰하는 흔한 흡혈귀 이야기처럼 보인다. 그러나 이 소설 또한 인간 교류가 단절된 현대 사회에 대한 저자의 심오한 성찰과 강력한 사회 비판으로 읽을 수 있다. 그리고 이 소설에는 앞으로 스티븐 킹이 즐겨 소설의 배경으로 사용하게 될 주요 모티프가 등장한다. 즉 사람들이 서로 단절된 채 살고 있는, 그래서 악의 힘이 파고 들어갈 여지가 있는 뉴잉글랜드 시골의 어느 조그만 마을, 그리고 드디어 고개를 들기 시작하는 악에 대항해 싸우며 다시 한번 인간 교류의 회복을 시도하는 이성적이고 선량한 사람들이 바로 그것이다.

그래서 이 소설에는 각기 다른 문제점들과 감추어진 비밀과 드러나지 않은 악(惡)을 가슴에 품은 채 살고 있는 사람들이 등장하며, 마을 전체의 분위기 또한 그러한 특성을 잘 드러내고 있다. 홀연 이 마을에 나타나 사람들의 피를 빨고 파멸시키는 흡혈귀는 그런 상황이 만들어 낸 필연적인 결과인지도 모른다. 그래서 이 소설 속의 흡혈귀는 이미 신앙을 잃어버린 신부의 십자가를 전혀 두려워하지 않는다. 흡혈귀의 흡혈은 왜곡된 인간 교류의 상징이다. 진정한 교류는 남의 피를 빨아먹음으로써 자신의 생명을 유지하는 것이 아니라, 자신의 피를 남에게 나누어 줌으로써 남을 살리는 것일 것이다.

1983년에 저자 스티븐 킹은 다음과 같이 말했다. "『살렘스 롯』에서 진짜 무서운 것은 흡혈귀들이 아니라 대낮의 텅 빈 마을입니다. 옷장에 뭔가가 숨어 있고, 침대 밑이나 트레일러들의 콘크리트 더미 속에 시체들이 들어 있는 마을 말입니다. 내가 그 소설을 쓰고 있는 동안, 텔레비전에서는 워터게이트 사건 청문회가 계속되고 있었지요. 하워드 베이커는 이렇게 말하곤 했지요. '내 알고 싶은 건 당신이 무엇을 알고 있었고, 언제 알았느냐는 것이오.' 그 말은 강박관념처럼 나를 사로잡았고 내 마음속에 오랫동안 남아 있었습니다. 이 소설을 쓰는 동안 저는 내내 감추어진 비밀과 백일하에 드러난 비밀에 대해 생각하고 있었습니다." 그렇다면 『살렘스 롯』은 워터게이트로 상징되는 추하고 어두운 비밀을 간직한 마을, 그 사악한 힘이 모습을 드러내는 과정, 그리고 그러한 악을 지켜보고 싸우는 사람들(화자인 작가를 포함해서)에 대한 통렬한 사회 비판 소설이라고 할 수도 있을 것이다.

『살렘스 롯』은 텔레비전 영화(토비 후퍼 감독, 1979년)로도 제작되었는데, 원작의 음산하고 암울한 분위기를 최대한 살려, 시청자들로 하여금 뼛속 깊은 고독과 단절과 두려움을 경험하게 해 주었다. 정작 무서운 것은 흡혈귀가 아니라, 흡혈귀를 불러들인 마을 사람들의 완벽한 단절과 어두운 비밀이라는 저자의 말은 『살렘스 롯』이 단순한 공포 소설이 아니라, 중후한 예술적 주제를 가진 뛰어난 문학 작품이라는 사실을 잘 증명하고 있다.

스티븐 킹이 1977년에 쓰고 스탠리 큐브릭 감독이 잭 니콜슨을 기용해 영화로 만든 『샤이닝(*The Shining*)』도 역시 고립되고 단절된 상황이 어떻게 인간을 악하게 변화시키는지를 성찰한 탁월

한 소설이다. 버몬트 주의 교사이자 작가인 잭 토런스는 가족과 함께 겨울 동안 오버룩 호텔의 관리인 노릇을 하기로 하고 호텔에 도착한다. 눈 때문에 접근이 불가능해 겨울에는 폐쇄되는 이 호텔은 완벽하게 고립되고 단절된 상황의 상징이며, 그 속에서 겨울을 지내는 잭과 그 가족은 점점 더 교류를 잃어 간다. 그런 상황과 인간 관계 속에서 사악한 유령과 악의 힘이 출몰하는 것은 너무나 당연하다.

호텔의 유령들에게 홀려 점점 더 미쳐 가던 잭은 이윽고 아내 웬디와 아들 대니를 살해하려고 날뛰기 시작한다. 이 소설에서 진정으로 무섭고 두려운 것은 사랑하는 남편이자 아버지가 가족을 살해하려는 미친 살인자로 변해 가는 과정이다. 사실 이 세상에서 가장 무서운 것은 자신과 제일 가까운 가족이나 연인이 갑자기 전혀 다른 사람이 되어 자기를 해치려고 할 때일 것이다. 믿었던 사람에 대한 불신과 배신감이야말로 인간에게는 어쩌면 가장 무섭고 두려운 것일지도 모른다. 그런 의미에서 『샤이닝』은 고립되고 단절되어 가는 현대인의 문제점을 예리하게 지적한 뛰어난 초자연적 심리 스릴러라고 할 수 있다.

스티븐 킹을 유명하게 해 준 또 하나의 공포 소설이 바로 『애완동물 공동묘지(*Pet Sematary*)』(1983)이다. 의사인 루이스 크리드는 가족과 함께 어느 한적한 시골 마을로 이사 온다. 그 마을에는 죽은 생명체를 묻으면 다시 살아난다는 인디언 공동묘지가 있다. 딸의 고양이가 차에 치여 죽자 루이스는 고양이를 인디언 공동묘지에 묻는다. 그러나 다시 살아 돌아온 예전과 똑같은 고양이가 아니라 전혀 다른 사악한 존재라는 사실이 드러난다. 그러다가 자신의 어린 아들도 트럭에 치여 죽자, 비탄에 빠진 크리드는 이웃이 경고함에도 아들의 시체를 '애완동물 공동묘지'에 묻는다. 이윽고 어느 날 밤 죽은 아들이 다시 살아 돌아온다. 그러나 돌아온 것은 이미 예전의 아들이 아니었고, 영혼이 없는 좀비이자 사악한 살인자였다.

메리 램버트 감독이 만든 동명 영화 역시 아들을 잃은 아버지의 비통한 심정과 아들을 다시 살려내고 싶은 부모의 간절한 마음을 잘 묘사하고 있으며, 그 결과로 발생하는 섬뜩한 공포를 생생하게 표출해 내고 있다. 그래서 이 영화에는 "때로는 죽는 것이 더 낫다"라는 광고 카피가 씌어져 있다. 『애완동물 공동묘지』에서도 스티븐 킹은 다시 한번, 이 세상에서 가장 두려운 것이 바로 가족 사이의 불신과 단절이라는 주제를 제시하고 있다.

스티븐 킹의 문학 세계—본격 소설들

스티븐 킹의 소설 중에는 전혀 무섭지 않으면서도 작품성이 높은 것들도 있는데, 그런 작품들은 대개 좀더 차원 높은 심리적 두려움을 다루고 있다. 예컨대 『미저리(*Misery*)』(1987)는 독자들과 비평가들에 대한 작가들의 은밀한 두려움을 그린 소설이다. 어느 날 눈길에 미끄러져 교통사고를 당한 연애 소설 작가 폴 셸던(이 이름은 유명한 대중 작가 시드니 셸던을 연상시킨다)은 전직 간호사이자 열렬한 독자인 애니 윌크스에게 구조된 후 그녀의 외딴 집에 포로가 되어 갇힌다. 폴 셸던은 그동안 미저리 채스틴이라는 여주인공이 등장하는 일련의 연애 소설을 써 왔으나, 이제는 좀더 진지한 소설을 써 보기 위해 미저리가 죽는 것으로 처리하고, 대신 자전적인 소설을 쓰려고 한다.

그러나 미저리와 자신을 동일시하며 살아온 애니는 미저리가 죽는 설정에 반발해, 폴이 쓴 자전적 소설 원고를 불태우도록 강요하며 그를 자신의 집에 감금한다. 열렬했던 독자 애니는 이제 작가 폴에게 악몽 같은 비평가가 된 것이다. 편집증 환자인 애니가 얼마든지 살인할 수 있다는 사실을 알게 된 폴은 자기가 미저리(미저리는 주인공 이름이면서 동시에 '고통' 또는 '비참'이라는 의미의 보통명사이기도 하다)를 다시 살려내는 순간, 애니가 자신을 죽이리라는 사실을 깨닫게 된다. 저자가 살아 있으면 언젠가는 미저리를 죽일 수도 있기 때문이다.

그런 의미에서 소설 『미저리』는 작가와 독자의 문제, 대중 소설과 순수 소설의 문제, 그리고 글쓰기의 문제에 심층적으로 성찰한 뛰어난 작품이다. 우선 작가는(특히 대중 작가)는 독자들을 늘 의식해야 하기 때문에 독자들로부터 결코 자유롭지 못하다. 특히 작가가 변신을 꾀하거나 실수로 균형을 잃어 사고가 발생하면, 그 작가는 곧 독자들의 감시와 비난과 위협을 받게 된다. 그런 의미에서 폴 셸던이 당하는 교통사고와, 간호를 빙자한 작가의 감금은 대단히 상징적이다.

또 대중 작가가 진지한 문학을 산출하게 위해 대중 문학을 포기하고 새로운 시도를 꾀하는 경우에도, 저자는 즉시 독자들의 비난의 대상이 되며, 독자들은 저자에게 소설을 어떻게 쓸 것인지 까지 지시한다. 애니 역시 폴에게 자신이 원하는 대로 소설을 다시 쓸 것을 명령한다. 이러한 상황은 궁극적으로 작가 스티븐 킹이 보는 이 시대의 글쓰기 풍경이자 작가들이 처해 있는 난처한 딜레마이며, 대중 문학과 순수 문학의 경계에 있는 스티븐 킹의 자기 성찰이기도 하다.

결국 폴은 애니의 폭력과 감시에서 벗어나 악몽의 세계로부터 다시 현실로 돌아온다. 그러나 독자의 집에 감금되어 겪은 악몽 같은 '미저리' 때문에 아마도 그는 그리 쉽게 여주인공 미저리를 죽이지는 못할 것이다. 그래서 진지한 소설 쓰기나 자전적 소설 쓰기를 포기하고, 여전히 대중 소설 작가로 남게 될는지도 모른다. 폴은 애니의 집에 감금되어 있는 동안 비로소 작가의 상황과 글쓰기의 의미에 대해 성찰할 수 있는 기회를 갖게 된다. 저자의 죽음이 선언되고, 독자의 중요성이 부상하는 이 시대에 『미저리』는 저자와 독자 · 비평가의 관계, 그리고 대중 문학과 순수 문학의 관계를 성찰한 훌륭한 문학 작품이라고 할 수 있다. 제임스 칸과 캐시 베이츠가 각기 폴 셸던과 애니 윌크스 역을 맡은 영화 「미저리」 역시 원작을 잘 살렸으며, 애니 역을 맡았던 캐시 베이츠는 아카데미 여우주연상을 수상했다.

『사계(*Different Seasons*)』(1982)에 실려 있는 중편 「리타 헤이워스와 쇼생크 탈출(*Rita Hayworth and the Shawshank Redemp-tion*)」 또한 특이한 형태의 심리적 공포를 다루고 있다. 이 소설에 나타나는 공포는 '체제에 길듦의 공포'이다. 예컨대 쇼생크 감옥에서 50년을 보낸 브룩스는 가석방되기보다는 감옥에 남아 있기를 원하며, 막상 가석방된 후에는 사회에 적응하지 못하고 오히려 교도소 생활을 그리워하다가 끝내 자살하고 만다. 모순

적이게도, 그에게는 자유로운 바깥세상보다는 오십여 년을 살아온 교도소가 훨씬 더 자유롭고 의미 있는 곳으로 느껴졌던 것이다. 바깥세상에 대한 브룩스의 그와 같은 두려움은 사실 소름 끼치는 체제 적응의 결과이다. 그것은 인간을 순응시키는 모든 체제의 가공할 만한 힘을 은유적으로 보여 준다는 점에서 진정한 공포가 된다.

회계사 앤디 듀프레인은 아내와 정부 살해 혐의로 체포되어 종신형을 선고받고 쇼생크 감옥에 수감된다. 거기에서 그는 역시 종신형으로 복역 중인 레드라는 흑인 죄수와 친구가 된다. 앤디는 자신의 특기를 살려 교도소장의 뇌물 돈 세탁을 해 줌으로써 간수들의 신임을 얻기도 하고, 상급 기관에 끈질긴 청원을 넣어 교도소에 도서관을 만들기도 한다. 그는 또 죄수들에게 모차르트 음악(「피가로의 결혼」)을 들려줌으로써 삶의 의욕을 불어넣어 준다.

앤디는 19년 동안 감옥에서 살면서 자신의 방에 매 시대를 대표하는 여자 배우의 사진을 붙여 놓는다. 처음에는 리타 헤이워스의 사진을, 나중에는 마릴린 먼로의 사진을, 그리고 다시 라켈 웰치의 사진을 벽에 붙여 놓는다. 자신의 무죄가 입증될 기회가 있는데도 돈 세탁의 증거 인멸을 위해 자기를 영원히 가두어 두려는 교도소장의 음모를 눈치 채자, 그는 어느 날 홀연 교도소에서 사라진다. 교도소장이 여자 배우의 사진을 찢어 내자 그 벽 속으로 굴이 뚫려 있다. 지난 19년 동안 앤디는 자유를 포기하지 않고 내내 굴을 팠으며, 그동안 구멍 뚫린 벽을 여배우들의 사진으로 막아 놓았던 것이다. 그런 의미에서, 자신의 감방 벽에 붙여 놓은 여자 배우의 사진은 그에게 희망의 상징이었다.

앤디는 교도소장이 불법으로 세탁한 돈을 모두 가로채 중남미로 가서, 나중에 가석방된 레드와 만나 새로운 삶을 시작한다. 앤디는 닫힌 곳에서 탈출함으로써, 자신에게 내려진 종신형과 체제 순응을 거부하고 자유의 세계로 걸어 나간다. 그런 의미에서 이 작품의 진정한 주인공은 종신 복역수 레드이며, 앤디는 자유를 향해 그의 눈을 뜨게 해주는 텍스트의 역할을 하고 있다고 볼 수 있다.

『돌로레스 클레이본(*Dolores Claiborne*)』은 스티븐 킹이 1992년에 발표한 소설이다.

뉴잉글랜드의 어느 섬 마을에서 베라 도노반이라고 하는 돈 많은 과부가 사고로 사망한다. 사고 현장의 유일한 목격자이자 용의자인 돌로레스 클레이본은 오랫동안 베라의 수발을 들던 하녀로서 이미 과거에도 자신의 남편을 죽였다는 의심을 받은 적이 있는 인물이었다. 돌로레스는 자신의 무죄를 입증하기 위해 29년 동안 함구하고 있던 비밀들을 털어놓는다. 과거, 돌로레스의 어린 시절, 멋모르고 결혼한 남자는 무능하고 무지한 술주정뱅이로서, 상습적으로 아내를 구타했음은 물론, 돌로레스가 평생 하녀 일을 해서 모은 돈 3,000달러를 가로챘으며, 심지어는 막 고등학교에 입학한 자신의 딸까지도 성추행하는 파렴치한이었다. 과부인 베라 도노반은 그 사실을 알자, 자기도 그랬다는 암시를 주며 그런 남자는 죽여야 한다고 돌로레스를 부추긴다. 드디어 분노한 돌로레스는 일식이 일어나던 날, 자신을 폭행하려 쫓아오는 남편을 마른 우물로 유인해 빠뜨려 죽인다.

만일 태양이 남성의 상징이라면, 해가 가려지는 일식은 여성의 순간일 것이다. 바로 그 여성의 순간에 그녀는 불행과 악의 화신인 남편을 제거한다. 돌로레스가 딸의 이름을 그리스 신화에 등장하는 달의 여신인 셀리나라고 지은 이유도 사실은 바로 그런 맥락에서일 것이다.

돌로레스가 과연 남편을 살해한 것인지에 대해서는 물론 법적인 논란이 있을 수 있다. 그러나 돌로레스의 인고의 목적과 희망은 오직 딸 셀리나에게 대학 교육을 시키고 그 섬으로 상징되는 속박의 생활에서 빠져나가게 해 주는 것뿐이었다. 딸 셀레나가 남성의 폭력적 억압에 짓눌려 온 자신의 전철을 밟지 않도록 해 주는 것, 그것만이 돌로레스가 원하는 유일한 것이었다. 그리고 그것을 위해서라면 그녀는 자신의 목숨까지도 바칠 준비가 되어 있었다. 자신의 딸만은 자신과 같은 불행한 생활에서 벗어나게 해 주려고 했고, 그러기 위해 폭군 같은 아버지를 제거한 어머니의 마음을 딸인 셀리나가 비로소 이해했음을 암시하는 에필로그로 작품은 끝맺음을 한다.

주인공이 과거로부터 부름을 받고 다시 옛날로 되돌아가서 현재 자신을 괴롭히고 있는 문제의 근원과 대면해 그것을 극복하고 다시 현재로 돌아오는 것은 미국 문학의 고전적인 장치다. 예컨대 에드거 앨런 포의 『어셔 가의 몰락』에서도 주인공은 옛 친구의 편지를 받고 과거로 돌아갔다가 현재로 다시 되돌아온다. 또 허만 멜빌의 『모비 딕』의 주인공 이슈미얼도 삶의 원초적 근원인 바다로 돌아갔다가 거대한 흰 고래와 대면한 후 살아남아 다시 육지로 돌아온다. 그리고 토머스 핀천의 『제49호 품목의 경매』에서도 여주인공 에디파 마스는 어느 날 과거로부터 날아온 편지를 받고 모험을 떠나 놀라운 사실을 발견하게 된다. 과거로 돌아가 겪는 경험은 물론 그들의 삶을 바꾸어 놓는다.

스티븐 킹의 소설에서도 과거는 언제나 현재의 근원이 되고, 당면 문제의 열쇠와 해답이 묻혀 있는 곳이다. 셀리나 역시 바쁜 도시 생활 중 연락을 받고 과거로 돌아간다. 그런 의미에서 보면 『돌로레스 클레이본』의 진정한 주인공은 셀리나라고 할 수 있을 것이다.

스티븐 킹이 쓴 마흔 편의 장편 소설은 그동안 모두 35개국에서 33개 언어로 번역되었으며, 약 70개의 영화나 텔레비전 영화 및 미니 시리즈로 제작되었다. 그는 공포 소설의 기법을 빌려 인간의 심층 심리를 통한 사회 비판을 훌륭하게 수행해 왔다. 그래서 전미 도서상 위원회 의장인 닐 볼드윈은 "스티븐 킹의 소설은 미국 문학의 위대한 전통 위에 서 있으며 그의 작품에는 심오한 도덕적 진실이 들어 있다."는 찬사를 보내고 있다. 판타지 소설과 과학 소설과 공포 소설의 양식을 빌려 소설의 새로운 영역을 개척해 온 스티븐 킹은 문학을 위협한다는 영상 매체에까지 강력한 영향력을 행사함으로써, 소설이 죽어 가는 이 시대에 소설의 르네상스를 주도해 나가고 있다.

스티븐 킹의 소설들은 무서우면서도 재미있다. 그의 소설들은 언제나 인간 심층의 어두운 면을 탐색하며, 무의식 속에 감추어진 비밀과 두려움의 근원을 드러내기 때문에 강력한 호소력으로 독자들을 사로잡는다. 그러면서도 그의 소설들은 모두 진지하고 무거운 예술적 주제를 갖고 있다. 바로 그것이 그가 말초적인 공포

심만을 자극하는 아류 공포 소설 작가들과 다른 점이다. 그는 공포로 가득 찬 오늘날의 현실 세계를 가장 예리하게 통찰하고 잘 묘사하는 천재적인 작가이다.

미국 흑인 작가 리처드 라이트(Richard Wright)는 소설 『미국의 아들(*Native Son*)』의 서문에서 "오늘날 포가 살아 있다면 호러(horror)를 만들어 낼 필요가 없었을 것이다. 호러가 그를 만들어 냈을 것이기 때문이다."라는 유명한 말을 했다. 그렇다면 스티븐 킹은 오늘날 끔찍한 우리 현실의 공포가 만들어 낸 현대의 '포'인지도 모른다.

—김성곤, 서울대학교 영문과 교수 · 한국현대영미소설학회 회장

밀리언셀러 클럽을 펴내면서

지난 수백 년 동안 소설은 기묘하면서도 교양 넘치고, 자유로우면서도 현실에 뿌리 박고 있으며, 흥미진진하면서도 감동적인 이야기로 독자들의 사랑을 독차지해 왔다.

민담이나 전설 등에 비해 비교적 최근에 탄생한 이야기 형식인 소설이 순식간에 이야기 왕국의 제왕으로 올라선 것은 현대인들이 살아가면서 느끼는 희망과 절망, 불안과 평화 등 온갖 삶의 양상들을 허구 속에 온전히 녹여 내어 재창조함으로써 이야기를 읽는 기쁨과 더불어 삶을 재발견하는 즐거움을 주어 온 까닭이다.

사실 이야기를 읽음으로써 삶을 다시 생각하고, 삶을 생각함으로써 이야기를 다시 만들어 온 것은 인간이라면 피할 수 없는 숙명이다.

그런데도 최근 이야기의 제왕이라는 소설의 위기를 말하는 목소리가 점점 늘어나고 있다. 만약에 이 말이 사실이라면, 그리하여 사람들이 소설을 점차 외면하고 있다면, 핏속에 스며들어 있으며 뼛속에 틀어박힌 이야기 본능이 무언가 다른 것에 홀려 있음에 틀림없다.

사람들은 이제 이야기를 소설이 아니라 거리에서, 인터넷에서, 영화에서, 드라마에서, 광고에서, 대중가요에서 즐기고 있는 것이다.

'밀리언셀러 클럽' 은 이러한 소설의 위기를 넘어서려는 마음에서 기획되었다. 국내뿐만 아니라 전 세계 각국에서 독자들의 사랑을 한껏 받은 작품들을 가려 뽑아 사람들 마음을 다시 소설로 되돌리고 이야기를 한껏 즐길 수 있도록 배려하였다.

'밀리언셀러' 라는 이름을 단 것은 소설이 다시 사람들의 마음을 끌어 널리 읽히기를 바라기 때문이고, '클럽' 이라는 이름을 단 것은 소설을 사랑하는 독자들이 이 작품들을 가운데 놓고 오랫동안 이야기를 나누기를 바라기 때문이다.

앞으로 '밀리언셀러 클럽' 에는 예로부터 오늘날까지, 동양에서 서양까지 시대와 장소를 가리지 않고 널리 독자들의 사랑을 받아 온 작품들 중에서 이야기로서 재미에 충실할 뿐만 아니라 인간 본연의 모습을 확인시켜 줄 수 있는 소설들이 엄선되어 수록될 것이다.

이 작품들이 부디 독자들을 소설의 바다로 끌어들여 읽기의 즐거움을 극대화함으로써 이야기 본능을 되살려 주어 새로운 독서 세대를 창출하기를 바라는 마음 간절하다.

옮긴이 | 황유선

부산대 컴퓨터공학과를 졸업하고 프로그래머로 활동했다. 옮긴 책으로 『붉은 인형의 집』, 『애완동물 공동묘지』, 『타이드랜드』가 있다.

애완동물 공동묘지(하)

1판 1쇄 펴냄 2006년 1월 25일
1판 7쇄 펴냄 2022년 8월 31일

지은이 | 스티븐 킹
옮긴이 | 황유선
편집인 | 김준혁
발행인 | 박근섭
펴낸곳 | 황금가지

출판등록 | 1996. 5. 3. (제16-1305호)
주소 | 06027 서울 강남구 도산대로 1길 62 강남출판문화센터 5층
전화 | **영업부** 515-2000 **편집부** 3446-8774 **팩시밀리** 515-2007
홈페이지 | www.goldenbough.co.kr

도서 파본 등의 이유로 반송이 필요할 경우에는 구매처에서 교환하시고
출판사 교환이 필요할 경우에는 아래 주소로 반송 사유를 적어 도서와 함께 보내주세요.
06027 서울 강남구 도산대로 1길 62 강남출판문화센터 6층 민음인 마케팅부

ISBN 978-89-8273-814-2 04840
ISBN 978-89-8273-800-5 (set)

㈜민음인은 민음사 출판 그룹의 자회사입니다.
황금가지는 ㈜민음인의 픽션 전문 출간 브랜드입니다.